KUWEI
酷威文化
图书 影视

停岸

长青长白 著

目录

第一章	深海中的灯	001
第二章	青春已十七	019
第三章	梦游与往事	031
第四章	跳级生林桁	049
第五章	霸王与乖仔	065
第六章	说不出的心	083
第七章	往昔与当下	103
第八章	第三次梦游	119

第 九 章	意外的告白	137
第 十 章	宴会与误会	149
第十一章	无言却甘愿	167
第十二章	衡月的任性	185
第十三章	礼物与绯闻	201
第十四章	孤舟终停岸	219
番 外 一	愧疚	239
番 外 二	账本	245
番 外 三	命中注定	265

第一章 深海中的灯

第一章　深海中的灯

"喂，你好，请问是衡月小姐吗？"

早上九点多，衡月接到一通来自苏安省南河市的电话。电话那头是个中年男人的声音，操着口不太标准的普通话，"喂"字拖得很长，带着抹纯朴的方言口音。

今早天色蒙蒙亮时衡月才睡着，躺了不到四个小时，头脑昏沉得仿佛塞满了湿棉絮，此时骤然被手机来电的振动吵醒，心脏震跳加速，仿佛有铁皮鼓在胸腔里擂动，很不好受。

房间里冷风吹拂，空调发出轻微的运作声，她蜷在床上，眼皮像粘了胶，捏着手机含糊回了几个字："嗯……我是。"

声音低哑，分外无力。

那边听见她的回话，情绪十分激动："哎呀，太好了！太好了！终于联系上你了。衡小姐你好，我是南河市××乡安宁村的村主任，联系你主要是想跟你商量一下你弟弟林桁的事。"

……

弟弟？哪里来的弟弟？

衡月皱了下眉，眼睛张开一道狭长的缝，忍着屏幕刺眼的亮光瞥了眼来电显示，看清上面"苏安南河"几个大字后，回了句："抱歉，你打错了。"

说完不等对方回复，就挂断了电话。

衡月住在北州市，看见别省的来电，认定这是一通拙劣的诈骗电话。为了不再被吵醒，她开了勿扰模式，将手机扣在一旁，又闭上了眼。

但她一动不动地躺了近一个小时，除突突跳痛的太阳穴越来越胀以外，再无半点睡意。

她的睡眠状况一向不佳。

衡月认命地睁开眼，摸过手机，发现上面显示着两个未接来电和几条彩信。

未接来电正是先前接到的那通"诈骗电话"，而那几条未点开的信息也来自同一个号码，在网络普及的今天，竟是很少还有人在使用的彩信。

如今电话诈骗这么执着了吗？

衡月本能地感觉到了些许异样。

她点开信息，径直撞入视线的是一张标准的证件照，几乎占据了手机整个屏幕。照片里是一个模样清俊的少年，看上去只有十五六岁。

证件照似乎是手机镜头推近了拍的，尺寸很大，但像素却不太高，拍得有点模糊，不过仍可看清照片里少年的长相。

面庞清瘦，眉目漆黑，挺鼻薄唇，五官生得极好，但神色却很平淡，没什么表情地看着镜头。

充其量也不过是一个长得不错的少年，但就是这张照片，却让衡月愣了足足半分钟。

因为照片里的这张脸，和她刚刚去世的继父竟有几分相似。

就像是……就像是一对父子。

衡月怔怔地看着照片，若有所思地从床上坐了起来。她打开床头灯，浏览起另外两条长逾百字的信息。

信息里说照片中的这个少年名叫林桁，正在南河读高中，爷爷奶奶已经相继去世，之后身边就没了监护人。

给衡月发消息的是林桁所在村的村主任，林桁无依无靠，也没有收入来源，为了参加高考，高三入学前村主任便去帮林桁办理了国家的学业补助申请。

但半个月后，村主任收到消息说补助申请没办下来，后来一查，才

第一章　深海中的灯

发现他法律上还有好几个家属——父亲、继母和继姐。

但其中只联系上继姐，也就是衡月。

林桁的补助申请表上填写的是单亲家庭，与事实不符，根据相关要求，补助没办下来，因此也就上不了学。

这都还不算什么，更主要的问题是，林桁如今才十七岁，还未成年，法律要求未成年人必须和监护人居住，不然就要以保护之名将其送往未成年看管院。

那种地方，和孤儿院其实也没什么区别。

村主任言辞恳切，再三请求，信息里没有要求衡月这位素未谋面的姐姐担负起照顾林桁的责任，只恳请她帮忙联系一下林桁的父亲。

显然对方还不知道，林桁的父亲林青南已经在半月前离世了。

衡月逐字逐句看完，放下手机，神色迷茫地盯着虚空处看了好一会儿，而后下床从保险柜里翻出了户口本。

衡月的母亲和林青南在十二年前结婚，衡月从来没听说过林青南还有一个儿子，她母亲也没同她提起过。

两人先后在半年前和半月前去世。此时，她翻开户口本一看，才发现户口本里明明白白写着四口人。

翻过前三页户页，后面是一叠空的透明保护层，衡月捏了捏户口本的厚度，敏锐地察觉出了不对，她又仔细翻了一遍，才在其中一张保护膜里发现一张对折夹在里面的薄纸。

衡月抽出一看，赫然发现是林桁的户口页，且户籍地址和村主任提及的信息都能对得上。

衡月不知道为什么她的母亲和林青南要将林桁的户口页藏起来，两人已经去世，她也找不到人询问。

蓦然得知自己法律上还有个弟弟，衡月面上的表情却很淡，没有喜悦，也不见被隐瞒了十多年的愤怒。

她把林桁的户口页展平，放回保护层里，唇瓣一动，忽然极缓地呼了一口气，像是觉得这事十分荒唐，但又有种无从推卸的责任感。

她望着手机里林桁的照片，手指在屏幕上轻点了点，发出"嗒嗒"的响声，不知在思索什么。

她狭长的眼尾微微垂下，明亮的手机屏幕上，少年略显青涩的脸庞映入眼中。过了大约五分钟之久，衡月拨通了电话。

衡月所在的北州市和林桁所在的南河市隔了两千多公里。第二日，衡月乘飞机飞往南河，出了机场，就径直打车前往了安宁村。

联系衡月的村主任姓李，是个面容和善的中年男人。她同村主任在村委会见过面后，简单寒暄了几句，两人都想着尽快将事情解决，便没多言，一起前往林桁家中。

去林桁家有一段泥土小路，车子进不去，只能步行。

快三十摄氏度的天气，衡月撑着把遮阳伞，感觉脸上的妆都要晒化了。她实在没料到南河的天气这样毒，好像和北州沐浴的不是同一个太阳。

见到衡月后，村主任一路上都显得十分高兴，但又有点忐忑，他拎着一只军绿色大号保温杯，就这么走在烈日下，话语不停，明里暗里都在夸林桁，似乎很担心衡月会突然改变主意。

毕竟衡月一来就说要带林桁去北州生活，这并不是件小事。

"林桁是个懂事孝顺的乖娃子，这些年他爷爷奶奶身体不好，一直都是他一个人在照顾，老两口虽然体弱多病，但有林桁在，走得也不算痛苦。只是可怜了林桁，一个人孤苦伶仃的，没想到他那个爹也跟着走了，虽然不靠谱，好歹是个亲人，唉……"

村主任口音有点重，一会儿一句夹生的普通话，一会儿一句地地道道的方言，衡月只能听个大概，但她没打断，跟在村主任后面安静地听着，时不时附和一句，礼貌地给个回音。

不知是因为周末放假还是怎么，去林桁家的路上，他们遇到几个十

第一章　深海中的灯

来岁的孩子窝在田沟里，鬼鬼祟祟不知道在干什么。黑乎乎的脑袋从田坎间冒出来，黑漆漆的凌乱的短发犹如几丛未经打理的杂草，长在了田坎上。

衡月穿着高跟鞋，怕扭着脚，眼睛盯着脚下不太平整的路在走，压根儿没发现几个小家伙，只听村主任"嘿"的一声，冲着几颗脑袋瓜子大吼道："三娃子！你是不是又在带着他几个小崽子胡闹！一天天不学好，我等下就去告诉你妈！"

也不知道他是怎么从几颗看不见脸的毛刺脑袋中认出人的。

衡月被村主任这中气十足的吼声吓了一跳，抬高伞沿，往村主任盯着的方向看去，便见几个衣服上蹭着黄泥土的男孩从田沟里探出半截身子，手忙脚乱地把手里的东西摁灭在土里。

其中一个男孩不小心摁在了田坎上一株衡月不认识的绿色农作物上，惹来另一个男孩的一巴掌，男孩严肃道："你干啥？把我家的四季豆都烧死咯！"

另一个不服气道："我赔给你就行了嘛！我爷爷还不是种了，种了四亩！"

这几个孩子显然是惯犯了，不躲也不跑，还有心思插科打诨，其中有一个正嬉皮笑脸地向村主任求饶："别啊！李叔，我下回不会了。"

显然就是主犯"三娃子"。

村主任一时更气了："下回！下回！你哪次不是说下回！"

几个男孩中有两个脸上还有婴儿肥，看起来没超过十岁。你看看我，我看看你，许是怕被告家长，一时安静下来，都不敢吭声。

只有被叫作"三娃子"的男孩站得最高，声音也大，吼着道："李叔你千万别跟我妈说，我下次肯定不带他们了……"

说话时左摇右晃的，脚下像是踩着石头。

村主任压根儿不相信他说的话，嘴里继续训道："你自己说你这都第几回了！咋个就不学好，尽学些坏毛病，你说说你长大想干啥，当街

007

溜子啊!"

三娃子还想说什么,一个小孩看见村主任身后俏生生站着的衡月,突然伸手拉了拉他,小声道:"哥,你看那个人……"

三娃子疑惑地"啊"了一声,手撑在土里,歪着脑袋往村主任身后的衡月看,圆鼓鼓的眼睛不期而然地对上她的目光。他又语调古怪地"嗯"了一声,视线好奇地在衡月身上来回转。

衡月没避开视线,就这么大大方方地让他看,直把小孩慢慢看红了脸。

她手里举着把青色遮阳伞,另一只手提着包,一袭浅蓝收腰的高定长裙长至脚踝,底下踩着一双五厘米的碎钻细高跟。黑色长发绾在脑后,肤白高挑,妆容精致,无论气质还是穿着,怎么看都不是这小地方的人,站在这田埂小路间,有种违和突兀的神秘感。

农乡的小村庄就像是一个有摩擦但熟识的大家庭,被村主任这家里人骂和别人看着自己被骂是截然不同的两回事。

小孩也要面子。他们看了看衡月,认出她是从外地来的,不约而同地相互对视几眼,然后小牛崽似的嬉笑着拔腿跑了。

村主任恨铁不成钢地摇了摇头,带着衡月继续往前走,见衡月望着几个孩子跑得歪歪扭扭的背影,连忙解释道:"衡月小姐你别担心,林桁这孩子不这样,他听话得很,不抽烟也不打架,勤快能干,读书也厉害,村里个个见了都夸,不像这几个不学好,成天书也不读,净在坡上打滚儿……"

他擦了擦汗,说着气得拧开手里的保温杯喝了一口,脸颊上的肉随之动了动,齿间抿出一片因泡太久而变得发苦的碎茶叶,本想吐出来,但看见衡月,又给干吞了回去。

衡月见小孩跑远,收回视线,看着脚下崎岖不平的路,语气平淡:"没事,您别担心,我既然答应了会照顾林桁,就不会反悔。"

村主任放下心来,连道了几声:"好、好,那就好……"

第一章 深海中的灯

不只孩子,去林桁家的路上,他们还遇到了几个村民,皆是汗流浃背地在地里干活。和城市疏离冰冷的人际关系不同,村里的人彼此熟识,几乎每个人看见村主任都要打声招呼,再随口聊上两句。

他们看见一个漂亮年轻的城里女人撑着伞跟在村主任后面,都觉得很是新奇,统统在问村主任她是谁。

村主任也不隐瞒,乐呵着道:"这是林桁的家人,来接他去城里住。"

"哎哟,那林桁这下子有福气了哦……"

衡月笑着朝村民点点头,只说一句"你好",并不多言。

又走过一段还算平坦的干燥泥路后,村主任指着远处在一片油菜地里冒出头的瓦房对衡月说:"就那儿,马上就到了。"

他们走了已经有十多分钟,衡月鞋尖点地,驱赶着涌上来的细小蚊子,客气地对村主任道:"好,辛苦您了。"

"没事没事,应该的。"村主任摆摆手,感叹道,"之前啊,我们一直联系不上林桁他爹,林桁都跟我说不用管他了。唉,那么丁点儿大一孩子,也是吃够了苦头,马上就要高考了,稳妥妥的大好前程就在眼前,哪能说不管就不管。咱们这村里,就没出过大学生。这孩子聪明、成绩好,考不出去可真就毁了。"

村主任想起什么,叹了口气:"那孩子还不知道你要来。他那爹扔下他后,这么多年就没回来过,他奶奶那些年身体不好,听说林桁还去城里找过他,但是也不知道是不是没找到人,他一个人又灰溜溜地回来了。要是你不来,估计之后这孩子就只能自己一个人熬了……"

林桁这样的穷苦孩子突然多了一个有钱好心的城里姐姐,村主任既为他感到高兴,但一深思,又忍不住为他惋惜。

在村委会,衡月跟村主任说了林桁父亲的情况后,村主任拧着眉沉默了好长一段时间。

衡月那身打扮一看就是城里有教养的有钱人,村主任猜想她母亲也不可能穷到哪儿去,可这当爹的再婚过上了好日子,就把亲儿子给扔一边不管了，这算什么事……

但这话他也只能在心里想想，不好当着衡月的面说。

走到林桁家门前，衡月才发现远处看起来冒出头的瓦房并不止一间，而是好几间灰黑色的石砖瓦房并排在一起，其中一间小木门的门口堆着干柴，瓦房周边地里种着大片大片的油菜。

金黄色的油菜秆高高地耸立在地里，已是到了丰收的季节。

林桁家里的门关着，门上挂着把旧锁，没锁上，但显然人并不在家。

"欸？"村主任上前摸了摸锁，奇怪道，"这大夏天的，中午不在家待着，上哪儿去了？"

"林桁——，林桁——"村主任扯着嗓子大声呼唤起来。

唤了没两声，屋后边的油菜地里就冒出了一个高瘦的身影，那人两大步从油菜地里跨出来，沉声道："李叔，我在这儿。"

他抬手擦了下额上的汗，把手上的油菜扔进地上的背篓，朝村主任和衡月走过来："找我有什么事吗……"林桁一句话没说完，猛然停了下来。

他隔着几米的距离看着站在村主任身后的衡月，神色怔愣。那反应很奇怪，不像是初次见到一个人时该有的反应，更像是先前认识衡月，又对她在这里出现感到极其意外。

衡月没说话，借此时间打量他。

面前的人看起来比证件照里的要大一些，这个年纪的男孩一天一个样，或许只大了一两岁，但看上去已经没了那份朦胧不清的稚气。

暑气浓烈，衡月没想到大中午的林桁会扎在地里干活，她看了看瓦房四周，这一大片油菜地加起来约有两个篮球场大，而油菜秆已经倒了半个篮球场。

林桁穿着一件短袖和一条黑色长裤，很普通的装扮，但他骨架长得好，衬得身形格外高挺。

第一章　深海中的灯

和精心打扮的衡月相比,他看起来实属狼狈,衣服上沾着晒得焦黄干枯的油菜壳,脸上还沾着黄土,就连耳朵上也蹭上了,和一路上看到的村民没什么区别。

唯一不同的,或许就只是他和那些年过半百、头生白发的农民相比太过年轻,年轻到让人忍不住为他大好的年纪却耗费在这几亩春生秋长的田地里感到可惜。

他显然热得不轻,浑身像是在冒热气,莹亮的汗珠一颗颗顺着脸颊不停地往修长的脖颈上滚,身上的衣服汗得湿透,紧紧贴在腰侧腹前。在正午的光线下,可以清楚地看到一层薄薄的肌肉线条。

林桁身量很高,肩背挺直,身高拔过地里的油菜秆一个头不止,估计快有一米九,衡月穿着高跟鞋都得仰头看他。

就是瘦,十分清瘦,面部线条都因此显得十分凌厉,眼珠子黑得乌浓,不看人时就是一副生人勿近的面相,但直直望着你的时候又觉得他生得乖巧。

衡月在心里道:倒是挺会长……

村主任见林桁看得眼睛都不转了,笑着往旁边跨了一步:"怎么,看傻了?知道这是谁吗?"

林桁似是被这句话惊醒,猛然回过神来,他偏头避开衡月的视线,眼睛眨了一下,不太自在地点了点头:"……知道。"

"知道?"村主任奇怪,"你咋知道的?我记得没跟你说过啊,别人跟你讲的吗?"

两人突然快速地说起方言,衡月一个字都没听懂,只见林桁垂着眼,含糊不清地"嗯"了一声。

所幸村主任并未纠结于此,他拍了拍林桁的肩膀,笑着道:"知道最好,既然知道,那就别忙活了,收拾东西去吧。"

不怪村主任着急,是衡月说最好一天把事办妥,人生地不熟,她没打算在这里住一晚上。

林桁刚还说"知道",听了这话,又十分疑惑地看着村主任,认真问道:"收拾什么东西?"

"嘿!你这孩子,你不是说你知道吗?人都大老远来接你了,你还杵在这儿。"村主任轻推了他一把,"走走走,进屋说去,这鬼天气热得要命,阳寿都给我晒掉半年。"

林桁仍是一脸不解,但听见这话,却是快速地看了一眼衡月,瞧见她脖子上的细汗,他眉心轻敛了一下,转身推开了门。

三人进到屋中,村主任坐下来,详细地把昨天如何联系上衡月,以及衡月同意担任起他监护人责任的事完整地跟林桁说了一遍。

"还有就是,那个,你爹他……"村主任看向林桁,欲言又止道,"你爹他已经去世了,半个月前的事,昨儿个你姐给我说的……"

这个"你姐",自然指的是衡月。

村主任说着,话音渐渐没了声,他当村主任好多年了,这个年纪,也该是看惯了贫苦,但此时都有点不忍心说下去。

林桁他妈生下他没两年就受不了跑了,如今他爷爷奶奶都走了,爹也死了,血浓于水的亲人是一个不剩,小小年纪就成了孤儿。

虽然衡月答应会照顾林桁,但毕竟非亲非故,又没什么感情,能照顾到哪个份儿上谁也说不好。

但无论如何,跟着衡月去大城市都是林桁如今最好的选择,给他爷爷奶奶看病耗光了家里的积蓄,之后又是买棺材又是办丧事,这家徒四壁的,不知道变卖了多少东西,他身上怕是没剩下几个钱。

总不能让他真的学也不上,窝在这地方步老一辈的后尘,挖一辈子地,种一辈子庄稼。

村主任深深叹了口气,从老式衬衣胸前宽松的口袋里掏出包捏得皱巴巴的烟,想抽一口,余光瞥见一旁像杆荷花茎一般亭亭立着的衡月,又把烟盒塞回了松松垮垮的衣兜。得知林青南去世,林桁的反应意外的平静,他垂手站着,只淡淡"嗯"了一声,表示自己知道了,面上丝毫不见悲伤。他爹也才四十来岁，可林桁连他怎么走的都没过问一句，仿佛死的只是一个无关紧要的陌生人。

屋内安静下来，压抑厚重的气氛似一团缠绕不清的透明清雾弥漫在三人之间。

村主任坐在一张长凳上，手搭着膝盖，见林桁这态度，一时也不知道该说些什么。这孩子一贯缄默少语，吃多了苦，心思也沉，连安慰的话在此刻都显得苍白无力。

但从另一方面来说，生老病死谁也挡不住，不说林青南，两位老人也算寿终正寝，走了是没办法的事。至少林桁身上从此没了负担。

他爷爷奶奶那病如果多熬几年，林桁怕是能在这地方熬到二十多岁。

"事情就是这么回事。"村主任出声打破沉默，尽力活络着气氛。

看得出他还是因为衡月的到来而由衷替林桁感到高兴，他拍拍大腿站起来，对林桁道："别傻站着了，去洗洗换身衣服跟你姐走吧，以后就不用忙得学也上不了了。"

困境之中陡然出现一根解难的藤蔓，是换谁遇到都该喜极而泣的事，但林桁对此却没半点动静，他微低着头，看着脚下的地面，宛如一种无声的拒绝。

两人一直在用方言交谈，衡月听不太懂，也没怎么听，她看了一圈屋里简朴过头的陈设，视线落在墙上挂着的两位老人的遗像上，最后又慢慢转回了林桁身上。

林桁此时也正抬起头看向她，但他好像没料到她会突然转过头来，少年怔了半秒，眼皮垂下去，立马又错开了视线。

随后他给出了一个谁也没想到的答复。

他对衡月说："这不是你的责任，你没有必要带着我这么个累赘。"

村主任一听，急得眼睛都瞪圆了。

但林桁看起来像是认真在为衡月考虑，一字一句说得极为诚恳：

"我很感激你能来这儿,但说到底其实我和你没什么关系,你还这么年轻……"他顿了顿,眉眼垂得更低,"有工作有家人,过得自由自在,带着我这么个拖油瓶不是什么好决定。"

村主任听林桁越说越不对劲,眉头皱得几乎能夹死苍蝇,拼命在一旁给他打眼色。

但林桁仿佛突然眼盲,对此视若无睹,他一字一句、条理清晰地替衡月分析了个透彻,所说的每一句话都指向一个中心点,那就是照顾他对衡月没有半点好处。

不值得,没必要,谢谢她来,但她可以回去了。

成年人看重利益和未来,"读书是唯一的出路"对于农村的孩子来说绝不是空话,村主任深知林桁从这儿走出去远比待在这个小村镇更有前途,所以才会劳心劳力地替他找他那个不尽责的亲爹。

但十七岁的林桁却心有傲骨,不愿意低头,也不愿意平白无故受人恩惠,即便这个人在法律上跟他有关系。

衡月耐心地听林桁说完,点了下头。林桁以为她想通了,却见她抬起手腕看了眼时间,平静道:"知道了,你所说的对我来讲都不是问题,去收拾吧,我买了六点的机票,再耽搁可能要误点了。"

她显然没因林桁这番话有任何动摇。

林桁愣住了,村主任也愣住了,他没想到这一路安静少话的姑娘竟然是说一不二的性格。

不过想想也是,如果是一般人,哪能随随便便就答应下来要照顾这么一个平白冒出来的穷弟弟呢?

村主任见衡月态度坚定,不由得隐隐高兴起来,他看着林桁长大,对他而言,林桁有着落总归是件好事。

村主任心潮澎湃,心中突然涌起一股仿若"嫁女儿"的冲动,见林桁还站着不动,正准备跟着再劝几句,兜里的电话却突然响了。

中老年人手机声音开得大,他不好意思地朝衡月摆摆手,掏出电话,

第一章 深海中的灯

接通了往门外走。

门外檐下,村主任的声音响如洪钟,即便在屋内也依旧听得清清楚楚。

"打起来了?咋又打起来了?怎么又是因为鸡啄菜的事?上回不是都用篱笆围起来了吗?哎呀!这俩老头!"

在农民眼里,辛苦种的菜和养的鸡鸭那就是第一宝贝的东西,也因此,村里常有人因为这些看似鸡毛蒜皮的小事闹得不可开交。

屋里两人谁也没说话,衡月脚尖点地,缓缓转了转脚腕,放松着走累的小腿,林桁则像块石头一样没怎么动弹。

一分钟后,村主任又匆匆进了门,两道眉毛拧在一起,一副心焦火燥的模样:"衡小姐,实在不好意思,我这儿突然有点事得去一趟。"

衡月看他神色焦急,因此没出言挽留,她浅浅勾起一抹笑,道:"好,这一路谢谢您了,您有事就忙去吧,我来跟林桁说。"

村主任看衡月神色冷静,稍稍放下心来,他提起水杯,语重心长地又劝了林桁几句,这才火急火燎地走了。

李村主任就像是一根连接在林桁和衡月之间的线,没有了他在中间平衡,主动权便直接一边倒,完完全全落到了衡月手里。

林桁看着少年老成,但有些时候也和这个年龄的其他男孩没什么两样。在狭小的空间里,当他单独面对衡月这个只比自己年长几岁的漂亮女人时,总是慌乱得手脚都不知往哪里放。

明明衡月才是这间房屋的外来者,但林桁却是表现得分外局促的那一个。既怕自己唐突了她,又不希望她看轻自己。

外面的日头稍稍落下去,厚白的云层晃过明媚的日光,在门前投下大片缓慢移动的阴影。

林桁眉心没再皱着,但也没抬起眼看衡月,他就这么站在离衡月两步远的地方,低着头,仿佛在思考还能说些什么才能让衡月清楚明白"照顾他对她来说并不值得"这件事,然后再回到他的油菜地里继续忙活。

衡月看着他汗湿沾泥的脸,问:"你要直接收拾东西和我走,还是先洗个澡我们再谈?"

她声音不高,轻柔但不算温和,并没给林桁第二个选择的机会。

林桁张了张嘴,还准备说些什么,衡月却突然认真地叫了声他的名字。

"林桁,"她看着他,"我花了四个小时从北州过来,想得已经很清楚。照顾你对我来说并不麻烦,养你于我而言可能比养一只猫还简单,这并非客套话,但对你来说,你的人生从此会宽阔许多,你才是应该认真想清楚。"

高跟鞋尖踩着地面轻轻点了点,她微歪着头,继续道:"我母亲同你父亲结婚十二年,在他照顾我的时间里,对你却没有尽到父亲的责任。我心有亏欠,你若过得不够好,我怕余生都不得安宁,你就当行行善,帮我个忙,好吗?"

她说得诚恳,这段话终于叫林桁肯看向她。他个子高,明明是低头看着衡月,气势却莫名矮了一大截。

衡月看向林桁的眼神如同看路上遇见的那几个小孩,直白又坦然,明亮的眼瞳里满满映着少年清瘦的身影。

被这双眼睛望着,让人莫名有种被它的主人珍视的错觉。

林桁分不清她话里想要照顾他的真情实意有多少,但他看着那双眼睛好一会儿,最终垂下眼眸,极轻地"嗯"了一声。

林桁答应了衡月后,先出门把那扔在地里的半背篓油菜籽和打油菜用的农具拿了回来。他把背篓放在门外,然后进屋冲了个澡,他洗澡的速度很快,前后没超过五分钟。

他换了身衣服出来,看见衡月没再站着,而是坐在了一张小凳子上。她将伞和包放在了一边,单手提起裙边,正弯腰往露出的细瘦的脚踝上看。

她侧对林桁而坐,乌黑的长发用一根黑色实木簪子绾在脑后,发丝细密,如同上好的柔软绸缎,下面露出了一截白得晃眼的细颈。

长裙贴着臀,裙子将腰身掐得纤细,侧腰处软得凹下去,林桁几乎能看见布料下凸起的胯骨,她微微一动,浅蓝色裙摆便似海水一般在她脚踝处摇晃。

阳光照进屋内,温顺地睡在她的脚边,她整个人都好似在发光。衡月身上的穿着和气质提醒着林桁,她和这里的人不一样,和他更不一样。

他默默收回视线,但又没忍住看了过去,见她两道细眉蹙着,他迟疑了片刻,低声问:"怎么了?"

衡月听见声音,回头看向他。林桁洗的冷水澡,冲去了暑意,此时身上透着一股凉气,他头发湿漉漉的,像是只胡乱擦了几下,有些乱,还在往下滴水。

衡月发现他左耳上有一颗黑色的小痣,之前被泥遮住了,此时身上的泥灰被冲去,才干干净净露出来。

那颗痣很小,但却很浓,耳朵上那小小一点皮肉都仿佛被染透了,极其惹人注意。

衡月的视线在他的耳朵上停留了几秒,慢慢收了回来,道:"被蚊子咬了。"

她看着脚踝上方肿起来的一个大毒包,难受得有些无措,她连什么时候被咬的都不知道,直到发热发痒才发现。她想伸手去挠,又怕弄破了它。

林桁看着那截纤细的小腿,愣了愣,随后进房间翻了一瓶花露水出来。他大步走到衡月身前,屈膝在她脚边蹲了下来。

他低下头,留了一个乌黑潮湿的发顶给衡月,顶上有一个不太明显的发旋,衡月看了看,是朝顺时针方向旋转的。

林桁扭开花露水的绿色小瓶盖，熟练地将刺鼻的花露水倒在手心里搓热，脑子都还没反应过来，手就冲着她脚踝上的蚊子包捂了上去。

他蹲下的时候没觉得有什么问题，但当他将手摁在衡月白皙的小腿上时，那细腻的皮肤触感突然提醒了他面前的人并不是他照顾惯了的爷爷奶奶，而是他并不算熟识的"姐姐"。

脑内神经如同被火燎了一下，林桁猛地将手缩了回来，用力过猛，脚下都趔趄了半步。

他下意识抬起眼帘，想去看衡月的反应，虹膜却猝不及防地掠过一片饱满白腻的皮肤。

少年的脸彻底红了，脖子和耳朵也未能幸免，连那双黑沉沉的眼珠子都瞪圆了一圈。

衡月的手搭在膝上，仍弯腰看着他，好像没觉得两人的姿势有什么问题。那张妆容精致的脸离他极近，林桁甚至能闻到她身上传来的好闻的香水味。

她很漂亮，是林桁不敢直视的漂亮，眉眼含情，浓烈又肆意，美得叫人惊心。

林桁对上衡月的视线，立马便挪开了目光，纤密的睫毛颤了几下，一时眼睛都不知道该往哪儿看了。

在这个十七岁少年贫瘠的人生里，这是他第一次离年轻女人的身体这么近。他嘴唇微动，想要道歉，却连怎么开口都犯难，但衡月却好像完全不在意。

她坐直身，蹙眉看了一眼林桁手里绿油油的花露水，将腿往他面前伸了伸，坠在耳垂上的蓝色耳环在林桁的余光里轻轻晃动，她轻声道："麻烦了，我不太喜欢手上弄到花露水的味道。"

第二章

青春已十七

第二章 青春已十七

虽然是第一次见,但衡月使唤起林桁来十分理所当然,自然而然得仿佛工作中在和下属沟通,连那句"麻烦"都只是出于礼貌。

语气和她之前说要带林桁走时一模一样,听起来温柔,但根本没有给林桁拒绝的机会。

她弯腰坐在矮木凳上,就这么直直地看着林桁,细瘦的小腿伸到他面前,高跟鞋尖几乎碰到了他的板鞋。

林桁发现她的瞳色很浅,表面藏着一抹不易察觉的绿,那抹绿很淡,就像是在圆润的眼珠上蒙了一层薄得几乎看不见的弧面绿玻璃。她抬起的睫毛浓密而纤长,弯弯翘翘,她这样看着林桁,叫他一个"不"字都说不出口。

花露水渐渐干涸在掌心,林桁还记得半分钟前将手掌贴在衡月小腿上的感受。

她小腿纤细,他一只手握上去还有富余,皮肤白而润,触感温热细腻,不同于他粗糙干燥的手掌,那是好人家养出来的所谓"不沾阳春水"的金贵。

林桁胸膛下的那颗心脏此刻跳得又急又凶,他粉淡的唇用力抿紧,脸上却没什么表情,眼睛不敢再看衡月,慌乱地眨了又眨。

太阳缓慢西落,阳光渐渐倾斜着照进屋内。身形高瘦的少年红着脸庞,僵直着背屈膝蹲在女人面前,橙黄的亮光落在他笔直坚韧的脊背上,深褐色的陈旧木门框将两人框在其中,自屋外看进来,像是一幅暖色调的油画。

自从看见那一抹白,林桁耳根的红就没消下去过,明明都这样了,但衡月让他帮忙涂花露水，他也不知道拒绝，只从喉咙里闷出很轻的一声"嗯"。

这次他没将整只手掌覆上去，只倒出一滴花露水在指腹，搓开了，小心地压在了那红肿的蚊子包上。

衡月踩着高跟鞋，露出大片白皙的脚背，细瘦的跖骨微微凸起，林桁低着头，轻易地将薄薄的皮肤下红色的血管和细长的筋脉收入眼底。

她身体裸露在外的部分，除了那颗肿起来的蚊子包，连一丁点细小的伤痕都没有。

不像林桁，身上有很多干活弄出来的小伤疤。他动作小心得像是在护养一块珍贵的宝石，甚至不敢太用力，怕将衡月弄痛了。

但花露水里含有酒精，任他再小心，水液渗进毒包的时候仍有些刺痛。

衡月"咝"了一声，不由自主往回缩了下腿。林桁动作一顿，立马挪开了手。

他像是犯了错的小孩，睁大了眼睛抬头看她，干巴巴道："我是不是……下手太重了？"

衡月摇头："没有。"

她提了提裙摆将腿又伸到他手下去，她皮肤白得亮眼，花露水将那小片皮肤染得透着点不太显眼的绿。她蹙眉看着自己的腿，怕止不住痒，细声问林桁："要再涂一点吗？"

林桁于是低下头，又继续按着蚊子包揉，直到将那片皮肤揉得发热才收回手。

花露水要揉到蚊子咬过的肉里才不会发痒，这是他奶奶以前教他的。他已经尽力放轻了力道，可即便如此，当他把手拿开的时候，衡月腿上那一小块皮肤还是红了起来。

林桁涂完药，立马急急忙忙站起来，他刚才低着头不觉得，此时一看，衡月才发现他的脸已经红透了。

这个年纪的少年,脸红是难免的。

衡月没多想,淡淡说了句"谢谢"。

林桁握着瓶子,干瘪地回了句"不用",没敢再看她一眼,扔下一句"我去收拾东西",就往里屋的另一间房去了。

林桁做事十分麻利,他收拾完行李只用了不到二十分钟,其间他还叫住了一个住在附近的邻居,把那半背篓油菜籽送给了她。

衡月坐在凳子上,看见那名中年农妇探着头看了她一眼,用方言好奇地问了林桁一句什么话。

林桁也跟着回头看了眼安安静静坐在屋子里的衡月,然后不太好意思地低头摸了摸后颈,同样以方言回了一句。

衡月隐约听到了类似"姐姐"发音的词,但不确定是不是自己听错了。

农妇走后,衡月看着林桁从卧室里拎出来一个足有他小腿高的格纹麻袋。里面不知道装了些什么,塞得满满当当,拉链都绷紧了。

衡月正拿着手机给人发消息,看见他猛然提着这么大一袋东西出来,怔了一下,问道:"你收拾了些什么?"

林桁将袋子拎起来放在长凳上,回道:"书和衣服,还有一些需要用到的东西。"

他收拾完又忙里忙外地在各个房间里蹿了好几遍,也不知道在忙活些什么。

但衡月注意到,他那些东西装进袋子后就没有再打开过,显然并不担心有所遗漏,这只有一个原因:他把能带上的东西都带上了。

衡月看他关掉水电总闸,一副拾掇得差不多了的样子,放下手机,问他:"我能看一看你袋子里的东西吗?"

林桁有点意外她会这么问,但还是点了点头:"可以。"

衡月正准备起身,却见他一把将行李提到她面前放了下来,他蹲下来，拉开拉链，衡月往里看去，一眼就瞧见了刚才没用完的那半瓶花露水。

除此之外，袋子里杂七杂八什么都有。书占去三分之一的空间，剩下三分之一装了衣服，一年四季的衣服都带上了，她甚至在里面瞥见一副粉色的毛绒手套，其余便都是些杂物。

他显然没怎么出过远门，不懂得轻装简行，收拾东西给人一种有备无患的感觉，衡月猜想他是把这房子里他还能用得上的全带上了。

衡月只看了两秒便收回了视线，她并没有表现出什么不赞同的神色，只道："东西太多了，把书带上，衣服带一套就够了，其他能买到的东西全部拿出来。"衡月不给他拒绝的机会，面不改色地撒着谎，"那些东西家里都有，已经备好了。"

她昨天接到消息，今天就来了南河，哪里有提前准备的时间？

但林桁并不知道，听她这么说，点了点头，只好道："哦……好。"

或许是因为照顾年迈多病的爷爷奶奶多年，林桁习惯了节省，他像个节俭紧凑过日子的小老头，收拾行李的时候利落得不行，这会儿要开始往外拿了总觉得可惜，眉心深深皱着，拢起几道醒目的折痕。

衡月只当没看见。

后来他整理出的东西只一个书包便装完了，其中一大半都是书。

林桁跪在屋中，拜别过他爷爷奶奶的遗像，随后锁上门，背着鼓鼓囊囊的书包安安静静地跟在衡月身后往村子外走。

自决定离开，林桁就表现出了一种超乎寻常的平静，这对他这个年纪的少年而言很是少见。他不太像是要远别这个生活了十七年的地方，脸上既不见离家前的踟蹰犹豫，也没有对新生活的期盼，好像一个居无定所的漂游旅人，从一个地方流浪至另一个地方。

路上两人偶遇村主任带着衡月来时遇见的村民，村民的反应并不如之前那般热切。

他们挂着锄头看着这个吃尽了苦头的同村少年，又眯眼看向打扮得和这里的人格格不入的衡月,那眼神十分耐人寻味,像是要从两人身上窥伺出某些见不得人的秘密。

这一趟离开,无论林桁之后过得如何,他都会变成这个村子里一个长久的话题。从此以后人们提起他,便不再是安宁村那个勤奋穷苦的林家小子,而是攀上高枝、跟着不知道从哪里来的漂亮女人背井离乡的林桁。

一路上,衡月稍微理解了村主任说的林桁听话是什么意思,几乎是她让林桁干什么林桁就干什么,没有怨言,也没有疑问。

在机场,衡月去取票时,叫他站在原地等她,他愣是一步都没动过。衡月取完票回来,看见他站立的朝向都和她离开前一样,听话得有点叫衡月吃惊,甚至觉得他或许不像村主任说的那么聪明。

飞机落地,从北州机场出来,衡月才真正舒了一口气。

她的车停在机场旁的车库。驶往家里的路上,衡月注意到林桁一直偏头望着窗外。

在飞机上也是这样。用过飞机餐,她闭目小憩了一会儿,醒来就看见林桁悄然无声地看着窗外的落日余晖。

绮丽的霞光如金红色的匹缎浮动在天际,是与地上抬头看时不一样的美景。不知是否因为夏季夕阳余温仍热,林桁的耳朵有点红,他好像看入了迷,直到衡月醒时他才挪开视线。

眼下,时间刚过晚上九点,车子穿梭在高楼大厦之间,车窗外,大片绚烂迷醉的灯光浮过林桁眼底,映衬得那双黑漆漆的眼珠如一片浩瀚无垠的夜空。

车子进入隧道,外界的景色骤然变得单调起来,窗外重复掠过大片斑驳的隧道白墙和一盏盏嵌在墙壁里的黄色强灯,林桁仍是没有转过头来。

衡月意识到,他或许只是单纯地将视线落在某一个地方,而非被窗外炫丽的景色所吸引。

车子行驶在弯长的山体隧道中，车里的光线也暗淡了几分。衡月往右侧瞥了一眼，没了外界斑斓光色的干扰，她更能看清林桁此刻的神色。

他初次离家这么远，突然来到一个完全陌生的环境，感到不安或者生出某些抵触的情绪都是正常的反应。

但这些衡月都没有在他身上发现，或者说，林桁没有让她发现。

如果衡月再细心些，就会发现林桁的坐姿并不放松，他双手搁在膝盖上，后背都没有完全贴到副驾驶座的靠背上。

车窗玻璃映出他半边瘦削的脸颊，面骨线条清晰而凌厉，眼睫微微垂落。衡月转动眼珠看过去时，猝不及防地，透过车窗上的倒影对上了他的视线。

一直盯着车窗外的人终于有了反应，他匆匆回过头，像是偷看被发现般紧张。

他目视前方，五指重重抓了下膝盖。过了一会儿，没听见衡月问什么，才又松开了。

衡月没注意到他的小动作，只当刚才的对视是意外。

车子里开着冷气，在这狭窄紧闭的空间里，任何不属于自己的动作或气味都会在另一人的感官里被放大数倍。

衡月的鼻尖忽然动了动，食指敲了敲方向盘，开口叫他："林桁。"

少年转过头，眼睛眨也不眨地看着她，听见她问："村主任告诉我，你已经十七了，但身体状况不太稳定是吗？"

林桁愣了一下，不自在地点了下头："是。"

一般平均发育年龄是在十三到十四岁，但农村的孩子干重活，常漫山遍野地跑，是以身高像竹子似的往上蹿，但因在吃上不够精细，所以大多都干瘦。

衡月扭头看了林桁一眼，他就是一个很好的例子。

身高挺拔，因为干活练出来了一点肌肉，但瘦得十分明显，衡月猜想他的身体状况不好多半是营养不良的原因。

第二章 青春已十七

林桁家徒四壁,想来以前每天的饭菜可能还没有他爷爷奶奶吃的药种类多,稍不注意,年纪轻轻便容易一身问题,胃病、缺钙等等。衡月像他这么大的时候因为胃病吊过几次水,深受其害。

她屈起手指,若有所思地敲了敲方向盘,想着哪天带林桁去医院做个检查,没再说话。

衡月在北州市有几套房子,目前住在市中心的一套大平层,离公司近。

她和林桁回到家里,已经是晚上十点。衡月进门就蹬掉穿了一天的高跟鞋,光脚踩在地上,从柜子里找了双均码的一次性拖鞋给林桁。

"家里暂时没有男士拖鞋,你先穿这个。"

林桁的板鞋上还带着些许干泥,他怕弄脏了地面,进了门就没动过腿,听见这话才像活过来的木头似的动起来,接过拖鞋"嗯"了一声。

林桁认不出车的好坏,但房子的价值他却能看懂。他进小区后,就意识到衡月在他家里说的那句"养你于我而言可能比养一只猫还简单"绝非安慰他的话,或许真的比养一只猫还简单。而林桁也希望如此。

衡月看出他的局促,没催促他,站在一边等他换鞋。

不像衡月将一双高跟鞋蹬得东倒西歪,林桁坐下来解了鞋带后才开始脱鞋。衡月看着他低着的脑袋,今天第二次觉得他像个小老头。

林桁的鞋已经有点脱胶,衡月偏头看了一眼,忽然从他身侧弯下腰,拿起他脱下的一只鞋,翻过来看底部的鞋码。

林桁没料到她会靠近,手撑在地板上,下意识往侧边避开。等躲完,似乎觉得自己反应太过,又默默挪了回去。衡月没在意,等林桁换好鞋,叫他放下包,带他大致参观了一下。

房子很大,足有两百平方米,衡月指着一间开着门的房间道:"那是我的卧室。"

她走了两步,推开隔壁房门:"这是间客房,铺了床单被套,你今晚先在这儿睡下,如果想睡之前空着的那间,明天我让阿姨收拾出来。"

这间房之前衡月意外睡过两次,之后她便叫家政阿姨铺上了床单,没想到有用上的一天。

林桁毫无异议,无论衡月说什么他都答"嗯",像个没脾气的机器人,只在衡月说收拾房间的时候,才给了点不同的回应。

"不用麻烦。"他说。

虽然衡月说会尽心照顾他,但对林桁来说,他明白自己并不处于一个可以挑剔的位置。

衡月瞥见他额上的汗珠,伸手替他打开卧室的空调,并没有客气地回他"不麻烦",而是转头看着他,直白地显出了两个人之间的不平等。

"林桁,我们的关系并不完全对等。接下来我们会一起生活很长一段时间,在你适应这段关系之前,你得学会'麻烦'我,如果你什么都自己担着,那我带你来北州没有任何意义,明白吗?"

她赤脚踩在温凉的地板上,身高比林桁矮了一个头不止。

林桁微一低头,什么都能看得清清楚楚,漂亮含情的眉眼、涂着口红的唇和锁骨处白净的皮肤。

他不怎么会拒绝衡月,也还没学会怎么和衡月相处,在这种时刻,他总是只有一种反应,那就是避开视线,闷着头回一声"嗯"。

衡月几乎已经能猜到他的回应。

安排好林桁,衡月去房间的浴室洗了个澡。当她洗完出来,发现情况似乎有点不对劲,她又闻到了之前在车里闻到过的那抹温醇青涩的味道。

在车上时,这股味道只是若有若无地萦绕在衡月鼻尖,她那时疑心是自己的错觉。而此刻,这股味道却变得极其浓郁,像看不见的浓密晨雾,几乎充满了整间宽敞的客厅。

这屋子里只有她和林桁两个人,衡月知道这不是自己身上的味道,如果不是她,那么就只有——

衡月稍微屏住呼吸，走进客厅，敲响了隔壁房间的门："林桁。"

门半掩着，里面并没有人答。

突然，她身后传来"咔嗒"一声，客厅的洗手间被人打开。

衡月转过身，看见林桁手脚僵硬地从洗手间走了出来。

少年踩在地面的脚步声沉重而缓慢，呼吸尤为急促。他一头黑色短发不知道被水还是汗得湿透，裸露在外的皮肤透出淡红色，两道长眉深深敛着，仿佛正在遭受某种痛苦。

林桁看见站在他房间门口的衡月后，浓密的睫毛微不可察地颤了一下，像是淋湿了的乌黑翅羽在发抖，无端透出几分柔弱无依的滋味来。

他只是皱着眉，脸上仍没有太多其他表情。

和在他老家的那间石砖瓦房中一样，林桁没有贸然离衡月太近，而是站定在客厅中间，与她隔着几步远的距离。

衡月刚洗完澡，赤脚踩在浅灰色大理石地板上，身上只穿着一件浅妃色细肩吊带裙，裙摆刚刚及膝。

她卸了妆，长发吹得半干，柔顺地披在身前背后，和林桁之前看到的样子有些不一样，面容清丽，像一朵出水沾露的白木芙蓉。只是花瓣上染了几缕浓色，那是她白净脸庞上颜色鲜明的眉眼和唇瓣。

林桁的目光在她身上停留了一秒，又仓促地移开了。他抬起眼睑看向衡月，唇瓣张合几次，很轻地叫了一声："姐姐……"

他嗓音有点哑，像是用气声发出来的，如果不是看见他的嘴唇在动，衡月几乎要怀疑是自己听错了。

林桁唤出这两个字后，一直绷着的表情骤然舒展了几分。衡月感觉胸腔下的那颗心脏被这普普通通的两个字勾住，往外轻轻拽了一下。

她"嗯"了一声应他，问："难受吗？"

豆大的汗珠顺着额角滚至脸侧，林桁抿了下唇，漆黑的眼珠渗着湿漉漉的水汽，像在潮湿热气里起雾的玻璃珠。

他摇了下头，有些无助地看着衡月，低声道："我好像发烧了……"

人在处于这种难熬的时期里,思绪会迟钝不少,林桁也不例外。

这种情况下,衡月不知道他是怎么得出自己只是在发烧的结论的,想了想,朝他走近,伸出手探了下他额头的温度。手贴上去的那一瞬间,她感觉手背像是被一块烧红的烙铁烫了一下。

少年站得笔直,裤子宽松,布料本该顺垂往下,此刻却微微有些褶皱,而林桁好像还没有察觉。

衡月说:"还好,不算很烧。"

衡月不由分说地推着林桁往卧室走去:"今晚好好休息。"

衡月替他关上卧室的门,还没离开,就听见林桁的声音穿透门墙透了出来:"你要休息了吗?"

墙体里装了隔音棉,里面的声音听起来有些失真,但仍辨得出发声的位置离得很近,好像林桁还保持着面对门站立的姿势,没有动过。

这话里的挽留之意太过明显,衡月刚迈开半步的腿又收了回来,问他:"你想我在这儿陪你吗?"

没有任何犹豫,里面"嗯"了一声。

青少年在某些时候会极度没有安全感,像还没长大的幼鸟摇摇欲坠地站在悬崖上,总会希望自己亲近的人陪在身边。

林桁的亲人刚离世不久,又才来到人生地不熟的异地,这种不安感只怕会比常人更严重,若是处理不好,怕是会在心中留下阴影。

衡月年少时起码有一半的时间母亲都不在身旁,后来和母亲不够亲近多少也有这个原因,对此很能理解。她靠在墙上,点点头:"好,我在这儿陪你。"

第三章 梦游与往事

第三章　梦游与往事

等到林桁睡下,衡月才回房间。临睡前她吃了一片安眠药,第二天醒来,因药物作用,头脑有些昏沉。她坐起来,安静地靠在床头醒了会儿神,突然想起来她还没通知村主任她已经把林桁带走了。

现在已经是上午十一点,衡月从卧室出来,发现林桁并不在客厅,他的卧室门大开着,被褥整齐地叠放在床上,里面也没人,倒是厨房的抽油烟机呜呜作响,飘出了一股诱人的饭菜香。

客厅落地窗前的茶桌上摆着几本翻开的高中教科书,夏季浅金色的阳光照进来,一缕缕均匀地洒落在桌上。衡月瞥了一眼,《数学》《物理》,看得她头疼。

昨晚她胡乱蹬掉的鞋子整整齐齐摆在玄关处,随手扔在洗衣篓的脏衣服也洗干净挂在了晾晒间,看那一板一眼晾衣服的方式,并不是家政阿姨的手法。

比起昨晚,整个房间变得井井有条。

衡月若有所思,脚下一转拐进厨房,看见林桁正系着家政阿姨的粉色围裙,立在灶台前做饭。他背对衡月,一手端锅一手执锅铲,站得肩背挺直,像棵朝天长的小白杨。

林桁微垂着头看着锅里的菜,乌黑的后脑勺有点乱,后颈下方那处脊骨明显地凸起,清瘦而坚硬。

衡月捻了捻指腹,莫名感觉手有点痒。

她想了想,掏出手机打算拍张林桁的照片发给村主任,告诉他林桁如今一切安好。

清瘦的背影落在屏幕中央,"咔嚓"一声响,林桁转过头,看见衡月靠在厨房门口举着手机对着他。

林桁知道她在拍自己，一般来说，这个年纪的学生正是自尊心、隐私感奇高的时候，很反感他人拍自己的照片，但林桁并没有什么特别的反应，甚至没问一句衡月拍照做什么。

衡月的拇指一顿，不小心点到屏幕，又听"咔嚓"一声，照了张他略微模糊的正面照。她看了眼手机，因为林桁在动，所以脸部有点花，但耳朵上那颗黑色小痣不知怎么却很清晰。

林桁看起来比昨晚好多了，举了举手里的锅铲示意道："等会儿就可以吃饭了。"

林桁盛出烧好的红烧排骨，背对着衡月："早上家政阿姨来过了。"

他好像只是告诉衡月一声，说了这一句就没有后话了。

衡月"嗯"了一声，也没多问，但她看林桁面前翻开的食谱，觉得家政阿姨不只是来过这么简单。

她早上起得晚，昨天睡前特意给家政阿姨发过消息，让她早上过来给林桁做顿饭，顺便教教林桁这一屋子家电怎么用。现在看来，阿姨许是尽心教了个精透。

林桁烧菜的技术意外地很不错，衡月平时都选择订餐配送，除了家政阿姨偶尔会来做饭，她已经很久没吃过家常菜。

衡月食量不大，嘴却很刁，不然以前也不会得胃病。不合口味的菜她只尝一口就不会再伸筷子，且每一餐，荤、素、汤都得有。

这些是家政阿姨告诉林桁的，衡月没和家政阿姨说林桁是她弟弟，于是家政阿姨似乎是错把林桁当成了衡月的男朋友，一五一十把衡月的喜好都透露给了他。

阿姨和林桁说衡月吃不得辣、不喜欢酸口的时候，林桁也没觉得哪里不对。之前在老家做饭都是他来，到了这儿他也做好了包揽家务的打算，跟着家政阿姨把洗衣、做饭、扫地都学了个遍，甚至还给衡月冲了

第三章 梦游与往事

杯手磨咖啡。

眼下,他坐在衡月对面扒着碗里的饭,偷偷观察着她筷子的走向。三菜一汤,好在衡月每一道都尝过几口,最后还喝了一小碗三鲜菌菇汤。

衡月见他一直看着自己,放下碗,不解地问:"怎么了?"

林桁见自己被发现,纤长的睫毛垂下去,不再看她,摇了摇头,低声道:"没事。"

衡月听他的语气,感觉他好像有点高兴。

林桁咀嚼着口里的饭菜,撑得腮帮子微微鼓起来,像嘴里塞了坚果的仓鼠。他没再说话,只低下头,发扬了一贯优良的节俭作风,把桌上剩下的饭菜一口一口全扫进了肚子里。

衡月看着他,漫不经心地想,自己带回来一个大胃口的田螺姑娘。

林桁的房间里有一股很浅很淡的香,和衡月身上的味道很相似,其中还夹杂着一点不易察觉的沐浴液的味道,那是她之前睡在这房间时留下的。

那香味很浅,若有若无地浸在他的被子里,并不浓厚。

但每当夜深人静之时,林桁躺在床上,却感觉那一星半点的味道像是变浓了许多,似团化不开的雾气严密地将他包裹在其中。

如同在一大杯澄澈无味的清水里滴入了一滴酸浓的柠檬汁,只一滴,却叫人无法忽视,足以叫少年嗅着被子整夜整夜地睡不着觉。只要一闭上眼睛,他眼前就自动地浮现出衡月的影子。

林桁心中有鬼,白天不常待在房间里,总是坐在落地窗前的茶桌上看书刷题,甚至这些日子的深夜,实在睡不着了,他也会来到客厅,开着一盏灯一个人低着头坐在那里温书。

英语、语文,随手一伸,捞到哪科看哪科,身上浸出一身薄汗了还端坐着不动,生生熬过升腾的热意,再回房间睡个囫囵觉。

少年快速低声读背的声音回荡在客厅,活像个为修心而深夜爬起来念佛经的小和尚。

衡月的卧室配有独浴，除了接水喝，她晚上很少来客厅。林桁声音压得很低，并不用担心会打扰到她休息。

是以，深夜不睡觉爬起来"念经"这事，他干了两天衡月都还没发现。

这夜，林桁依旧进行着他的学习大计，他坐那儿翻了两页书，突然听见身后传来一阵轻缓的脚步声，声音有些闷，像是光脚踩在地板上发出来的。

而衡月在家里从来不穿鞋。

不知怎么，林桁的反应像被家长抓到夜里关了灯不睡觉而在床上疯玩的熊孩子一样，紧张得心跳都漏了一拍。

此时正是半夜两点。落地窗外，城市斑斓的霓虹灯纷纷熄灭，只剩马路上数排亮黄色路灯和高楼上闪烁着的红色航空障碍灯尽职尽责地长亮着，零星几点灯光缀在城市边角，守护着这孤寂的长夜。

林桁听见声，脚下一动，立马慌忙地站起了身，小腿抵着凳子猛地往后退开，凳子腿磨过地板，划开一串断续沉重的响声。

林桁转过身，看见衡月站在客厅昏黄的灯光下，眼睛眨也不眨地望着他。她穿得清凉，细白的手臂落在微弱的光线里，裸露在外的皮肤透出一股温润的暖色。

衡月眉眼柔和，脸上却没什么表情，林桁不确定她是不是因为自己半夜不睡觉吵着她而生气。

他迎上她的视线，身上那层薄韧的肌肉都僵成了块，他张了张嘴，叫了她一声。

衡月没有答话。

少年的睫毛微微颤了一下，似两片慌张扑动的翅羽，在眼下投落一片薄透的浅色灰影。他心如乱鼓，面上却不显，一只手搭在桌面，手指微微蜷紧了几分，安静地看着衡月迈开步子，慢慢朝他走过来。

客厅只开了一盏低亮度的暖色灯，衡月身穿一条浅色蚕丝吊带睡

第三章　梦游与往事

裙，柔软的布料顺垂而下，行走间身上光影似水光浮动，隐约看得见衣服下窈窕纤细的腰肢。

林桁匆匆避开视线。

客厅地板上堆着几个购物袋和还没来得及拆开的纸盒，那是衡月给林桁买的衣服和鞋子。她一口气买了太多，出手阔绰得仿佛批发拿货，剩下许多林桁还没来得及整理。

其中一部分是高定，一部分是直接从网上购来的，盒身上的商标大多与摆在桌上的杂志封面上的商标相同。

如衡月向村主任承诺的那般，她尽心尽力地照顾着林桁，至少在衣食住行上，林桁的生活质量全与她的比肩。

林桁怕衡月看不清，不小心撞到盒子，伸手将客厅的灯全打开了。

明亮的光线倾泻而下，瞬间涌入视网膜，林桁有所准备，却还是被晃得眨了下眼。但衡月却像是没反应似的，视线依旧看着前方，脚下半步未顿，继续朝他走来。

林桁这时才终于发现了些许不对劲。

林桁面前摊着一本翻开的英语笔记本，他的手正搭在笔记本的中缝上。

本子上写得密密麻麻，高中生学业重，做笔记时的字迹连笔带画，恐怕只有他自己才看得懂写了些什么。

衡月走到林桁身旁，却没有看他，而是低头看着桌上的书本。

她站得离他很近，半步不到的距离，长发落下来，发尖轻轻扫过林桁的手臂，有点痒，他动了下手指，但并没有挪开。

他犹豫地抬起另一只手，在衡月眼前晃了晃，却见她毫无反应。

林桁渐渐皱紧眉心，两道乌黑的长眉深拢，唇缝几乎绷紧，少见地露出一派严肃之色。

037

他看见衡月伸出手,纤细的五指抓住他的手腕,提起他搭在笔记本上的手,放在一旁,而后在笔记本的纸页上方折了个角,将其轻轻合上了。

和她平时看杂志时一样的折页方法。

她的动作很慢,像是放慢速度的老式电影,且从始至终没有开口说过一句话。

林桁看着她低垂的柔和眉眼,心中越发感到不安,又唤了一声。

似是担心惊扰了她,林桁的音量不高,很快便沉入寂静无声的黑夜里。

过了好几秒,衡月才终于给了他一点反应。

她仰起头,神色平静地看着林桁,双眸明净如水面。明亮的光线下,眼瞳中那抹浅淡的绿色如透亮的珠宝,清晰地映照出了他的模样。

但视线却没有聚焦。

她浅淡的目光虚落在林桁脸上好一会儿。突然,像被什么东西所吸引,那双眼珠微微一动,将目光投向了他的左耳,那地方长着颗动人的小痣。

林桁一愣,看见衡月抬起手,用拇指与食指捏住了他薄软的耳垂。她手指一动,捻着那颗小痣很轻地揉了一下。

林桁对此毫无预料,身体僵住,不自在地眨了几下眼睛,半点没敢乱动。

衡月并没有停下来,她甚至站近了半步,用指腹在他的耳垂上轻轻摩擦起来,像是想看看那颗痣会不会因此而褪去浓烈的颜色。

少年轻轻抓住衡月细白的手腕,衡月同时缓缓放下了手,随后如来时一样,悄声回了房间。

林桁看着她纤细的背影,眉头紧锁,久久没能回过神来。

梦游吗?

第三章　梦游与往事

翌日，衡月起床时依旧已经快到中午，和林桁一起用过饭，她抱着电脑窝在客厅的沙发里处理公司的事。

她的生活十分规律，一周有几天会出门去名下商场门店巡视一圈，其余大多时间都待在家里。尤其林桁这段时间情况不稳定，她不放心把他一个人扔在家，因此连公司也很少去。

和总是站坐如松的林桁相比，衡月的坐姿并不端正，她蜷着两条细白的腿，没长骨头似的倚进柔软的沙发里，睡裙滑到大腿上了也不管。

林桁收拾完从厨房出来，一眼就看见了这一幕。

听着手指敲在键盘上不断发出的"啪嗒"声，林桁轻手轻脚地在衡月面前放下一杯咖啡，脸上又开始冒热气。

他在桌旁坐下，翻开练习册，心不在焉地刷了会儿题。昨晚的事他不知道该怎么开口，还没问衡月。

但衡月却敏锐地察觉了他的异样，她抬起眼，看林桁手里握着笔，低着头动也不动地坐在那儿发呆，开口道："怎么了？"

她没叫他的名字，但林桁知道她是在同自己说话。

他侧过身看向她，张了张嘴，迟疑着问道："你还记得……昨天晚上的事吗？"

衡月听见这话怔了一下，第一反应便是自己的梦游症犯了。

她想起自己之前梦游到客卧歇下的事，端起桌上的咖啡战术性地喝了一口，思索着道："我昨晚进你房间了吗？"

林桁不知道她为什么这么问，老老实实摇了下头："没有，只是在客厅逛了一圈。"

他说着，下意识抬起手在左耳上捏了一下，但他很快又放下了。

他实在不怎么会撒谎，衡月看他这副模样，就知道自己肯定不只是"在客厅逛了一圈"这么简单，但她并没有追问。

她没打算瞒着林桁自己有梦游症的事，实话实说道："我睡眠不是很好，患有梦游症，虽然不会做出危险的事，但会在屋子里乱走。"

她"唔"了一声，提醒道："你晚上睡觉记得锁好门。"

衡月并不是无缘无故叫林桁锁门，实在是因为她之前有过太多次醒来后发现自己睡在客卧的情况。那也是她发现自己梦游的源头。

林桁却没明白衡月为什么让他锁门，只是听话地点了下头："嗯。"

不质疑不多问，这是林桁的好习惯之一。

第二天，衡月带林桁去了趟医院，做常规体检。医院人来人往，空气里弥漫着一股消毒水的味道。

这家医院是衡家产业下的私立医院，衡月带着他走了VIP通道，大部分体检项目很快就做完了。

诊室里，穿着白大褂的医生指着报告对衡月说："没什么问题，小伙子挺健康的，就是稍微有点缺钙。平时多喝纯牛奶，吃点钙片就行了。"

衡月愣了一下："缺什么？"

她路上想过林桁身体会出现的各种问题，但唯独没想过他会缺钙，这身高也不像是缺钙能长出来的。

"钙。"医生表情很认真，他说完扭头看了眼在衡月身旁笔直站着的林桁，也没多解释，只上下打量了一眼，欣慰道，"还能再长长。"

许是见多了被学业压得弯腰驼背站不直的学生，医生开着玩笑："以后可以去打篮球，再高点还能去试试跳高。"

衡月坐在椅子上转头看向站着的林桁，这一眼对上去只觉得头仰得难受。

医生在电脑上开着钙片的单子，提醒道："买牛奶记得看看成分表，买配料表只有生牛乳的那种。那些配料表太杂的喝了没什么用，就是挂着牛奶名的饮料，少喝。"

衡月看了眼有些局促的少年，应道："好。"

林桁出门时两手空空，回家时手里拎了两箱奶。

第三章　梦游与往事

衡月很关心林桁的身体状况，一回家就让他照着说明书吃了一片钙片，喝了一瓶奶。

两人在外吃了饭才回来，肚子还饱着。但林桁没有异议，衡月把牛奶插好吸管递给他，他就接过去喝着。

衡月看他喝得慢，以为他不喜欢，又叮嘱了一句"每天一瓶"。

林桁含着吸管，听话地应下："嗯。"

入夜，皎皎月色似清透水光流入客厅，照见一道朦胧倩影。

林桁晚上去洗手间，看见衡月蜷缩着坐在客厅的沙发上，低着头在读杂志。

她身旁亮着盏小灯，看起来和白日里没什么区别，林桁以为她只是失眠，走近了问她："你睡不着吗……"

一句话没说完，少年突然止了声，因为他发现衡月手里的杂志拿倒了。

林桁意识到什么，屈膝在沙发边蹲下来，抬头看向她的眼睛，果不其然，发现衡月的目光和梦游那晚一样，视线涣散，没有聚焦。

林桁去完洗手间，出来后并没有回房睡觉，而是在衡月身边坐了下来。

他没说话，也没怎么动，就这么干坐着陪她，显然是打算等衡月安全回房后再回去睡觉。

林桁在手机上查了梦游症，虽然衡月同他说这并不危险，但在他看来，衡月梦游时并没有自主意识，须谨防意外，看着她点总是好的。

况且手机里一搜出来的全是类似"可怕！一男子梦游时翻窗意外坠楼""十岁小孩梦游跑丢"之类的惊心标题，他实在不敢掉以轻心。

她被蚊子叮一下都难受，如果不小心磕着碰着了，怕是要皱眉疼上好几天。

万籁俱寂的夜里，两人间的气氛静谧又安稳，林桁看着她眼前一缕垂落的头发，明明知道她没有在读杂志，还是伸出手小心替她撩到了耳后。

盏盏明黄色小灯嵌在墙上，并不是一个适合看书的环境，林桁打开头顶的射灯，想了想，又把衡月手里的杂志拿起来，摆正了放回她手里。

指尖不小心蹭过她的手心，安静许久的人像是突然被人从睡梦中唤醒，衡月动了起来。

衡月将杂志放在腿上，目光缓慢地顺着林桁结实的手臂挪到他宽阔的肩膀，而后又继续往上，停在了他的耳垂处。

她伸出手，细长的手指擦过他耳旁的短发，如那夜一样，捏住了他的耳垂。

少年呼吸稍滞，顿时僵成了块石头。

对林桁来说，错过一次的题不会再错，上过一次的当不会再上。可偏偏在衡月这里他学不了乖，吃不了教训，被人两次捻住耳朵，都不知道要怎么躲。

他唇瓣微动，想开口让衡月停下，但又意识到此刻她根本听不到自己说的话。

好在这次衡月捏了一会儿就松开了他，她望着指尖，似在看有没有拓下他耳上的黑痣。

随后和那夜一样，她站起身，独自慢慢回了房间，仿佛什么也没发生。

留少年一个人，捂着发热的耳朵在沙发上呆坐着，久久无法平静。

衡月在很久以前见过林桁，七八年前的事了，她本以为自己已经快忘了，然而昨晚忽然梦见，发现自己都还清清楚楚记在脑海深处。

因为母亲工作需要，衡月刚上初中就跟着母亲定居在了南河市，也就是林桁之前居住的城市。

她们在南河住了有近十年，也是在这期间，衡月的母亲认识了林桁的父亲。

遇见林桁的时候衡月正上高中,读高几已经记不清了,只记得那时正在放寒假。临近春节,南河罕见地下了场大雪,纷纷扬扬,几乎要淹没整座城市。

深冬傍晚,霞光睡不醒似的昏沉,严寒刺骨的冷风刀割般往脸上刮。

衡月从课外班下课,独自一人踩着雪慢悠悠走在回家的路上,在小区门口看见了一个低着头坐在花台边的小孩。

也就是林桁。

那时他穿着一身简朴宽大的灰色衣裳,脚上的板鞋已经磨毛了边,他背着与他瘦小身形完全不符的大包,十分惹人瞩目。

那包里好像没多少东西,瘪瘪地贴着他瘦弱的骨架,看起来依旧十分沉重。

他低着头,好像是在等人。

此地位于地段昂贵的别墅区,出入者非富即贵,一个看上去不到十岁的穷苦小孩无人看顾地坐在那儿,显然不太寻常。寒风凛冽的冬天,又是傍晚时间,四周安静得不见几个人,若有也是行色匆匆,赶着早些回家取暖。

唯独林桁一个人孤零零坐在那里,像是无家可归的流浪儿。

天寒地冻,白雪纷扬,小林桁却衣衫单薄,连伞都没撑一把,飘飘细雪落在他身上,又渐渐融化,将他的头发也打得湿润,仿佛要把他一点点埋进雪里。

他身旁已经堆积了一捧蓬松的雪层,小小一个人像只小虾般蜷缩着。不似性格活泼的小孩坐在高处时跷着脚摇晃,他安静得出奇,仿佛一尊不会动的小铜像。

衡月从远处走近,看见他被衣领挡住小半的脸庞已经被冻得通红,而露在寒冷空气里的两只耳朵更是好不到哪里去。

他左耳耳垂上有颗很小的黑痣,黑得像是墨汁浸透了皮肉,点在冻伤的耳垂上，明晃晃地映入了衡月眼底。

衡月自认不是什么心地善良的好人，可冥冥之中，仿佛有条看不见的绳索在她脚下拦了一把，白靴陷入蓬松酥软的细雪，鬼使神差地，衡月就这么停在了他面前。

大片阴影兜头罩下，小林桁动作缓慢地抬起头看向她。他脸生得圆，婴儿肥未褪，乌黑的眼珠子干净得仿若两片玻璃镜面，很是乖巧。只是眼眶泛红，好像是哭过。

衡月垂眼看着他，声音从焐得温暖的围巾里透出来："你为什么坐在这儿？"

这话听起来并不太友善，他理解错衡月的意思，以为这处不能坐人，提了提肩上的背包带，局促地从花台往地上跳。

台砖上堆积着冰冷的厚雪，他连雪层都没来得及拂开，两只小手直接陷进雪里撑着台面，动作僵硬地落到行道上。

他膝盖像冻僵了似的，脚下跟跄了半步，险些摔倒。

衡月见此，几不可见地蹙了下眉。

他站直身时，还不及衡月胸口高，显然冻坏了，两条手臂一直在微微发抖。衡月低头看着他，发现他身上的衣服大了好几个码，像是捡了大孩子的衣服改小后套在了身上，灰白色衣服的袖口还留着整齐的黑线针脚，整个人看起来像只脏脏旧旧的小狗。

衡月畏寒，冬日出门必是全副武装，耳上挂着毛茸茸的白色耳罩，颈间围着一条羊绒围巾，头顶还戴着白羽绒服的帽子，双手揣在温暖的口袋里，整个人裹得严严实实，只露出了小半张脸。

一大一小站在一块儿，无论从穿着还是年龄看，都犹如两块颜色割裂对比鲜明的色块，怎么也不像是姐弟俩，惹得过路人往两人身上好奇地打量了好几眼。

衡月不在意旁人的目光，但一个十岁左右的小孩却还做不到视若无睹，她见他微垂着脑袋不说话，又问："你爸爸妈妈呢？"

第三章 梦游与往事

他并没答话,半晌后,只沉默地摇了摇头,衡月并不理解他这是什么意思。

落在头顶的细雪凝成水珠,顺着他凌乱的黑色短发滴下来,流经红透的耳郭,摇摇欲坠地挂在冻得红肿的耳垂上。

他好像察觉不到冷,又或是耳朵已经冻僵了,雪水在他耳朵上挂了好长时间都没发现。

衡月蹙了下眉,伸手在他的耳垂上轻轻一抹,带走水珠又揩去残留的水痕。她从包里摸出纸巾展开,在他被雪淋湿的头发上胡乱擦了几下,一张纸打湿,又抽出一张,将他一头细软的头发揉得凌乱。

小孩察觉到头顶的力度,抬起头,呆愣地看着衡月,神色有些惊讶,似乎没想到她会这么做。衡月自己也没想到。

她没解释,行善行得如例行公事,脸上并无丝毫助人为乐的热情,直到一点点将他发丝上的雪水吸得半干后,才停下动作。

近处没有看见垃圾桶,她只好把打湿的纸捏成团塞回衣服口袋。

"有伞吗?"她问。

似是耐心告罄,这次不等他给出回应,衡月直接从书包侧面抽出伞,撑开了塞进他手里:"拿着。"

他的手已经被冻僵了,指尖生着细小的冻口,短暂接触的这几秒,衡月只觉挨着他的那片皮肤都冷得有些麻木。

他没有拒绝衡月的好意,只呆站着任衡月摆弄,但并非出于自己的意愿,更像是在大雪里待久了,被冻得思绪迟缓,无法应对这粗暴又简明的善意。

衡月从衣服口袋里拿出手套,也不管合不合适,握着他的手松松垮垮地给他套了上去。

一边套一边想,冻成这样,或许会发烧也说不定。

但她突发的善心顶多只能延续到这个地步了,带一个可怜的小孩去派出所或是帮他找监护人这种麻烦事并不在她的考虑范围内。

宽大的伞面完完全全将小林桁与大雪隔绝开，做完这一切，衡月一句话也没说，把手塞回口袋，像在他面前停下那样突然，一言不发地越过他进了小区。

大雪漫天，一望无际的云幕乌沉沉地朝地面压下，冬日余晖仿如倒放的影片开头从高楼大厦间退离，收成一线，聚在天地交接的边缘。

街边，远处的路灯一盏接一盏亮起，眨眼便照亮了被大雪摧残得不成样子的花台和一个撑着伞呆望着小区门口的瘦弱小孩。

天光迅速消散在长空尽头，过了片刻，一个熟悉的身影快步从小区出来，折返到了林桁面前。

是刚才离开的衡月。

冬天日短夜长，从她离开又出现不过短短十几分钟，天色已经暗得像是快入夜。

她微皱着眉，看着被宽大伞面完全罩在下方的人，发现她离开的这段时间，他半步没挪过地方，从远处看上去，如同一朵扎根在雪里的大菌菇。

林桁没想到她会回来，衡月在他面前蹲下时，他显然误会了什么，有些无措地把伞递还给了她，另一只手贴着衣服，还在试图将手上的粉色手套蹭下来，明显是想把手套也一并还给她。

衡月愣住，回神后又帮他把手套戴了回去，低声道："我不是来拿伞的，手套也不要。"

衡月没理会他脸上露出的茫然神色，也没解释什么，毕竟她自己都不明白今日富盛多余的善心是从哪里来的。

她来回一趟，肩上、头顶已经覆了薄薄一层细雪，小孩显然也看见了，他没再把伞递给她，但脚下却小心地往她面前挪了一步，将伞慢慢罩在了她头顶。

衡月看着他，伸手在他头顶轻揉了一把，问道："你是走丢了吗？

第三章 梦游与往事

找不找得到回家的路？要不要帮你报警，叫警察来帮你？"

她的嗓音天生柔和，叫人十分心安，但显然没怎么做过善事，关心人都不熟练。噼里啪啦一次性问了一大堆，也不管小孩听不听得懂。

小林桁还是闭着嘴不说话，但还好能听懂衡月说的话，他先摇头，又点头，后又摇头。

没走丢，能找到家，不用报警。

逻辑还算清晰。

衡月颔首，只当他是个小哑巴。

她把自己的围巾解下来，手绕过他的后颈，慢慢在他脖颈上缠了两圈，似是怕勒着他，伸手又把围巾扯松了些。

细腻温暖的白色羊毛绒浸染着一股暖和的香，盖住了小孩大半张脸，只露出两只乌黑澄亮的大眼睛。

果然无论怎么看都是只小狗。衡月想。

围巾上的细绒絮抚过他被风雪冻伤的脸颊，些微痒意袭来，小林桁眨了下眼睛，五指抓紧了伞柄，似乎是从来没戴过围巾，他不太适应地动了下脑袋。

衡月没理会他的小动作，只把耳罩也摘下来挂在了他的头上，耳罩内布满柔软的丝绒，还透着衡月身上的体温，似团温火包住了他两只冰冷红肿的耳朵。

收回手时，衡月捏住他柔软的耳垂，在那颗黑色小痣上轻轻揉了一下。

他也不躲，只呆看着她，但他终究只是个孩子，骤然体会到突如其来的善意，再藏不住遭受风雪的委屈，湿润迅速汇聚眼底，看得人心软。

还没有哭，但看起来快了。

衡月缓慢地叹了口气，他这副乖巧模样，也亏得这一带治安好，不然怕是要被人拐走，卖进深山给孤寡老头送终。

但她管不了那么多，她自认做到这份儿上已经仁至义尽，半辈子的善心都花光了。

她拍了拍他的脑袋,从钱包里取出一叠红钞,也没点是多少,拉了拉他的衣服,随便翻出一只口袋塞了进去。

"姐姐……"突然,闷不出声的男孩开了口,嗓音有点颤,一股小孩子的奶腔。

他低着头从口袋里掏出衡月塞给他的钱,抬手递给她,虽然不知道衡月给他的这半身冬装值多少钱,但实打实的钱他是能认出来的。

对他来说,这些钱太贵重了。

衡月看了一眼,又给他塞了回去,淡淡道:"早点回去,别在外面乱逛。"

随后站起来,头也不回地走了。

大雪渐渐模糊了她的身影,这次她没有再回来。

衡月当时并不明白林桁一个小孩为什么会出现在那儿,后来听村主任说,林桁奶奶病重的那年,他去城里找过他父亲,衡月这才恍然明白,他那时候应是一个人来找林青南的。

阳光穿透窗帘的缝隙,聚成一束柔和的金光照入房间,在地板上、床铺上落下一道细长的亮光。

衡月从梦里醒来,有些恍惚地坐在床上,她忍不住想,如果那时哪怕她再多问一句,林桁这些年,会不会过得好一点?

第四章 跳级生林桁

第四章　跳级生林桁

离"五一"小长假结束还剩几天时间。这日午后，衡月在家办完公，合上电脑，看了眼窗外萎靡不振的日光，扭头叫了坐在落地窗前的林桁一声。

"林桁，你下午有安排吗？没有的话我们去趟学校。"

她这样说，似乎是已经联系好了林桁即将转入的学校。

林桁对此并不知情，他愣愣地抬起头，些许讶异地望着衡月。

林桁爷爷生病那段时间，林桁不得已中途退学在家照顾老人，根本无暇学习。如今离高考只剩一个多月，为了参加今年的高考，衡月接林桁到家的这些天，他一直在复习之前生疏的知识点。

他日日坐在衡月眼皮子底下，头也不抬地看书刷题，衡月却半句没过问他的学习情况，好像对此并不关心。

林桁不知道她怎么打算的，他寄人篱下，如今吃穿不愁已经是幸运，不敢奢求更多，所以也没主动提及上学的事。

毕竟就他所知，在北州读书需要一笔不小的费用。

但农村孩子听得最多的就是"读书改变命运"这句话，林桁嘴上不说，但心里终归是想上学，哪怕只有一个多月。

此刻衡月突然通知他去学校，林桁微微睁大了眼睛看着她，实实在在地愣了片刻，连手里的笔都忘了放下。

过了好几秒他才反应过来衡月的意思，乌黑的眼珠对上衡月的视线，他抿着唇，点头重重地"嗯"了一声，像是觉得不够，而后又回了个"好"。

衡月难得从他嘴里听见两个字的回复，她挑了下眉尾，拿起手机拨通了学校联系人的电话。

她看着林桁嘴角扬起的那抹几乎看不见的弧度,也忍不住勾了下唇,心道:原来还会笑……

林桁不知道衡月联系的学校如何,也没问之后衡月是需要他住校还是走读,对他来说,能上学就行,并不贪图更多。

衡月名下的资产涉猎各行各业,虽然许多她只作投资并不管理,但股东的身份无疑给予了她极大的便利。

林桁即将就读的学校是北州出名的私立学校——北阳中学,里面的学生非富即贵,要么就是凭成绩考进来的顶尖学子。衡月在该校持有近百分之三十的股份,也算是大股东了。

学校这边临时接到她要来学校的消息,以为她是前来视察,书记、校长等纷纷出动,七八人候在车库门口迎她。

衡月也没想到会有这么多人,学校的事以前是她母亲在负责,母亲离世后,股份才刚刚落到她手上。

她停稳车从车库出来,看见教学楼下乌压压的大片人影,不太放心地转头看向身旁的林桁,见他神色如常并未露怯,才走上前去。

"哎呀,衡总,好久不见了。"领头的校长看见衡月,微笑着快步迎来,朝她伸出了手。

衡月点头示意,伸手同他虚握了一下:"秦校长。"

秦校长收回手,视线落在衡月身后半步的林桁身上,眯着眼就是一通胡吹:"这位就是您弟弟吧,衡总年轻有为,您弟弟也是少年英姿,不可多得呀!"

秦校长叫秦崖,五十来岁,戴着副金边眼镜,一副和蔼的模样,看着和公园遛弯的老大爷没什么两样,实则高瞻远瞩,能力非常。

他二十年前劳心劳力办了这所学校,当初也是他说动了衡月的母亲投资。

对学生他是个尽职尽责的校长,对股东他立马摇身一变,又成了精

第四章 跳级生林桁

明的商人。

这所学校创办不过二十年,却一举超过北州市各所名校,成了远近闻名的顶尖学府,靠的就是雄厚的师资力量。

师资力量能在短时间内累积如此之快,纯粹是用钱实打实砸出来的。当然,钱自然是从衡月这些大股东口袋里掏。

对着衡月这样的股东,秦崖嘴里的漂亮话从来是一筐一筐往外倒。

莫说林桁长得的确标致,就算他样貌平平,满脸青春痘,秦崖也能真情实意地把他夸作人中龙凤、同辈翘楚,仿佛已经看见林桁的双脚踩进名校的大门。

衡月对这样的场面话见怪不怪,但林桁显然不习惯这样的吹捧,不过他也听得出来这话是纯粹的吹嘘之语。

除了衡月,他在别人面前向来沉着少语,因此只礼貌地叫了声"校长好",就没说话了。

活脱脱一个遵纪守法的好学生,在学校里一帮富家少爷中,倒是少见地端正谦逊。

"嗯嗯,好,好。"秦崖笑眯眯地回他。

衡月今日只是带林桁来见一见他的班主任,没打算搞得像领导视察一般隆重。

校长知晓后,神色顿时松快了几分,眼角挤出两道皱纹。他清退众人,一个人领着衡月和林桁往高三的年级主任办公室走去。

假期还没结束,如今学生也还没返校,只有老师提前到校备课开会,学校十分安静。

林桁默不作声地打量着校内先进的设施,自觉地在对衡月的欠款里加上了一笔巨款。

他们穿过空旷宽大的操场,走近教学楼,衡月突然问:"秦校长,我今天第一次来,您怎么知道林桁是我弟弟?我之前联系也只说要给一个孩子办高中转学,电话里并没有提及是谁。"

秦崖疑惑地"哦"了一声,惊讶道:"顾总没跟您说吗?您联系教务处之后,好像是第二天吧,顾总就打电话嘱咐我,说您弟弟要办转学,托我好好照顾。"

衡月沉默片刻,神色如常地回道:"原来是这样,我是跟他提起过,这几日忙,我给忘了。"

一旁的林桁敏锐地察觉到了衡月的异样,他眉心动了动,很浅地撩了下眼皮,看向衡月明艳的侧脸,但很快又收回了视线。

秦校长感叹道:"您和顾总相识十多年了吧,真是难得,他还特地托我转告您,说孩子学习的事您不必太操心,这个年纪的男孩,都有自己的想法……"

秦崖的话匣子打开,东扯西扯说个不停,衡月微垂着眼,像是在思索什么,秦崖的话也没太听进去。

几人来到办公室,见过高三的年级主任,校长互相介绍了几句,就把话题引到了林桁的身上。高三的年级主任也是尖子(1)班的班主任,姓谢,校长还没问过林桁的学习怎么样,就把人领到谢老师这儿来,别的不说,至少面子上是做足了。

四人坐下来,谢老师问衡月:"林桁现在是打算直接转入高三是吗?"

衡月之前没问过林桁,也不太确定,她想起林桁中途退学的事,问他:"你高中的课程上完了吗?"

林桁点头:"嗯,课程都学完了,高三读了一个多月。"

他说完,衡月有些诧异地看了他一眼。

谢老师正打算问林桁为什么高三退学,余光突然瞥见秦校长对她小幅度摇了摇头,她反应过来这不是她该打探的隐私,于是又把话憋了回去。

第四章　跳级生林桁

谢老师接着又了解了一下林桁的基本学习情况，譬如他之前用的哪版教材，学习进度如何，强势和薄弱科目，等等。

衡月能亲自带林桁来见她，显然不是想让他像某些富家子弟一样混日子，聊了二十多分钟，临走的时候，谢老师从办公桌后码得整齐的试卷堆里抽出几套卷子给林桁："你回去做一下，每科定时，像正规考试那样，做完拍下来发给我，我让各科老师给你改出来，咱先摸个底。"

林桁接过卷子，又和谢老师加了联系方式。

衡月一直没出声，就看着林桁和谢老师聊，只在有些林桁拿不准的事上出声。

等他们聊完，两人告别秦校长，又道过谢，衡月就带林桁离开了。

学校离家不远，就两三公里的距离。到家还不到五点，衡月叫住自觉往厨房去的林桁，拍了拍手边的沙发："坐。"

林桁不明就里地在她身旁坐下，他看见衡月搭在膝上的右手，突然想起什么，不自觉伸手捂了下耳朵，但很快又放了下去。

衡月没在意他有些奇怪的动作，想了想，问道："林桁，我记得你今年十七了是吗？"

林桁没想到她会问这个，他算了下时间，强行把年龄往上拔了拔："马上十八了。"

马上十八……

衡月若有所思地点了下头，那也就是才十七岁……

她想起林桁说高三退学的事，疑惑道："你之前既然有段时间没去学校，也就是十六岁的时候就读到高三了，你们那边读书都读得早吗？"

衡月难得多问一句，她担心林桁为了减省一年多的学费谎报学习进度，以他怕麻烦自己的态度，也不是没这个可能。

林桁不知道衡月想的是这些，他摇了摇头，老老实实道："我十五岁上的高三，现在已经快两年没去学校了。"

055

衡月十分诧异："南河的小初高学年不是十二年吗？"

"是十二年。"林桁解释道，"只是我跳了两级，小学跳了一级，初中又跳了一级。"

他像是知道衡月接下来要问什么，抿了下唇："读书费钱，爷爷奶奶看病需要用钱，所以能跳就跳，能省些开销。"

衡月惊讶地看着他，她还是第一次听到这种说法——能跳就跳。

她当年读书的时候可没能力跳级，更别说在此期间还要照顾年迈病弱的长辈。

林桁身上有一股由内而生的坚毅之气，支撑着他历经苦难，愈挫愈韧。

衡月虽然早知道这一点，但听他这般平淡地叙述出经历过的苦楚，还是觉得难能可贵。

她本来还有点担心林桁跟不上学习进度，现在看来完全是她多虑了，毕竟北州市的高考难度相比其他省份是出了名的简单。

衡监护人彻底安下心，放林桁到厨房做饭去了。

林桁自律得完全不需要衡月提醒，吃完饭，他就拿出卷子安静地坐在那儿开始写。衡月担心自己吵到他，抱起桌子上的电脑悄声进了房间。

他一口气做了两套卷子，写完已经是十二点，离定好的时间还有十多分钟。林桁左右抻了抻脖颈，骨骼"咔咔"两声响，他想起什么，扭头往身后一看，才发现沙发上空荡荡的，衡月已经不在客厅。

他回过头，就这么沉默地坐了一会儿，而后把桌面收拾了一下，轻声洗漱去了。

夜里，林桁躺在床上辗转反侧，横竖睡不着。四个小时内写完两套卷子，后果便是大脑活跃非常，林桁此时满脑子都是白天秦崖和衡月聊天时提起的那位"顾总"。

林桁来北州的这些时日，衡月并没有向他介绍过任何她的亲属或者朋友，她只把她自己、家政阿姨以及她助理和司机的电话号码告诉了他。

虽然住在一起好些天，但林桁此时突然发现，他对衡月几乎是一无所知。

他不知道她的工作，甚至连她今年多少岁都不清楚。

而秦崖口中那个叫"顾总"的人，好像和她关系很好……

林桁抬起手臂搭在额头上，无比清醒地躺了半个小时后，从床头拿起了手机。

他打开浏览器，在搜索框里敲下了"衡月"两个字。

跳出的搜索结果不多，最新几个月的消息几乎都与衡月母亲去世有关。

衡氏家族、离世等关键词充满了他的视野，他往下划了划搜索结果，快速扫过几条虚假到离谱的新闻。突然间，林桁动作猛地一顿，停下了滑动的手指。

因他意识到自己此刻的所作所为和窥探衡月隐私没有任何分别。

一股羞愧之情似蛛网一般紧紧缠上心间，林桁拢紧眉心，无比唾弃自己的无耻。

他想退出浏览器，眼角却瞥见一条标红的大字：顾氏继承人顾行舟取消与未婚妻衡氏千金衡月的订婚，转而与黎氏联姻竟是因爱生恨……

这条资讯的发布时间在四年前，林桁刚接触网络不久，并不知道早些年的娱记为夺眼球能写出怎样荒谬的新闻，长指悬停在标题上，他看着"未婚妻"三个字，迟迟没能回过神来。

林桁最终并没有点进去，他思绪恍惚地退出浏览器，放下了手机。

不满十八岁的少年，订婚这种事在他这个年纪看来，遥远得像是下半辈子才会发生的事，但对衡月来说却不是。

林桁忽然意识到自己太过年轻，也太过累赘，他在衡月眼里恐怕就只是个没长大的孩子，需要她耗费无数精力去照顾。

四下寂静的深夜，林桁靠在床头，后颈处的皮肤下没由来地疼起来，仿佛有细针在里面一阵又一阵地戳刺。与之相连的血管和筋脉牵引着胸膛下缓慢跳动的心脏，一并隐隐作痛。

在这陌生不明的情绪里，林桁皱着眉，缓缓陷入了沉睡。

林桁花了一天半的时间把几套摸底卷刷完，发给了谢老师。入学前一日的午后难得闲暇，林桁温习得差不多了，衡月和他窝在沙发里看近期上线的一部国外电影。

电视屏幕尺寸大，窗帘垂落，房间光线昏暗，犹如置身私人影院。

电影情节正至高潮，忽然桌上手机振响，是衡月的手机来电，屏幕上显示的是个陌生的本地号码。

她接通电话："你好。"

电话那头传来一个有些耳熟的女人声音："喂，您好，是衡小姐吗？我是谢云，林桁的班主任，之前在学校见过面，您还记得吗？"

"记得。"衡月道。

不过……林桁的班主任？衡月记得上次去的时候谢老师还只说是高三的年级主任，并没有应允要带林桁进她的班。

不等她想明白，谢老师又接着道："不好意思在周末打扰您，打电话主要是想和您说一下林桁的事。"

衡月看了眼一旁端正坐在沙发上的林桁，找了个舒适的姿势靠进沙发转角："没事，你请说。"

电影的音量忽然降低，衡月抬头看去，见林桁拿着遥控器，压低声音询问她："要先暂停吗？"

衡月摇了下头。

手机里谢云道："是这样，不知道您还记不记得之前我给了林桁几套摸底测的卷子？"

听筒里传来鼠标点击的"噌噌"声，谢老师提及此处，情绪有些高昂，语速都变快了："各科老师已经把试卷改出来了，成绩很不错！

第四章 跳级生林桁

因为林桁是在家做的,所以想问您一下这卷子是不是林桁自己独立完成的。"

这几套试卷是学校的老师"五一"假前给高三的学生出的试题,网上并没有答案,谢老师心里已经大概有了个谱,但还是觉得打个电话求证一下为好。

她怕衡月误会她的意思,紧接着又解释了一句:"因为林桁的测试成绩实在出乎各科老师的意料,想知道他是不是独自按时完成的,如果是,这分数进(1)班就完全没问题!"

(1)班是北阳高三成绩最好的班,也是谢老师带的班,每年高考在全市前十要占小半名额,进去可以说已经半只脚踩进了清北。

林桁学习的时候衡月很少打扰他,也不像其他父母一样老爱在孩子身旁乱晃。她并不知道林桁是怎么完成的测试,对电话那头道:"稍等,我问问他。"

衡月唤了声"林桁",问得毫不含蓄:"谢老师给你的那几套卷子你怎么做的?定时了吗?有没有抄答案?"

林桁并不知道是学校老师打来的电话,见衡月忽然关心起他的学习,一时愣了片刻。

她跪坐在沙发上,一手举着手机,另一只手捂着听筒,微抬起头看向他。

荧屏光投射在他身上,乌黑的眼瞳里反射出一层薄碎明亮的光。

"没有。"他的睫毛颤了一下,明明已经相处了这么长的时间,但他平日表现得和之前并没有什么区别,脸皮仍旧薄如宣纸,只要衡月靠近些就开始烧。

此刻也一样,只是房间内昏暗,看不出少年白皙的耳郭边那抹不显眼的红。

"自己定时做的,没抄答案。"他乖乖地回答道。

衡月点头,向电话那头转述了一遍:"他说是定时完成的,没抄。"

"好、好，那就好！"谢老师语气听起来十分欣喜。

摸不透底的转校生忽然变成了重点尖子生，没有哪个班主任会不高兴，也难怪谢老师会为此事专门联系衡月。

电影里，主角二人历经艰险逃出生天，劫后余生的庆幸冲击着两人的心灵，他们并肩站在一起，望向远方从地平线缓缓升起的金色朝阳。

炙热的霞光射入两人之间，洒落在一望无际的荒原上。视角缓慢拉近，主角二人不约而同地转过来看向对方，四目相对。背景音乐忽然变得轻柔，画面定住，两个人就热烈地抱在了一起。

国外电影一贯的热情风格。

衡月握着手机，听着耳机里谢老师絮叨着林桁的事，并没有注意到电影的画面。

然而林桁却是睁大了眼，有些震惊地看着电影里的两人。

他表情难得变化，衡月察觉出些异样，顺着林桁的视线看去，心下了然。

和"长辈"一起看电视偶遇亲热戏这种窘迫场面少年虽是第一次经历，但也知道越显得在意气氛越是尴尬，于是林桁只好强迫自己盯着电影里的主角二人不挪眼。

少年宽大的手掌搭在膝上，紧张地握紧又松开，思绪飘忽，电影压根儿没过脑子。好在没多久，电影里的画面便暗了下去。

衡月看着他干净修长的手指蜷了又松，对谢老师说："不用，和其他同学一样就好。"

谢老师还在说着林桁的事，想来是受了秦崖的示意，大大小小的琐碎事一律讲得十分详细。衡月听了几句，觉得转述麻烦，开了免提，把手机放在了茶几上，拍了下林桁，让他自己听着。

屏幕里，电影仿佛重新开场，画面徐徐亮起，炙热的日光烘烤着一望无际的干涸沙漠，一辆漆面斑驳的暗红色越野车停在黄沙之上，虽是远景，也看得出车子正在小幅度地不停震晃。

第四章 跳级生林桁

画面拉近,镜头由半升的车窗照入车内,画面昏暗,却遮不住声音。

少年神色紧绷,侧脸线条明晰,透着股冷厉感,偏偏耳根处却红得扎眼。

这部科幻片在网上大受好评,电影基调粗犷狂野,就连感情戏也是这样,短短一分钟不到的画面,气氛张力满到极限,足够让人浮想联翩。

林桁不自在地快速眨了眨眼睛,谢老师的声音从电话里传出来,几缕通话的"嗞嗞"电流声传入耳中。

虽然电影声音不算大,谢老师好像也并没有发现,但林桁却有种羞耻感。

手机已经息屏,林桁转过头,有些紧张地看向衡月,却见衡月面色自然地看着电影里的两人,仿佛并不在意。

林桁脑子里乱作一片,他忐忑地僵坐了三四分钟,强迫自己听着谢老师的入学叮嘱,后面情节什么也没看进去。

几分钟后,谢老师终于讲完。衡月拿起手机对谢老师道过谢,若无其事地挂断了电话。

第二天入学日,林桁还是爬起来给自己和衡月做了早餐,两人住一起没多久,衡月却已经习惯每日都能吃上家常饭的日子。她喝着小米粥看收拾书包的少年,林桁察觉到她的视线,转过身来:"怎么了?"

衡月摇头道:"没事。"

总不能告诉他自己在思考以后吃饭的问题。

吃完饭,衡月要去公司,开车送林桁去的学校。她没进校,只送到了门口。

林桁下车前,衡月想起什么,叫住了他:"把手机给我一下。"

林桁解开安全带,从兜里摸出手机,手机没设密码,界面干干净净,除了系统自带的软件,其他什么也没下载。

好好一款智能手机被他用得像是两百块的老年机,实在有点暴殄天物。

衡月给他下了个微信,又帮他注册了个号,然后给自己发了条好友申请。

手机界面跳出申请消息,她通过后把手机递给他:"好了,如果有什么事给我发微信,重要的事打电话。"

林桁对电子设备没太大兴趣,一天看手机的时间不会超过十分钟,他知道微信这个软件,但显然还不太会用,接过手机道了声"嗯"。

衡月的微信名是"NY",林桁看着备注那一栏,不太熟练地敲着键盘,在 NY 两个字母后面又输入了两个字:姐姐。

衡月也给林桁设了个备注,她偏头看了眼校门口乌泱泱往里拥的学生,问:"你们下午几点放学?我来接你。"

"七点半。"林桁答道,但他立刻又摇了下头,说,"不用,天太热了,我自己能回来。"

衡月也不强求:"看你。"

高三已经不要求穿板正的校服,林桁今天穿了件灰色卫衣和黑色长裤,脚上套了双运动鞋,整个人干净又挺拔。

他下了车,背着书包顺着人群往校门口走,阳光透过树叶落在他身上,衬得少年像是棵昂扬生长的白杨。

衡月看着此刻的他,忽然想起在安宁村时他泥土沾面的模样,心中生出一股说不出的成就感,这才是他本该有的模样。

他本应背着书包走进校园,和同样年轻、充满活力的同学待在一起,走向未知而广阔的人生,而不是像年过半百的老人一般扎根黄土中,仿佛一眼就能看到死后埋葬的地方。

"林桁。"衡月按下车窗,忽然唤了他一声。

她声音不大,混在学生吵闹的谈笑声中听不太真切,但不知怎的,林桁听得清清楚楚。

少年站定,见衡月好像有话要和他说,又大步走回来,弯腰看向车

第四章　跳级生林桁

内的她:"怎么了?"

他生得高,站着腿都高过了车窗底部。

一只白皙纤细的胳膊从车窗伸了出来,衡月摸了下他的脑袋,把他不太长的头发揉得乱七八糟,纤细微凉的手指无意间擦过他的耳郭,他的脸一下就红了一片。

衡月叫他回来好像只是一时兴起揉他一把,像揉小狗脑袋似的。

她又一点点地把他头发理顺,收回手:"好了,去吧。"

成年人的游刃有余和少年的局促在此时体现得淋漓尽致,林桁愣愣地看着她,好一会儿才给出反应:"嗯? 嗯……好。"

第五章

霸王与乖仔

第五章 霸王与乖仔

林桁到校后先去办公室找了谢老师。高三学习任务重，只剩一个多月就要高考，他领了足足十多本练习册。

此刻正是早读时间，沿途教室十分喧闹。

教学楼是一栋U形的连体建筑，初高中合并，西楼初中，东楼高中，中间围着圈宽阔的运动区。

教学楼墙上闪烁的巨屏、活动区伫立的人造山石活水和多台可以直达顶层的电梯，处处透着雄厚的资本气息。

林桁这些日子表现得十分平静，然而此刻听着睽违许久的读书声，心中仍产生了一种回到学校的欣喜感。

U形回廊两边教室相对，谢老师领着林桁穿过走廊，边走边给他介绍教学楼布局，又叮嘱他如果有什么问题就直接去办公室找她。

虽然学校里大多是有钱人家的孩子，但校长亲自领到她面前的学生不超过五个，因此谢老师对待他们并不敢掉以轻心。

林桁能够察觉到谢老师对他超过普通师生的关怀，也知道这份特殊是沾了衡月的光。他安静听着，时而"嗯"一声应她，或是开口谢过。

谢老师看他性子虽然闷，但好在谦逊有礼，嘴角不由得拉开了一抹笑，毕竟富贵孩子最是难教，打不得，骂不得，难得有个尊师重道的。

她班里有个老爱惹是生非的小霸王，谢老师看见一次头疼一次。偏偏家庭背景摆在那儿，训都不能下重了嘴。

林桁走进（1）班的第一感觉就是这个班比其他班安静不少，大部分学生都没在早读，而是埋头刷题。

（1）班是学校管得最松也最自律的班级，学生都是尖子，各有各的

067

学习之道，普通班级的统一管理并不适合这帮尖子生。

谢老师显然对自己班独特的作风已经是见怪不怪，她站上讲台，敲了敲黑板，引来台下同学的注意力："说个事儿啊，咱们班上来了位新同学，之后的这一个多月会和大家一起奔赴最终的考场，掌声欢迎啊！"

谢老师带头鼓掌，学生也都很给面子，鼓掌声起哄声接连响起，一道道好奇的目光落在林桁身上。

靠窗后排有个女生看了林桁几秒，像是发现什么，手肘忽然往身边埋着头跟大题较劲的同桌身上戳去，兴奋道："言言，你看，新同学好像不是很高啊！"

叫"言言"的男生戴着一副黑框眼镜，听见"很高"两个字脸色立马就臭了，愠怒道："别烦我！"

他说着，左手烦躁地甩开她，右手还在草稿纸上写公式，典型的书呆子学霸作风。

"真的！"女生也不生气，笑眯眯道，"你看嘛，他站着只比老谢高了一点，顶多只有一米七五，你一米七三，说不定他是偷偷穿了增高鞋垫，实际上比你还要矮一截！"

（1）班共四十七个学生，男女参半，其中四十一个都是高个子。基因带来的天然优势在这个班级体现得淋漓尽致，无论智商还是体格，他们似乎都高常人一等。

这个班上的人站在一起，就像一丛乌泱泱蹿天长的青竹竿，教室都显得有些逼仄。

但竹竿里也有几个身高不那么突出的普通人，李言就是其中的一个，还是最矮的一个。

骤然听见班上来了个可能比自己还矮一截的，李言没忍住好奇，抬首往讲台看了过去。

林桁正在自我介绍，就简短一句话："大家好，我叫林桁。"

他身形高瘦，面部轮廓硬挺，眉目乌黑，外表尤其惹眼。长得好在

第五章 霸王与乖仔

哪儿都是优势,引起了底下一阵不小的讨论。

有个男同学皱着眉,没忍住对身边的同学道了一句:"服了,吃什么长得这么帅!"

另一个举起食指推了推眼镜,颇为自信地道:"确实,都快赶上我了。"

谢老师抬抬手,示意起哄的人安静点。她往台下扫了一圈,发现整间教室就最后一排靠窗还有个空位,旁边位置一个黑发寸头的男生正把头埋在桌上睡觉。

他弓着脊背,一条长腿岔在课桌外,耳朵上戴着只银色耳钉,从谢老师进教室到现在,整个过程一直没抬过头。刚才说林桁个矮的女生就坐他前排,见谢老师的目光扫过来,一肘顶在寸头男生的课桌上,压着声提醒道:"川仔!别睡了,老谢来了!"

她声音放得低,顶桌子的声却不小,"砰"的一声,课桌猛地一震,全班同学的注意力被吸引过来,一直安静睡着的人也终于有了点动静。

寸头男生从臂弯里抬起头,看向不客气撞他桌子的前桌,又抬头望了眼讲台上站着的谢老师,最后,轻飘飘扫了眼台下站着的林桁。

他双目清明,不像是刚醒,眉心凝着股戾气,脸上丝毫没有学生被老师抓包时该有的害怕情绪。

这人就是让谢老师又喜又恨的小霸王——顾川。

谢老师对他早自习睡觉的习惯已经习以为常,但新同学刚来,老师的师威还是得顾及,她咳了一声,佯装训斥道:"困就回家睡,睡醒了再来上学。大好时光,马上就高考了,在教室里睡觉像什么话!"

顾川也不答话,皱紧眉头薅了下头发,视线淡淡地从谢云身上扫过,还不紧不慢地从桌斗里掏出瓶矿泉水喝了一口。

谢老师对他向来睁一眼闭一眼,训完立马回到正事上,她看了眼顾川,思考了两秒林桁坐顾川身边被他揍的可能性,随后道:"林桁,你长得高,就顾川身边还有位置,先和他坐吧,之后如果不合适的话还能换。"

顾川喝水的动作一顿,视线回到林桁身上,眉头顿时皱得更紧。

林桁对此并无异议，提步向教室后方走来，李言的眉头立马皱得比顾川还深。

新同学身高腿长，哪像是只有一米七五？

女生顿悟地"哦"了一声："不好意思，言言，前排挡住了，我刚以为他站讲台上呢。"

她拍了拍他的肩，故作惋惜："新同学起码得有一米九，你还是我们班最矮的。"

她说着，眨巴眼睛看着比她矮了半个头的男生。

话毕，换来了一记毫不留情的手拐。

林桁并没注意到顾川敌视的目光，或者说他看见了，但他并不在意。

谢老师背着手在教室转圈看学生，林桁走至最后一排坐下。放下书包，书还没掏出来，前桌的女生就翘着凳子转过了头，小声但热情地打着招呼："我命运般的后背终于有人可托付了，新后桌你好，我叫宁滩。"

她介绍完自己，又伸手拍了拍一旁戴眼镜的同桌，笑得开怀："李言言，我老婆。"

学生时期口无遮拦是常态，李言一脚踹在她摇摇晃晃翘起一条腿的凳子腿上，压低声音呵道："闭嘴。"

他瞥了眼谢老师的背影，见没被发现，顶着张正经脸对林桁道："我叫李言，是她爹。"

林桁以前就读的学校校风严谨，学生性子比较内敛，同学间不可能开这种玩笑。好在林桁接受能力倒是很强，听见宁滩的话有些愕然，而后在听见"是她爹"这几个字时神色已经平静了下来。

他微点了下头，把刚才在讲台前介绍自己的话又重复了一遍："你们好，我叫林桁。"

林桁话音一落，一直趴着没说话的顾川突然腾的一下站了起来，凳子划过大理石地面发出刺耳的抵磨声。他眯眼看着林桁，语气不善："你刚说你叫什么？"

他声音中气十足，宁滩和李言神色骤变，长颈龟般猛地缩回头，拿起笔装模作样地学习起来。

等谢老师听见动静回头，就只看见顾川一只手撑着桌面，侧身怒视着新同学，一副要找事的模样。

谢老师深吸了一口气，只觉得太阳穴一下下地突突跳动起来。

她无法放任不管，提高声音斥道："顾川！出来！"

或许是林桁和姓顾的人天生不和，两人分明是第一次见面，顾川对林桁的态度却恶劣得如见仇敌。好在顾川被谢老师叫走，林桁安安稳稳上完了第一节课，开了个好头。

课后，顾川才臭着脸从谢老师办公室回来。不知道谢老师和他说了什么，他回来后冷着脸靠在凳子上，没再找林桁的碴儿，但显然仍不待见他。

对于林桁来说，只要不找自己麻烦、不打扰到自己平静的校园生活就万事大吉，态度好坏并无所谓。

课后休息时间，林桁收到了衡月的消息。

学校电子设备管得不严，毕竟这些个公子小姐个个金贵，家长几个小时没联系上人就一通接一通打电话到老师办公室去，谢老师哪里顾得过来。

林桁的手机放在书包里，声音不大不小地振了一下，他掏出来一看，是一条转账信息，衡月往他微信里转了五千块钱。

紧跟着又弹出一条信息：

NY姐姐：新学校还适应吗？

顾川听见消息提示音，下意识地往声音来源扫了一眼。

他并没有偷窥的癖好，也没看清内容，只扫见聊天框备注名方方正正的两个字——姐姐。

对于四岁起就管他爸叫"臭老头儿"的顾川而言,自然觉得这称呼相当幼稚,他转过头,不屑地"哧"了一声。

林桁听见这从齿缝里发出的嘲讽声,侧目看去,正迎上顾川的目光。

林桁只看了顾川一眼,连嘴巴都没动一下,却立马遭到了新同桌的吼骂:"看什么看!转过去!"

声音不高,厌烦情绪却浓烈,也不知道刚刚是谁看了别人的微信备注还不客气地嘲笑。

林桁面不改色地收回目光,对此没做出任何反应。他不想衡月为他的事费心,自动略过顾川的事,回了句:"一切都好。"

钱他并没收,衡月这些日子给他的生活费已经足够他用。

林桁才用微信,和衡月的聊天界面一页都没塞满,他看着大半空白的界面,又慢吞吞打着字叮嘱道:"中午记得吃饭。"

有点没话找话的意思。

衡月回了个摸小狗脑袋的表情包。

林桁看见这张卡通动图,脑子里立马就想起了早上衡月隔着车窗揉乱他头发的情形。

少年缓缓眨了下眼睛,不太熟练地将图保存下来,然后收起手机,对着刚才没算完的题继续算了起来。

林桁期望的平稳校园生活终究是奢望。开学第一日,下午七点半,衡月接到了谢老师的电话。

看见屏幕上"谢云(林桁班主任)"几个字时,衡月感觉心脏莫名漏了一拍,而后谢老师的话完美地印证了她的不祥之感。

"衡小姐,您好……"谢老师开口时有些忐忑,像是为了安抚衡月的情绪,刻意放慢了语速,"林桁和班上一名男同学发生了一点矛盾,受了点伤,不太严重,您看看您要亲自过来一趟吗——"

衡月彼时刚进公司车库没两分钟,听见林桁受伤,她拉车门的手一

第五章 霸王与乖仔

顿,截断谢老师的话:"送医院了吗?"

谢老师急忙道:"不太严重,校医已经处理过了。"

衡月坐回驾驶座:"林桁现在在校医院吗?"

"没有,现在在我办公室,衡小姐,你现在过来吗——"

谢老师话没说完,就听见那边"砰"地关上了车门,随后手机里传出"嘟——"的通话切断声。

所有的老师都怕在这种时候面对家长,更何况她班上的家长大多难缠又护短。谢老师第一次见到衡月和林桁的时候,虽然衡月表现得不咸不淡,但她当了十多年老师,见过无数家长,一眼就看出衡月十分在意这个弟弟。

衡月这种年纪轻的监护人,打起交道来尤为不好对付,压根儿不跟你讲人情世故。

一想到等会儿两位监护人可能当面闹起来请律师,二十六摄氏度的空调房里,谢老师背后硬是冒了层热汗。

她看着办公室里鼻青脸肿一身灰的顾川和额头受伤的林桁,怎么也没想到他入学才一天就会发生这样的事。

只是出去吃个饭的工夫,怎么就搞得这么狼狈?偏偏两个人都不开口解释。

顾川也就算了,但林桁这孩子看着挺懂事啊。难不成她看走眼了,林桁只是表面看起来听话?

谢老师看了眼耷拉着背皱眉坐在椅子上不知道在想什么的林桁,又把视线转向了懒散靠在椅背上满脸不在乎的顾川,她按了按太阳穴,只觉头痛症又开始犯了。

谢老师默默捞起手机,准备联系顾川的家长,但这次还没找到顾川监护人的手机号,小少爷就开了口:"别通知他们了,没用。处分还是退学,冲我来就行。"

他说这话时眼珠子都没动一下,眼睛盯着窗外叶冠盛绿的黄桷树,一副无所谓又傲气的模样。

别的学生说这话就是有点不知天高地厚,但他讲这话却是深知谢老师不会真的拿他怎样。

顾川说完顿了几秒,又扭头扫了一眼林桁,皇帝开金口般言简意赅道:"这事跟他没关系,他算是被我牵连的。"

小少爷一通吩咐完,但谢老师并没有如他希望那般放下手机,林桁肃然的神色也没因此松半分。

林桁手肘抵在大腿上,弯腰坐着,双手交握在一起,手背筋脉凸显,从谢老师拨通衡月的电话开始,眉头就没松过。

单从那神色看起来,他比顾川还刺头。

夕阳西沉,晚霞浓烈,平阔无际的天空如火烧一般红。

云霞如匹匹锦缎铺在城市上空,仿若团团流动的温火,缓慢烘烤着高楼大厦间劳碌奔波的行人。

学校办公室里,两个少年隔着一臂的距离靠墙而坐,半个小时已经过去,两人却都闷着,谁也没有开过口。

谢老师正在门外和校长秦崖通话,门关着,时而能听见几句模糊不清的交谈声。

顾川叉腿坐着,后脑抵着墙,扭头看着窗外栖在枝头上的鸟雀,脸上没什么表情。

他的脖子上挨了一爪,几道鲜红的划痕清晰可见,当他偏头朝向右侧窗外时,皮肤拉扯着,伤口火燎似的疼,但他好像察觉不到疼痛,又仿佛单纯是在犟着,没往身旁林桁的方向瞥一眼。

这种事对他来说已是家常便饭,但对林桁来说却不是。

少年眉心紧锁,掏出手机来回看了好几次,从谢老师通知衡月到现在已经有二十多分钟,但他并没有收到任何消息。

他打开通信录,里面能联系的人占不到一页,衡月的名片前加了字母"A",排在了最顶上。

第五章 霸王与乖仔

林桁点开衡月的名片,手指数次悬停在拨号键上,但最后都只是默默把手机收了回去。

开学第一天他就惹出事来,林桁并不知道她现在是不是在生他的气,又会不会怪他给她惹麻烦。

墙上的时钟不断发出规律的"噌噌"响声,细短的指针擦过八点,忽然间,门外传来了一阵略显急促的脚步声。

听得出是细高跟鞋踩地的声音,比起一般鞋底落地的声音更加干脆而清晰。

一直沉默坐着的少年转头看向门口,侧着耳朵,似乎在辨别脚步声的主人。两秒后,他脸色微变,猛地站了起来。

他似乎有些紧张,身子立得板正,如果戴上红领巾,活脱脱便是红旗下的三好学生,哪里还有半分方才拧眉坐在那儿的冷样。

少年动作幅度太大,顾川瞥了他一眼,腹诽了一句:有病。

门外依稀响起谢老师和来人的交谈声,那人回了句什么,声音含糊不清,只听得出是个年轻女人的声音。

顾川听见那声音,莫名觉得有些熟悉。而林桁更是眼巴巴地盯着门口,仿佛要看穿面前这道铁门。

门很快从外打开,林桁垂手站着,看向进门的人,缓缓吸了口气。

衡月和早上穿的不是同一身衣服,浅蓝衬衣和白色包臀裙,脚上踩着双银白高跟鞋,手里拎着只不大不小的包,简约的职业装,显然是从公司赶过来的。

衡月朝他们看过来,看清林桁模样的一瞬,她眉心突然深深皱了一下。

她化了妆,面容白皙,眉眼却浓烈,陡然现出两分少见的肃然之色。

林桁也看不出她是否在生气,只见她松开门把手,径直朝自己走过来。

谢老师急匆匆挂断和秦崖的电话,跟在衡月身后进了门,她看了眼独自坐着望向窗外的顾川，暗自叹了口气。

顾川的父亲在国外，家里其他人又忙，并没有人来。

林桁心中忐忑，胸腔下的心跳都有些失速，他站在原地抿着唇，等待着衡月的问责。

他还记得今天早上衡月在校门口同他叮嘱了什么，也还记得自己在微信里回她"一切都好"。

但不过几个小时，他就给她惹出了麻烦。

在林桁看来，不管是不是由他挑起的事端，谢老师既然把衡月叫到学校来，那这件事就是他的问题。

一米九的少年愧疚地低着脑袋，活像只可怜的大狗。

衡月并没有训斥他，她在他面前站定，面色担忧地看着他额角的伤，抬手抚在了他眉尾处，语气满是担忧："怎么伤得这么重？"

林桁眉骨上有道利器划出来的口子，此刻压在一片青紫瘀痕里，不深，却有一厘米长，看起来十分骇人。

林桁坐立不安地等了半个小时，做足了挨骂的准备，没想到等来的会是这样一句话。

他愣愣地抬起头，还没给出回应，身后的顾川却遽然转头看向了他们。

这反应，和林桁听见门外衡月脚步声时的第一反应出奇地一致。

他站起身，从林桁身后探出脑袋，看衡月的动作像是在行注目礼。

顾川面色惊讶，开口唤衡月时只比林桁少一个字："姐？！"

衡月一愣，谢老师也怔住，林桁骤然回头看向顾川，两人四目相对，又不约而同看了眼衡月，脸上写着同一句话：你刚才在叫谁姐？

林桁生得高，即便体形清瘦，但他站在衡月身前，也足够将背后的顾川挡得严严实实。因此衡月刚才只看见他身后坐着个人，并没看见那人的脸。

此时听见声音，衡月神色讶异地看着从林桁背后站起来的人，疑惑道："小川？你怎么也在这儿？"

第五章 霸王与乖仔

林桁听见这亲昵的称谓，眉间微不可见地拧了一下。

衡月的父亲和顾川的母亲是亲兄妹，衡月和顾川是正儿八经的表姐弟。顾川小时候是跟在衡月屁股后面长大的，这声"姐"叫得理所当然。相比之下，林桁这个凭空冒出来的弟弟就带了点奇怪的意味。

顾川在这所学校上学衡月自然知道，但她并不知道两个人一个班，更不知道今日和林桁发生矛盾的另一位男同学就是他。

衡月简单和林桁介绍了一下她和顾川的关系，两个不和的少年人莫名"攀上亲"，面色瞬间变得更怪。

顾川倒还好，眉头皱着，只是一副碍着衡月在这儿不好开骂的模样。反倒是林桁，垂着眼不说话，叫人看不清他在想什么。

只有谢老师在知道两人这层关系后，松了口气。

两个闷葫芦一直不出声，她还不知道两人是互相斗殴还是和其他同学发生了矛盾，但少牵扯一方人，对她而言局面则变得简单许多。

衡月看着顾川的伤，叹了口气："说吧，怎么回事？"

顾川和林桁显然都有点怕衡月，是敬是畏说不好，反正她这样轻飘飘一问，谢老师好说歹说劝了半天都没撬开的两只闷蚌此时终于舍得开了金口。

今天的事其实问题不在两个人身上。

顾川在学校虽然说不上惹是生非，但惹麻烦是少不了的。小孩子年少气盛，一点小事都能动起手来，但好在他下手还知道轻重，没打算年纪轻轻就把自己往少管所送。

下午林桁在食堂吃完饭，打算去学校的小超市买点文具。

北阳中学作为一所中学而言大得离谱，林桁对这所学校的布局还不够熟悉，只知道超市的大概方位，没注意到走岔了路，拐进了一条幽径小道。

这条路走的人不多，路一侧高墙耸立，另一侧长了一片枝叶茂密的林木，树荫墙影层层叠叠地笼罩在上方，阳光都照不到头顶。

小树林被铁丝网围住了，但围得不牢，随便掀开一片铁网就能进到

077

林子里去。

　　这处白天人迹罕至，怕只有林桁这样的新生会走这条道。

　　林桁沿着小路走了没几步，忽然听见小树林里传出了几声异响。林子旁的铁丝网围了有两米高，盛夏酷暑，上面爬满了绿意盎然的藤蔓。林桁往里看了一眼没看见人，但听声音，想来是有人在里面发生了争执。

　　林桁没打算多管闲事，遇上这种麻烦事只会让迷路的他感到有些烦躁。

　　他视若无睹地继续往前走，但还没走出小路，就听到一阵杂乱的脚步声快速逼近，随后一个高瘦的身影猛地从树林里钻了出来。

　　黑发寸头，面色沉冷，正是林桁不太友善的新同桌——顾川。

　　他嘴角破了皮，衣服上沾了灰，怀里还抱着只瘦巴巴的橘猫崽，总之是狼狈不堪，和早上盛气凌人的模样截然不同。

　　顾川身后，三个人掀开铁丝网追了出来，顾川显然没想到林桁会在这儿，他看了眼怀里的猫，顾不得太多，把奶声奶气叫着的猫崽子往林桁胸前一塞，转过身迎上了追他的三人。

　　他背对林桁留下一句话："抱好了，不然我揍死你。"

　　分明是求人帮忙，语气却分外不善。

　　小橘猫身上脏兮兮的，林桁担心弄脏衣服，伸出只手，把小猫托在掌心。

　　那猫瘦弱不堪，眼睛都还没睁开，皮毛上有好几处明显的伤，血水将毛发都染成了缕。林桁甚至发现小猫的耳朵和肚子上有好些个圆疤，像是烟头烫的。

　　林桁蹙眉看向顾川面前的那三个人，其中一个手里攥着烟盒，手背上有几道流血的抓痕，小猫身上的伤来自哪儿不言而喻。

　　三个人穿着校服，面色紧绷又胆怯，似乎怕极了事情被泄露出去。

　　虐待动物，处分是少不了的，严重的话，兴许还要退学。

　　小树林没有监控，但猫就是活生生的证据。三人对视几眼，冲上来

第五章 霸王与乖仔

就想要抢猫。

顾川手疾眼快地拦下两个人，有一个卷毛却绕过顾川朝林桁冲了过来。

林桁往后退了几步，想开口说些什么，但那人紧张得根本没想商量，像个疯子一样想抢林桁手上的猫。

林桁护着猫，没躲过去，那拳头擦撞上他的眉尾，一枚戒指般的硬物勾过他的眉骨，刺痛传来，血液顿时就溢了出来。

淡淡的腥味从伤口散出，林桁把猫稳稳托在手里，往后退了一步。

血液混进眼中，乌黑的眼珠子像是装着红墨，他皱眉看着卷毛，盯得对方心直颤。

顾川大声朝他吼道："傻站着干什么，带着猫跑啊！"

"带着猫"几个字咬得尤其重。

小霸王天生不会示弱，他反手给了身后的人一肘，喘着粗气，恨铁不成钢地给林桁出起了馊主意："再不济，救命会不会喊！"

他放不下面子，好像林桁就能一样。

于是，五个人扭打在一起。

林桁和顾川一人顶着一张青紫红肿的脸回到教室，谢老师想不注意都难。

比起成绩，学生的安全问题才是学校首要关心的方面。谢老师表面冷静，实则心下慌张不已，赶紧将两人推着赶着送到校医务室，检查没什么大碍后才给衡月打了电话。

从医务室回到办公室，林桁和顾川之间的气氛沉默又古怪，谢老师问了几次两人怎么受的伤，两人都木着脸不开腔。

这件事本来没什么值得隐瞒的，但顾川我行我素惯了，十次犯事，有九次谢老师都从他嘴里问不出几个字，他不吭声并不奇怪。

而林桁当时只是碰巧路过，单纯觉得这件事本身和他没什么关系，见顾川沉默以对,他猜测顾川或许不愿意告诉谢老师这事,便也就没有贸然开口。

哪里知道会因此被请家长!

林桁做惯了三好学生,从来不知道请家长是什么体验,今天也算好好感受了一回。

眼下,听完事情的来龙去脉,谢老师的脸色一点点变得严肃起来。

顾川没怎么吭声,主要是林桁在讲,但他讲得十分笼统,只说自己受了点伤,同样也动了手。

林桁说话时没冲着谢老师,而是低着头站在衡月面前,高高瘦瘦一个人,低眉垂目的,可怜得像是受害人。

顾川瞥了他一眼,不知道他眉毛上挂着的那道小口子究竟哪里严重,还值得他专门开口提一句。

顾川在心里将林桁乱贬一通,横竖看他不顺眼。

谢老师问道:"顾川,你是亲眼看见了那几个人对猫施虐吗?"

顾川"嗯"了一声,眯眼回忆了一下:"其中有一个上学期也撞见过一次,没想到这学期他……又来了。"

谢老师继续问:"那有什么证据吗?我记得那段小路没安监控,不太好查。"

"没有。"顾川说罢,顿了一瞬,"但我看那几个人好像用手机拍了视频,估计现在删了,但应该还能查出点东西。"

他又补了一句:"如果你们动作快的话。"

虐待动物不是一件小事,但谢老师身为老师,必须首先为学校声誉着想,不想将事情闹大。

她还想问点什么,衡月却突然开了口。

"谢老师,林桁和顾川受了点伤,我今天先带他们回去了。"

衡月比顾川和林桁大不了几岁,在心里也并不把自己当他们的家长,十七八岁的人已经长大,她像这么大的时候早知事了。

第五章 霸王与乖仔

但她知道顾川的家里人很少管他，有意安心当回姐姐让他不觉得太孤独。

她似乎对顾川救下的那只猫不感兴趣，也不在意那三个惹是生非的学生究竟是谁。

她看着林桁和顾川脸上的伤口，神色冷淡，声音也不冷不热，开口便是命令的语气："这件事我希望学校妥善处理，一周内给我结果。"

衡月是学校的大股东，谢老师见她这发号施令的态度，哪能说个"不"字，只能笑着点头应好，打算回头把这事推给当校长的去操心。

高三晚上没安排课，只两个小时左右的晚自习，留给学生完成作业或自己安排。

林桁和顾川回到教室，在众人好奇的眼光下收拾完东西就跟着衡月出校上了车。

顾川看见衡月停在路边的车，毫不客气地打开了副驾驶的门，林桁像是知道前边没自己的位子，都没往车头的方向绕，直接开了后座门。

衡月换了双平底鞋，发动车辆，提醒道："安全带。"

顾川安全意识一流，弹了下身上的带子："系了。"

他说完感觉不对，扭头一看，后座没安全意识的林桁正闷声把安全带拉出来往身上扣。

倒还挺听话。

顾川回过头，阴阳怪气地笑了一声。

林桁没理他，衡月也当没听见，问他："回哪儿？小别墅还是朝中小区？"

这两处是顾川惯住的地方。

顾川拿出主人的气派，大方道："不用，先送他吧。"

小孩子的好胜心强烈又古怪，顾川其实还没搞懂林桁是衡月的哪门子弟弟，就已经想在林桁面前争一争这"衡月弟弟"的地位。

然而衡月听罢沉默了两秒，回他："林桁同我住一起。"

081

顾川："……"

衡月见他盯着自己不说话，只得又和他解释了一番。

她深知顾川本性，他虽然脾气暴躁了点，但心地善良。因此衡月提了句"林桁的爷爷奶奶去世了"，顾川就没声了。但他气却没消，两道长眉深拧着，一副苦大仇深的模样，掏出手机打着字和人聊天。

而林桁更是从上车到现在一直没说过话，不知道是不是因为提起爷爷奶奶而难过了。

衡月从后视镜看去，见林桁异常沉默地看着窗外，那样子和他第一次来到这座城市时很相似，安静得过了头，几乎要将自己与后座昏暗的环境融为一体。

只是那次他坐在副驾驶位，而这次他一个人坐在后座，在这安静的车厢里，有种说不明的孤独感。

他背脊里像嵌了把笔直的方尺，坐姿端直如松，他个子又高，头快贴到车顶，高大的一个人缩在后座里，连车里的空间都因此被衬得逼仄了些。

车窗外风声呼鸣，吹远一盏盏路灯。车子在朝中小区外停下，顾川开门下车，衡月少见地唠叨了几句，叮嘱他记得护理伤口，但话没说完，她的电话就响了。

手机架在仪表盘前，来电人清楚醒目——顾行舟。

顾川一只脚都踩着地面了，看见这三个字，把着车门的手一顿，又坐回来关上了门。

衡月看了他一眼，暗叹一口气，没说话。

第六章

说不出的心

第六章 说不出的心

顾家晚辈里出了两个孩子，老大顾行舟，小的顾川，同父异母，生来不和。

顾行舟如今是顾家名正言顺的继承人，但很少有人知道，他其实是养在外面的私生子。

好笑的是，这私生子比顾川这正妻生的儿子还要大上十来岁。

顾行舟和他母亲之前一直被顾川父亲养在外面，顾川母亲走了之后，他爹做足了三年表面功夫，之后便迫不及待地把顾行舟和情人接到了家里来，还豪掷千金补了个婚礼，任谁看了也得认为是母凭子贵的典范。

顾川母亲在生他时因羊水栓塞去世，他小小年纪头顶突然不知从哪儿冒出个后妈和长他十岁的哥，日子过得水深火热，也因此老早就养成了如今这副叛逆性子。

近几年还好了一些，若在前几年，顾川在家里能抄起凳子直接和顾行舟干起来。

也是因为衡月一直在身边看着他，顾川才没走岔路。

顾川上高中后，性子收了不少，但他一直不满顾行舟和衡月的婚事。当年两人婚事作废，顾行舟远渡国外，顾川第一个拍手叫好。

顾行舟已经好几年没回国，顾川没想到他私底下竟然还在联系衡月。

此刻，铃声振了几响，衡月没急着接，而是看了眼顾川。

顾川神色冷硬，厌烦之意毫不掩饰："他给你打电话做什么？"

问完，他又意识到什么，看着名字下方显示的地区北州市，眉心拧得更紧:"他回国了?"

衡月摇头,表示自己也不知道,她接通电话开口道:"喂?"

手机那边传来一个低沉的男人的声音:"南月,是我,顾行舟。"

南月,是衡月以前的名字。南,取的是她父亲的字,她父亲离世后,她母亲带她改了名,那之后很少有人叫她"衡南月"这个名字。

顾行舟是个例外。

衡月淡淡"嗯"了一声。

"小川和林桁怎么样了?"他问。

衡月也不过才知道这事,顾行舟的消息倒是灵通。

她不答反问:"你怎么知道的?"

"我回国了。"顾行舟道,他说罢停了一会儿,见衡月对他回国的消息并没有什么反应,无奈地笑了一声,继续道,"晚上有个饭局,秦校长也在,小川的老师给他打电话,他顺口就告诉我了。"

顾行舟滔滔不绝:"我记得你读书的时候很不喜欢和老师打交道,没想到如今也愿意抽出时间来处理孩子的这些琐事。"

衡月对此不置可否,她慢吞吞地问道:"前段时间秦崖告诉我,你托他照顾林桁,有这事吗?"车子停在路边,窗户紧闭。夜风狂妄肆意,拂过车窗玻璃,风雨欲来,整座城市正在酝酿一场暴风雨。

衡月语气平淡,但顾行舟与她相识多年,敏锐地察觉出她话里的不快。

他也不解释,反倒闷笑了一声:"我说怎么觉得你心情不太好,原来是因为这事。怎么,生气了?嫌我多管闲事?"

衡月屈指敲了下方向盘,直白道:"有点。"

那边沉默一秒,随后笑声更显。衡月接电话的整个过程中顾川都歪着身子,耳朵快要贴到她的手机上去了。衡月伸手将他脑袋戳远,他安分了没两秒,就又靠了过来,防顾行舟跟防贼似的。他在一旁听见衡月的话,突然察觉出点儿不对劲来,感觉自己好像被顾行舟当了枪使。

第六章　说不出的心

顾川并非无缘无故就厌恶林桁，他在顾行舟和顾行舟他母亲的阴影下生活了十多年，敌视和顾行舟有关的一切几乎成了他的本能。

某次在饭桌上，顾川偶然从他爸口中知道顾行舟托秦校长特别关照一名叫林桁的转校生，顾川便下意识把林桁这个名字划在了顾行舟之列。

然而此刻听见衡月口中顾行舟和林桁这半生不熟的关系，顾川后知后觉地意识到自己似乎被顾行舟当成了用来试探衡月和林桁关系深浅的工具。

但以他对顾行舟的了解，顾川又觉得好像有哪里不对。林桁不过是林青南的儿子，那神经病这么紧张做什么。

顾川心中"哧"了一声，转头看了眼林桁，却见林桁不知道什么时候没再看着窗外，而是端正坐着，直勾勾盯着他姐的侧脸，眼睛都没眨一下。

跟今天下午他救下的那小猫崽看他的表情一模一样。

顾川："……"

送完顾川，衡月和林桁回到家不过两分钟，天空就下起了暴雨。闪电撕裂夜幕，雷声一声接一声地怒吼，大雨噼里啪啦地拍在落地窗上，听得人心颤。

两人洗漱完，衡月拿出医药箱，在沙发上坐下，叫住了从浴室出来的林桁："林桁，过来，我看看你的伤。"

林桁抬手摸了下眉尾，一看指尖没血，便道："不碍事。"

虽然他嘴上这么说，但人还是乖乖坐到了衡月面前。

他头发湿漉漉的，也没吹干，只用毛巾随意擦了几下。

不出衡月所料，他洗澡时压根儿没顾及伤口，现下伤口沾了水，血痂脱落，小小一道口子愣是让他折腾得边缘的皮肤都有点发白。

衡月拿起浸了碘伏的棉签，往伤口上滚了一圈，很快便有血缓缓从里面渗出来。虽说伤口不深，但看起来也不轻，若不好好处理说不定会留疤。

她蹙着眉问："疼吗？"

林桁道："不疼。"

衡月不信，血都已经快把棉签浸透了，怎么会不疼？也不知道他为什么这么能忍痛。

然而林桁却像是没痛觉神经似的，任由衡月拿着棉签在他脸上滚来滚去，药液渗入伤口，他睫毛都没抖一下。

他今夜实在太过安静，偶尔抬起眼看向衡月，很快又垂下了眼睫，一看便知他心神不定。

为方便衡月的动作，他头垂得很低，背也微微躬起，仿若一座沉默无声的青山伫立在她跟前。

衡月靠得很近，熟悉的馨香随着呼吸进入少年的身体，林桁缓缓吐了一口气，像是有些受不住这么近的距离，小幅度地往后退了一下。

棉签压着擦过伤口，刚止住的血又浸了出来，衡月蹙紧眉心，伸手掐着他的下颌把他的脸掰了回来，语气重了些："别动。"

这两个字多少带了点命令的意味，林桁不自觉地停下了后退的动作。

他悄声望了衡月一眼，见她不像在生气，顺着下巴上那两根没用多少力道的手指，垂首靠近了些。

他眼睫毛生得长，根根分明，如同雏鸦羽毛似的密，这样半合着眼眸安静坐着，一层浅薄的阴影落在眼下，衬得凌厉深刻的面部轮廓都柔和了几分，给人一种温和的孤独感。

十七八岁的少年，背井离乡千里迢迢地来到北州，好不容易读上书，却在入学第一天就破了相，不难受才不正常。

可衡月看着他，又感觉他似乎不仅是难受，心里像是还藏着其他事。

衡月在回家途中便察觉出几分端倪，只是在顾川面前，顾及少年心

第六章 说不出的心

思细腻,她不便开口问起。

眼下只有两个人,衡月屈指在他下颌上挠了一下,问道:"怎么了?不开心吗?"

柔软温热的指腹刮过坚硬分明的颌骨,有点酥麻的痒,林桁密长的睫毛颤了几下,摇头道:"没有。"

撒个谎也是心神不安。

衡月听见了他的回答,又仿佛没听见,她"嗯"了一声,换了支棉签仔细地在伤口周围的皮肤上擦了一圈消毒水,继续问道:"为什么不开心?"

"没有不开心。"他还是这么说。

因他答不上来,更说不出口。

他能说什么呢?

生活过早地将少年的血肉之躯打磨成一副不屈的硬骨,他不懂得示弱,也不会撒娇。此刻受了伤,面对面坐在衡月面前,也只是像吃了哑药般沉默不语。

窗外风雨不歇,豆大的水珠不断敲打在落地窗上,雨滴滑过玻璃,水痕斑驳,似幅无序变化的图案,乱得如同少年理不清的思绪。

林桁没再出声,过了一会儿,他发现衡月停下了动作,微偏着头,若有所思地看着他。

像是在观察某种习性特别的动物。

明明衡月的视线十分柔和,但在这注视下,林桁却有种心思全被看穿的感觉。

他不大自在地动了动眼珠:"怎么了?"

衡月没回答他,还是就这么盯着他。

林桁偷偷看她,又沉默地垂下眼,场面诡异地安静了一会儿,衡月突然思索着开口道:"村主任昨天给我发了条消息。"

林桁"嗯"了一声,他头发湿湿软软,语气听起来也莫名软和:"什么消息?"

衡月像是在故意勾起他的兴致,慢吞吞道:"他让我跟你说一声,他前天路过你家,发现你家地里的油菜被人偷了。"

衡月话说得慢,林桁反应也仿佛慢了一拍。他听见这话,怔愣了一瞬,随后面色微变,手撑在沙发上脚下一动,竟直接站了起来。

气势十足,如同要和人干架。

他情绪一向平稳,很少有起伏剧烈的时候。

衡月仰头诧异地看着他,林桁似乎也觉得自己反应过度,很快又坐下了。

他把自己的下巴重新塞进衡月手里,干巴巴道:"……哦,偷吧,放地里也都坏了。"

在往年,那十几亩油菜是林桁家一年的主要经济来源之一,几乎每年都有人来偷。夜里常常需要他在地里守着,有时候一守就是一夜,无怪乎他听见这事之后反应这么大。

衡月看他反应觉得有趣,沉思两秒,坏心眼地骗他:"村主任说油菜秆也让人砍光了。"说罢,衡月看见他眉心扯了一下,"心疼"两个字明明白白地写在脸上。

她神色如常,林桁压根儿没想到她是在逗他。他动了动嘴唇,欲言又止地"嗯"了一声,怎么瞧都是一副分外不舍的模样,倒还挺可爱。

衡月一边想着,一边像捏小孩脸蛋一样伸手在他脸上轻揪了一把,没捏起多少肉。

她皱了下眉,心道:这么瘦,还得补。于是问他:"今天喝牛奶了吗?"

林桁摸了下脸,回答她:"喝了。"

她试探着问:"睡前再喝一瓶?"

林桁已经刷过牙,但他好像不知道怎么拒绝衡月似的,还是点头:"好。"

第六章　说不出的心

两人正说着，桌上衡月的手机接二连三地响起微信提示音，衡月拿起一看，是顾川发过来的消息。

第一条就五个字：姐，养猫，打钱。

消息后附了一张他今日救下来的小橘猫的照片。

小猫比衡月想象中要伤得重些，伤口已经处理过，浑身剃得光溜溜的，瘦骨嶙峋怪可怜的，身上缠着几处白绷带，脖颈上戴着一只过大的伊丽莎白圈。

就在衡月看照片的时间，顾川又发过来几张给小猫看病的电子账单。

要钱要得有理有据。

顾川是顾家半个继承人，身上哪里会缺钱，无非是小孩子古怪的攀比心理作祟，要在衡月这儿来找点儿身为正牌弟弟的存在感。

衡月也不拆穿他，给他转过去五千，转完又想起什么，扭头看了眼在一旁默默收拾药箱的林桁。

小橘猫营养不良，林桁看着也瘦。

她点开置顶的微信头像，找到"转账"，想了想又放下手机。

衡月基本没见林桁买过什么东西，也不见他去银行取钱，想来现金更适合他。

她从包里取出钱包，随手抽出一小叠红钞塞进了林桁的书包里。没数，但看厚度，比给顾川的五千块钱只多不少。

林桁没看见她的动作，收拾完，乖乖拿了瓶奶边看书边喝，懂事得完全不需要人操心。

衡月正在例行检查邮件。顾川骗到钱，一直在往衡月手机里发小猫的照片，从小猫走路到小猫睡觉，似乎要让衡月觉得这五千花得值，产生养猫的参与感。

衡月拿起手机时不时瞥一眼，看见最新一张照片是那小猫仰躺在沙发上，抱着只小奶瓶猛嘬，喝得肚子都撑了。

衡月偏头看窗前同样在喝奶的林桁,拍了张林桁的背影给顾川发过去。

GC：？
NY：好好学习。

也不知道是不是气着了,顾川总算消停下来,没再给衡月发消息。

暴雨冲刷了一夜,连第二日的晨光也越发透亮明丽。
十七八岁的鸟在展翅欲飞前从不鸣叫,(1)班的早晨仍如深林般安静。宁滩和李言一前一后踩着铃声进了教室,看见林桁和顾川两个人正埋头在写什么东西,趁老师还没来,他俩放下书包,齐齐转过头开始八卦。

"林桁、川仔,你俩昨天是不是被老谢请家长了？"

顾川在写卷子,没回。林桁也正低着头算题,听见"家长"两个字皱了下眉,但还是"嗯"了一声。

不只请了"家长",请的还是同一个"家长"。

李言见他俩奋笔疾书的专注样,"啧"了一声："这不是昨天的作业吗？怎么你们都没写啊？"

顾川脾气虽然浑,成绩还是不错的,他晚上回家一般不写作业,晚自习做不完就早上来赶,不算稀奇。

美其名曰遵从教育部的学业减负安排,反卷,不加班。

倒是林桁,他高三快结束直接插进(1)班,成绩肯定不差,总不能也不爱做作业。李言猜测着,多半是回家挨了骂。

林桁不大自然地"咳"了一声,也没回答,总不能说是因为额头上那点伤,昨晚很早就被衡月催着睡觉去了。

林桁看着随和,实则自尊心强得要命,这种事打死他也不会主动说

第六章 说不出的心

给别人听。

宁滩看林桁低着头不吭声,以为他是因为上学第一天就被请家长感到难过,胸中陡然升起股关爱新同学的豪气,安慰道:"没事林桁,你学学川仔,老狗作风,半学期起码上一次大会通报。请个家长挨顿骂,没什么大不了。"

顾川听到这默默抬起头,面色不善地盯着她。

宁滩伸手把他脸转过去,只当没看见。

林桁摸了下耳朵:"谢谢,我没事。"

几人正聊着,谢老师踩着高跟鞋进了教室,宁滩听见声,赶紧拉着李言转过了身。

李言从包里摸出一把夹心黑巧扔到顾川和林桁的桌上,压低声音:"尝尝,新买的味儿,醒神。"

鲜绿色的包装纸裹着的巧克力滚到顾川手边,他不客气地直接拆开一颗扔进嘴里,乜斜着林桁眉骨上那张扎眼的创口贴。

想也知道是谁给他贴上去的。

顾川眯了眯眼,想起昨天林桁在车上跟一条被捡回家的流浪狗似的盯着他姐看,一时又有点来气,他嚼了嚼口中的巧克力,装作不经意地问道:"林桁,你和我姐——"

"不是。"林桁开口打断他。

小霸王皮笑肉不笑:"我还什么都没说呢。"

顾川叛逆期的时候他爹不在,衡月就是他半个妈,大早上被迫闻着林桁身上熟悉的茶香追忆了一波过去,他心里说不上是什么滋味。

那茶香是衡月家里的味道,她喜茶,车载香水大都是绿茶香。

林桁盯着卷子,一脸正经:"我知道你要问什么,没有,不是你想的那样。"

"真的?"顾川半信半疑。

林桁面不改色:"真的。"

可顾川却越看林桁越觉得他古怪，他狐疑地收回视线，动作上也不含糊，见谢老师转出前门，当即掏出手机当着林桁的面给衡月发了条微信："姐，林桁说你喜欢他。"

发完还贱兮兮地给林桁看了一眼。

顾川看见一直端着的某人蓦然变了脸色，猛地撂了手中的笔。

黑色水性笔几下滚落桌面，林桁也顾不上捡，从书包里掏出手机的速度几乎快得出了幻影，他眉心紧皱，抿着唇，显而易见地慌了起来。

林桁从不骂人，但此刻的表情明显是在憋着脏话。

顾川看见林桁点开微信，聊天列表里只有一个备注叫"NY姐姐"的人，这人是谁不言而喻。他沉默了一会儿，忽然想起来昨天和林桁聊天的人也是这个"姐姐"。

顾川胸口猛地生出股郁气，屈指敲了敲桌面，想说什么，但还没开口，就吃了林桁一记冷厉的眼刀。

小霸王"嘿"了一声，又见林桁神色严肃地转过头，调出二十六键开始打字，好像在斟酌该怎么和衡月解释。

林桁心急得不行，打字的速度却慢得出奇，跟个老头似的一个字母一个字母地凑拼音，顾川没见过哪个同龄人打字速度慢成这样，顿时感到十分诧异，又觉得有点辣眼睛。

林桁输入两个字后，显然也察觉自己速度太慢，干脆调出了手写输入，在屏幕上画起了草书，顾川看了一眼，这回不忍直视地避开了视线。

"你是老头吗？"他嘲讽道。

林桁没时间理他，还在忙着写草书。

但林桁一句话还没写完，衡月已经回了顾川。

NY：他这么跟你说的？

这话瞧不出衡月有没有生气，但依顾川对衡月的了解，应该是没有。

第六章　说不出的心

但林桁不知道。

他看着顾川的手机，慌得不是一星半点。

顾川才不管他，正准备接着胡编乱造，衡月又发了条消息过来，却是意思不明不白的两个字。

NY：嗯哼。

林桁的手机输入框里还停留在"我没有，他胡说"几个字，最后一个字的笔画快速消失在书写框里，速度尚不及他此刻的心跳急促。

看见衡月的回答后，他错愕地眨了下眼，显然不明白衡月为什么会这么回答顾川。

顾川瞧了眼林桁，又看了看手机，嘴巴张开又闭上，没忍住发出了声音："嗯？！"

顾川比林桁更加震惊，他本来只是要耍嘴皮子犯犯贱，实际上根本不觉得衡月会回答他这个莫名其妙的问题。

顾川比林桁更了解他这个姐姐的性格，在如今这个弱肉强食的社会中，衡月绝对是个离经叛道、目无规则的人。

这么多年，除了顾行舟，衡月身边从来没有出现过别的男人。而与顾行舟解除婚约之后，衡月更像是断情绝爱一般，拒绝了不少蜂拥而至的追求者。

旁人只道她二十五六仍孤身一人，颇为可怜。但顾川却知道衡月只是不愿意被感情关系所束缚，她享受无拘无束的自由。

究其原因，多少和衡月的父母有点关系。

豪门大家族出不了温馨的家庭故事，更何况衡月的家庭和普通豪门家庭有些不同。她母亲个性强势且风流，父亲却是个典型的生养在大家族中的弱势男性，其性格甚至可以称得上温柔贤淑。

两人是家族联姻，在有权有势的家族之间这是常态。

衡父身体不好，衡月出生后，他尽心尽责地担起父亲的责任照顾衡月，然而衡母却在这期间出了轨。衡父深爱着衡月的母亲，在心理和生理上对她的依赖度都极高，更别说在有了孩子之后。

夜里时常闻见爱人身上残留着别人的气味，这对衡父而言无疑是种巨大的痛苦。他因此痛苦不堪，整个人变得郁郁寡欢，没过几年便离世了。

衡母并非不爱衡父，但这爱掺杂了太多浑浊的欲望。衡父去世后，或是因为心怀愧疚，衡母和从前那些情人都断了关系，开始专心于事业和照顾衡月。

但衡月在幼时目睹了父亲在生理和感情上遭受的痛苦与母亲的冷漠，她的心境早已在不知不觉中发生了极大的变化。

衡母不负责任的所作所为在她心里造成的冲击致使她对感情失去了最基本的信任，这也是她这么多年无意结识别人的原因。

顾川都做好了如果衡月不成家，以后给她养老送终的准备了。

顾川瞥了一眼身边调回二十六键慢吞吞敲字的林桁，"啧"了一声，毫不顾忌地当着林桁的面诋毁他。

GC：他也就和我差不多大吧，顶多大一岁，也才十九吧。年纪小，脾气怪，长得也不咋样，脑子好不好另说，你觉得他有我好吗？

顾川睁眼说瞎话，一通胡言乱语直接将林桁贬得一无是处。

然而衡月很快便回了他，像是连这段话都没看完。

NY：十七。

GC：？

NY：林桁今年十七，还没十八。

第六章　说不出的心

顾川此刻是实实在在怔住了，面色都有点僵硬，他侧目看向林桁轮廓线条干净的侧脸，又往下瞥了眼那双长得桌底都有点支不下的腿，似乎正努力在自己的同桌身上找到十八岁的痕迹来推翻衡月的话。

然而不知是心理作用还是其他缘故，他越看越觉得林桁这张脸嫩得有点过头。

顾川握着手机半晌，心里对林桁的那点因误会产生的意见突然消失得一干二净了，他皱着眉五味杂陈地回了衡月一句话。

GC：姐，有点离谱了。

手机另一边，衡月坐在办公室里，看着顾川的回话轻笑了几声。

林桁性子闷，那不着调的话不可能出自他口中，而顾川的性格她也清楚，多半是他在闹着玩。衡月一般不逗人，但她心情好时也会顺势接几句茬。

她没再回顾川，看着屏幕上弹出来的来自备注"乖仔"的消息，点了进去。

乖仔：我没跟他那么说。

乖仔：他胡说的。

乖仔：你别信他。

衡月看着手机里的消息一条条弹出来，几乎能想象到林桁一字一句慌张打字的模样。

他聊天时总带着标点符号，正经得像个小古董。

过了片刻，林桁像是不知道该说什么了，衡月手机顶部的"正在输入中"出现又消失，反复良久，林桁只发过来一句干巴巴的话。

乖仔：你生气了吗？

衡月笑了笑。

NY 姐姐：没生气，我知道是小川在胡说，逗逗他。

林桁一口气还没松，又见衡月发过来一条消息。

NY 姐姐：那如果我生气了，你要怎么办？

林桁愣住了，他不知道。
以前他爷爷奶奶生气时，气得轻，他就只挨几句骂，气得重，他就受顿打，他只需要受着就行了，什么也不用做。主动权突然交到他手里，他并不知道要怎么办。
他想起前几天在电视里看到的情节，不确定地敲下键盘。

乖仔：说些好听的话你会消气吗？

衡月不置可否。

NY 姐姐：说什么？

林桁继续打字，一旁的顾川忍不住想凑过来看他在和衡月聊什么，他背过身避开顾川，面朝窗户。顾川偷窥不成，气得踹他，林桁稳坐着敲键盘，半点没受影响。

乖仔：你今天早上出门穿的那条白色长裙子很好看。

第六章 说不出的心

NY 姐姐：还有呢？

林桁一边回想，一边慢吞吞继续。

乖仔：耳环也好看，绿色的，有点像你的眼睛。

他像是要把衡月今早穿戴出门的衣饰夸个遍，衡月都有些惊讶他怎么记得那么清楚。夸到最后夸无可夸，他小心翼翼地打字询问她的态度。

乖仔：你消气了吗？

衡月笑笑。

NY 姐姐：嗯。

林桁终于松了口气。

NY 姐姐：我这周要参加一个慈善晚宴，到时候应该会晚些回来。我怕忘了，提前和你说一声，有什么事给我打电话。

乖仔：嗯，好。

北州和南河完全不一样，或者说和林桁生活的南河不同。无论白天黑夜，北州市区的街道永远干净整洁，马路宽阔平坦，不像他从前日日踩过的泥泞土路。

这里和他从前生活的地方是两个世界。

但好在林桁适应得很好，而这有衡月很大一份功劳。

林桁走进地铁站的时候，忽然想起衡月第一次带他去乘地铁时的情景。

学生早晨上学的时间段恰好处于车流量高峰期，在北州这个高峰段五公里要堵半个小时的城市，坐车铁定会迟到，对他而言乘地铁是最优的选择。

但衡月出门向来是开车或司机接送，压根儿没坐过地铁，而林桁初来乍到，更是不会。

说来好笑，两个现代年轻人得学着怎么乘地铁。

那天，衡月带林桁不慌不忙地进了地铁站，他们学着旁人用手机扫码进站，然后两个人看着四通八达的线路就犯了难。

衡月家附近的地铁站是两条线路的交会站点，告示牌随处可见，一张叠着一张，站台里人更是多得离谱。

于是一个高中生模样的少年和一个年轻漂亮的女人就站在线路图前一动不动，观察了好一会儿才跟着路标找准方向。

进了地铁，前后望去，车厢仿佛封闭的长洞，乌压压的全是人头。

车厢里已经没有座位，衡月把着低矮的扶手，和林桁一起站在了一个靠门的角落处。

车厢微微摇晃，衡月踩着高跟鞋，站得不太稳。反观林桁却站得如履平地，他握着把手，不动声色地护在衡月身前。

那时林桁刚到北州没多久，还不知道这是以后去学校的路线，衡月也没说。他那时候话少，几乎不主动和衡月说话，连看她都不太敢。

背后有人不小心撞到他身上来，他也不吭声，只是两个人被迫站得更近，他几乎能嗅到衡月身上淡雅的香水味，是淡淡的茶香。

地铁停站，不少乘客下了车，林桁得空往后退了半步，缓缓吐了一口气。

然而很快就有更多的人拥入车厢，林桁被人群推挤着，和她贴得更近。

地铁上人挤人是常事，然而林桁却不太习惯。

少年屈起手肘撑着车壁，尽力不让自己碰到衡月。

第六章　说不出的心

身后传来一个着急的声音："让一让！麻烦让一让——"

衡月往他身后望了一眼，忽然抬起手掌到他腰侧，将他往她身前带了一下，提醒道："过来些，有人还没出去。"

林桁的身躯猛地一僵，等身后的乘客成功离开，留出的空隙很快被其他人填满了。

少年握着扶手杆的手上青筋凸显，他在人潮汹涌之地固执地护着身前一杆纤细的柔枝，颇有些自不量力的意思。

林桁低估了一线城市地铁里人群的力量，也高估了自己。

停站播报声响起，拥挤的车厢内再次涌动起来，人群齐齐挤向门口。林桁一时不察，一下撞在了衡月身上。林桁下意识低头看向衡月，却撞进了她平静的视线中。

他神色紧张，嘴唇紧抿，一个字都说不出来。

衡月也什么都没说，但林桁总觉得，那时候她其实已经感觉到了什么。

他的心思、羞耻，以及未说出口的一切。

人永远无法抗拒美丽的事物和他人施与的善意，或许能忽视前者，却永远无法拒绝后者。

恰巧这两者衡月都有，衡月总会在林桁最艰难的时刻施以援手。

顾川之前的猜测不是毫无理由的，衡月这样的人任谁都会喜欢。

对于再次被她拉出泥潭的林桁而言，更是如此。

衡月在参加宴会的当天，还是给林桁发了消息。

林桁不知道她什么时候回去，便留在学校，把作业做完了才回家。

他回家一般喜欢从车库走，不是因为近，而是因为可能会在这儿碰到开车回来的衡月。

但今天不够幸运，林桁进车库时已是晚上近十点，衡月这期间并没有给他电话或消息，想来她应该还没有到家。

林桁没有遇到衡月，却遇到了一个身材高大的年轻男人。

那人穿着件暗红色衬衫和深灰色西裤，靠在一辆黑色宾利旁，手里夹着支烟，正握着手机与人通话。

林桁注意到他，是因为他的车停在了衡月的车位上。

男人也看见了走近的林桁，他眯了下眼，那眼神有些奇怪，像是认识林桁，他带着探究的神色看了林桁数秒才收回视线。

车库空旷而安静，只听得见林桁的脚步声和男人压低的说话声，男人声线低沉，声音里有着些微的沙哑。

林桁皱了下眉，并非因为男人看他的眼神，而是因为林桁远远地就闻到了男人身上一股若有若无的酒味。这种刺激的气味令他本能地感觉到排斥。

随着林桁一步步朝电梯的方向走去，两人离得越来越近，而那味道也更加浓烈。

烟味和酒味肆无忌惮地逸散入空气里，如同在挑衅过路的少年。

林桁未理会他，只是沉默地加快了步伐。

男人和手机那边的人聊着工作，林桁走近时也没停下，但说着说着男人却话音一转，目光淡淡扫过林桁的头顶，又落到脚下的球鞋上，声音不大不小地说了句："现在的小孩可真能长啊……"

他的声音并未刻意压低，一字一句清清楚楚地传到了林桁的耳朵里。

"小孩"两个字叫他皱了下眉，前段时间在学校，顾川就他的年龄念叨了好几天。

男人手机的那头传来朋友不解的声音："小孩？什么小孩？你不是送衡总回家吗？衡总有孩子了？"

顾行舟弹了下手里的烟灰，举到唇边吸了一口。

他看着林桁进入电梯，轻笑了一声："对。"

他偏过头，透过车窗看向副驾驶座上闭眼睡着的人："她是养了个小孩。"

第七章

往昔与当下

第七章　往昔与当下

衡月今日参加的慈善晚宴顾行舟也接收到了邀请，虽然两人当年解除了婚约，但其实关系并不如外界杜撰的那般针锋相对，更像是多年未见的朋友。

只要衡顾两家有生意往来，衡月和顾行舟就永远不可能是敌对关系，且他们相识多年，也自有一段情谊在。

半睡半醒中，衡月迷迷糊糊听见顾行舟隐约不清的说话声，随着一声开门声，一股浓厚的酒味朝她袭来。

衡月缓缓睁开眼往身旁一看，见顾行舟靠坐在驾驶座，一只手搭在方向盘上，就这么看着她悠悠转醒。

她晚宴上饮了几杯酒，宴后是顾行舟开车送她回的家，或许是昨晚没睡好，回家的途中不知不觉就在车上睡着了。

车内冷气开得不高，衡月动了动，发现自己身上披着顾行舟的西装外套。外套有些宽大，从她裸露的肩头盖到了大腿，同样带着股酒味。

她将外套递还给他："谢谢。"

顾行舟接过外套，嘴角习惯性地含着抹笑："你对我倒是不设防。"

顾行舟那张脸随他母亲，面容精致柔和，眉下一双多情眼总是带着笑，一点也瞧不出攻击性。

不过也只是表面温和。毕竟他的身份是生意人，不是慈善家。

衡月没回答他，她显然还没完全清醒，酒气和困意在她身体里一并发作，手脚都像是泡了水的棉花，变得十分沉重，就连思绪也十分混沌。

她抬手按下车窗，新鲜流通的空气拂面，缓解了几分沉闷，她揉了揉眉心，道："抱歉，昨晚没休息好。"

顾行舟顿了片刻，想起十分钟前路过的林桁，随口道："因为带小孩？"

衡月抬眸看了他一眼，见他主动扯起话题，开始和他秋后算账："你是在调查我，还是在调查林桁？"

从秦校长提起顾行舟托他照顾林桁时，衡月就知道顾行舟在国内找了人盯着她，不然他不可能知道林桁的事。

衡月没跟几个人提起过林桁，就连她外婆也是这两天才知道，她估计老人家也是从顾行舟这儿听说的。

她母亲当初因为要和林青南结婚还同老人家吵过几次，老人家怕是不太能接受林桁，偏偏母亲走后老人家身体愈发不好，又不能气着。

前天她外婆还打了通电话问她林桁的事，想来顾行舟也并未透露太多。

"都是。"顾行舟十分坦然，他坐直身体，从烟盒里取出支烟，也不抽，就夹在指间，漫不经心道，"有点好奇，什么人叫你肯这么费心思，千里迢迢亲自从南河接到北州。我认识你这么多年，从没见你多管过闲事。"

"算不得闲事。"衡月淡淡道。

"我们认识这么多年，你用这话诓我？"顾行舟勾唇笑了笑，显然不相信她这话，"老弱病残在你面前摔了你都不见得会扶一把，就因为那是你继父的儿子你就要养一个陌生人，你拿着这话去应付老太太，你觉得她会信吗？"

衡月想起老太太，不由得有些烦闷："你不告诉她，她会知道？"

顾行舟低笑，像是很喜欢看她这般无可奈何的模样，他道："一时失言。"

衡月不信："你也有失言的时候？"

顾行舟无奈地看着她："当真是一时失言，回国后去拜访了老太太，她问起你近来在做什么，我便答了，谁知她还不知道林桁的事。"

第七章　往昔与当下

他说着，轻轻挑了下眉："你多久没和老太太联系了？她竟都开始向我打听起你的事了。"

正聊着，衡月的包里传来响声，她拿出手机，屏幕上显示出一条刚收到的微信，是林桁发过来的。

乖仔：你大概什么时候到？我下来接你。

之前衡月赴宴回来，身上偶尔会带着点酒气，司机不会上楼，每次只将她送入电梯。有次林桁听见门口传来指纹锁开启失败的语音，他从里面打开门，就见衡月低着头在试指纹。

衡月喝酒不上脸，行动也算正常，只是反应要稍微迟缓一些，不细瞧发现不了她其实已经成了个醉鬼。

衡月并不酗酒，但她酒量浅，或许是因为酒精不耐受，几杯低浓度果酒下去，不出一小时她铁定会醉。好在她自己知道这点，觉得头有些晕就离宴，一般也没什么人敢拦她。

林桁见她醉过一次后，几乎每次衡月晚归他都会去接，如果得不到衡月回信，他便会联系她的司机和助理，之后就站在车库的电梯口等着。

最长的一次，他等了快一个小时。五月的天，车库里空气不流通，也没有空调，闷热得叫人心烦，也不知道他哪里来的那么好的耐心。

衡月回了条语音："不用，我在车库，马上上来。"

顾行舟瞥了眼衡月的屏幕，问："林桁？"

"嗯，一个人待着怕黑。"衡月信口胡诌，她开门下车，"谢谢你送我回来，我先上去了，路上开车小心。"

她走了两步，又转过头问了句："你没喝酒吧？"

顾行舟低声笑着："放心，如果交警把我抓进去了我不供你出来。"

见衡月蹙眉，他立马正了颜色："没喝，滴酒未沾。"

衡月这才转过身。

107

高跟鞋踩落地面，及踝的蓝色鱼尾裙裙摆摇曳，露出一片白得晃眼的皮肤。

在这车库单调无趣的灰色背景下，衡月像是一抹色彩浓烈的光，耀眼夺目，却无法抓住。

顾行舟看着衡月绕过车前，走向电梯，突然出声叫住了她。

"南月。"

衡月站定，侧过身看向他："怎么了？"

顾行舟下了车，双手插兜站在车旁，没靠近也没退后，就隔着一段不远的距离看着她，缓缓道："我离婚了。"

他敛去总是挂在脸上的笑，双目认真地看着她，不像是个老奸巨猾的商人，倒似个难得的情种。

这句话前不着头后不着尾，但已经足够衡月听懂他的意思。

涌入车库的夜风轻轻拂过她脸侧，撩起几缕轻柔的发丝。她静静地看着他，等他说完，安静了两秒，轻声道了句："恭喜。"

衡月背后的电梯门缓缓向两侧打开，沉闷的金属滑动声在安静的车库里响亮而突兀，很快又归于平静。

电梯门后，林桁抬起眼帘，两颗眼眸深如寒潭下乌黑的玉石。目光穿破寂静的空气，在一片陡然下沉的低压中，与车前的男人径直交锋。

电梯在安静的黑夜里缓缓上行，楼层数字平稳地跳动，衡月背靠扶手，偷着这一分钟的闲暇闭目养神。

她身穿吊带碎钻蓝色鱼尾长裙，裙身紧紧裹着性感的身体，雪白的手臂裸露在外，脚下踩着双红色绒面细高跟。

她轻合着眼，或许是因为在车上睡过一会儿，绾起的长发有些散，呈现出一种富有风情又柔弱的姿态。

她靠着的扶杆刚及她腰高，瘦长的细杆抵着凹陷的腰身，她双手向后轻抓着栏杆，上身微挺，纤柔的背部线条流畅得宛如一条细绸带。

林桁手里提着她的包，进电梯后，默默站在了她与头顶角落的摄像

第七章 往昔与当下

头之间。

自进了电梯，林桁一句话也没说。他安安静静像杆柱子似的站着，眼神落在她身上。若不是能感受到他的气息，衡月几乎快以为电梯里只有她一个人。

衡月闭着眼，他便肆无忌惮地看着她。电梯门打开，林桁又在她睁眼之前收回了视线，跟在她身后出了电梯。

衡月住的是一层一户的大平层，出了电梯再走几步路就是门口。

林桁腿长，平时走路步子迈得大，两步就能走完，但此刻他却像一道安静的阴影般耐心地坠在衡月身后，硬是慢腾腾地迈了五步。

衡月走到门前，伸出一根手指按上指纹感应区，两秒后，门锁传来开启失败的语音。

她收回手，盯着门锁看了几眼，搓了搓指腹，又把同一根手指贴了上去。

还是失败。

她似乎有点疑惑，又像是在较劲，重复地伸出同一根手指，直到第四次开锁未成，她身后一直默默看着不出声的人才动起来。

一只结实修长的手臂从她腰侧伸出，指腹贴上感应处。

"开锁成功"的语音响起，衡月怔了一瞬，缓缓抬首往后看去，恰见林桁垂下了头看她。

他并没有把手收回来："你身上有酒的味道。"

少年肩背宽阔，身姿挺拔，站如一棵年轻笔直的白杨。

她似乎没有听清林桁说的是什么，疑惑地"嗯？"了一声。

门锁很快重新闭合，发出"咔嗒"的一声钝响，林桁注视着她明亮的双眸，抿了抿唇，低声道："你喝醉了。"

衡月没回话，就这么仰头望着他，片刻后，她不知看出了什么，竟是笑了一声。

林桁终究还是太过年轻，近十岁的年龄差距和人生阅历，叫他在衡

109

月面前如同一张透明的薄纸，轻易就被她看得一清二楚，而他却连她到底醉没醉都辨别不出来。

他忍不住想：衡月在顾行舟的车里待了那么长的时间，她有没有看到路过的自己？如果看到了，她为什么不叫住自己？为什么不上楼？身上为什么有这么重的酒味？

可惜他没半点经验能够解决他此刻的困惑。

他想问她，可又觉得自己在无理取闹。而最可悲的是，他没有立场。

林桁头脑发热，想得心闷，后来，他在门外干站着吹了半分钟的夜风，才迈步进门。

屋里只有玄关处的灯亮着，小小的一盏灯，投落下一片昏黄的柔光。城市辉煌的灯光自落地窗照入屋里，落在地板上灰蒙蒙的一片，将将可看清屋内的景象。

玄关处，衡月脱下的细瘦红色高跟鞋一只立着，另一只歪倒在地上。林桁瞧见了，默默将它们收拾起来。

他打开客厅的灯，看见衡月赤脚踩在冰凉的地板上，闭眼靠在吧台处，手里还握着只马克杯，像是准备去接水喝，但很明显又因为醉得头昏而放弃了。

灯光洒落在她的裙摆上，她整个人像一只闪烁着细碎蓝光的蝴蝶收回了翅膀栖息在那儿。

林桁把包放在她手边，从她手里接过杯子："我来吧。"

水流汩汩，少年站在饮水机前，仿佛已经沉静下来。只是怎么看，这份平静都像是装出来的。衡月在吧台前坐下，林桁把水放在她面前，她端起来喝了一口，动作顿了顿，又皱着眉放下了。

"怎么了？"林桁问。

"烫。"她说。

林桁用手背在杯壁上试了下，明明是温的。但他没反驳她，默默进厨房用玻璃杯盛了大半杯冰块。

客厅里传出些许动静,等他返回时,发现衡月竟然又开了瓶酒。

紫红色的酒液盛在透明的玻璃杯中,在微弱的光线下散发出可口的光泽。

这是一瓶极佳的红酒。

林桁一声不吭地在她身边坐下,什么也没说,就这么安静地看着衡月慢慢地饮下大半杯。

衡月见林桁盯着她手里的酒杯,以为他也想尝尝,问他:"想喝吗?"

但不等林桁回答,她又遗憾地摇了下头:"你还没成年,不能喝酒。"

管着林桁不让他抽烟喝酒,至少在十八岁以前不让他沾上这些坏习惯,是衡月觉得自己作为监护人最起码应该做到的事。

"不过……"衡月突然又开口。

林桁抬眸看她,看见衡月抽出一根筷子伸进酒杯里蘸了一点,递到他嘴边:"你要是实在想的话,可以尝一尝味道。"

白玉般的筷尖坠着一滴欲落不落的暗红色酒液,红得极其惹眼。

"只能一点。"她说。

林桁垂眸看向她手上那只筷子,又缓缓看向她白得醒目的指尖,有一瞬的恍神。

安宁村有一个习俗,婴儿满百日那天,长辈会办百日酒宴请亲朋好友。开席前,辈分最高的长辈会抱着婴儿唱《百岁歌》。

如果生的是男孩儿,唱祝愿歌的人就会用筷子蘸点白酒抹在婴儿唇上,叫其尝一尝酒的"辛"味。寓意何种祝福林桁并不清楚,但在他从小到大的印象中,只有小孩才会以这种方法尝酒。

林桁抬眼看向衡月,见她神色自然,并不似在逗趣他。

她可能并未见过类似的习俗,林桁想。

更不是在把他当小孩。

五月下旬,在该月最后一周的升旗仪式上,学校对虐猫事件进行了全校通报。

有衡月这尊大山压在学校上方,这事早早就查出了结果。但为了维护学校声誉和避免在学生当中引起不必要的骚乱,在虐猫当事人的退学处理了结之后,学校才将一切公之于众。

这事本也没什么,但或许是高考将近,为了活跃校内紧张的气氛,秦崖不知道吃错了什么药,在台上念完稿子突然临时兴起,大手一挥,高声道:"高三(1)班的顾川和林桁同学在发现此事后,见义勇为救下小猫,并立马向校方和老师寻求帮助。这两位同学胆大心细、心地善良,充分展现了我校学生优秀的品德和……"

顾川的名字出现在全校通报上是常事,他在学生里也算是个名人。开始他听见自己的名字时还不以为意,但他后面越听越不对,见了鬼了,这好像是在夸他?

顾川不喜欢出风头,他天生反骨、性格孤傲,对他而言,受一顿夸不如挨一顿打,秦崖这一通赞扬对他来说和公开处刑没什么区别。

他站在队伍后方,听着秦崖笑眯眯没完没了地一通乱吹,脸色一阵青一阵红,忍了一会儿实在没忍住,皱着眉骂了一声:"什么鬼?!"

他憋着怒气,声音不小,小半个操场仿佛集体失声般安静了一秒,周围几十双眼睛瞬间循着声音直刷刷地朝他望了过来。

突兀的声音如一把利刃劈开了大会平淡而无趣的表面。秦崖此刻夸到一半,刚好停下来歇了口气,话筒和音响发出细微的嗞嗞的电流声,学生们看热闹不嫌事大,操场上猛然爆发出起哄般的掌声。

窃窃私语声亦如蜂鸣不断,秦崖不知道这是顾川搞出来的,还以为是同学们捧场,对这种见义勇为的行为表示赞赏。欣慰之余,他笑着喊了两声"安静",而后不知从哪儿又掏出一篇稿子继续发表讲话。

林桁的态度要比顾川好一些,好就好在他压根儿没听秦崖在讲什么,周围吵闹的声音并未对他造成任何影响。他面无表情地望着眼前的地面，正陷入沉思。

他经常这么干，看起来像是在放空，实际是在脑中梳理学过的知识点。他这人看着精神正常，但在学习的事上已经认真到了变态的地步。

"哎！林桁。"与他并排的宁滩忽然屈肘撞了他一下，微微抬起下颌示意他往四周看。

高三（1）班学生排成两列，站在操场最右方，林桁、顾川、宁滩、李言四人站在最后两排，也就是整个学生方队的右下角。

林桁不明所以地抬起眼，这才发现许多人正转过头往他们这方向看。周围人掩面轻笑、窃窃私语，显然在偷偷议论什么。

他往空荡荡的身后看了一眼，没有找到其他人，确定是在看他们后，他收回视线问宁滩："发生什么事了？"

认识这么久，宁滩知道他有"放空"的毛病，她神神道道地冲他眨了下眼，咧开嘴角："秦崖刚夸了你一顿。"

见林桁不明所以，她又学着《甄嬛传》里宁贵人的语调道："林贵妃，你的福气还在后头。"

林桁："……？"

李言看宁滩没个正形，偷偷掏出手机，快速点了几下递给林桁。林桁接过一看，是校园论坛里刚发出的一篇帖子。

标题名为《校长实名认证：人美心善高三猛男》。

帖子里简述了虐猫事件始末和秦崖刚才那段嘉奖之语，后面附有几张两位主人公的照片。

不是顾川和林桁又是谁？

照片是从远处拍的全身照，放大后画面有些许模糊，但还是能看清两个人的模样。

照片里的两人安安静静地站在队伍后排，顾川低头玩着手机，满脸不耐烦，林桁则没什么表情地看着地面，背景就是此刻的操场，显然是刚拍下来不久。

每周一次的升旗仪式无聊至极，偷着玩手机逛论坛的学生不知道有多少，帖子发出来才五分钟，就盖了几十层楼。

林桁快速扫了几眼，发现这短短几分钟里，他们已经扒出了他转校生的身份，其中还夹杂着一些八卦的猜测。

林桁皱了下眉，什么也没说，把手机还给了李言。

时间飞逝，林桁连同学的名字都还没记清，高考就要来了。压力之下，学生们肉眼可见地变得躁动起来。

大课间，教室里学生三三两两闹作一团，宁滩从后门进来，轻车熟路地往林桁桌上扔下一盒巧克力："（4）班那个送的。"

林桁正埋头刷题，黑色水性笔在书本空白的边角"唰唰"写着公式，闻言头也没抬地"嗯"了一声。

那天的帖子火了之后，有不少人向他示好，虽然都被他直言拒绝了，但总有人头铁，坚持着润物细无声的路线。

在这样一个狭窄紧闭的学校圈子，名气大并不是什么好事。林桁前几天把某个女生送来的东西原路还回去的时候，甚至还遭到了对方的嘲笑。

那人家境不俗，做惯了众星捧着的月亮，被林桁拒绝令她觉得自尊受损，面子挂不住，当场把林桁还回来的东西直接扔进了垃圾桶。

她面露愠色，当着众人的面嘲讽林桁："一封代笔信和一副破耳机而已，还装模作样送回来。怎么，装清高？真当自己是个货色了。"

那人不屑又挑衅地打量着他："你算个什么东西啊？"

这话说得难听，走廊上看戏的学生"哗"的一声炸开了锅。

这个年纪的学生，自尊心比什么都强，林桁也不例外。不过他性子沉，即便被言语折辱，脸上也不见难堪之色。

他平静地看了那人一眼，而后直接转身走了。

这事闹得还挺大，论坛里因此热闹了好几天。林桁也没理会，依旧

第七章　往昔与当下

天天抱着题本刷。

李言说他可能想靠刷题修道成仙，随后兴致高昂地加入了他修仙的队伍。

林桁平常拒绝人时比较委婉，只说不合适。但如果对方不识趣，要多问一句"哪儿不合适"，他就认真回对方一句"哪儿都不合适"。

他本性善良，不会践踏旁人的心意，重话也不会说。正是这份淳朴让人觉得他难能可贵。

来找他的女生大多是看上了他的脸，想要在高三压抑学习生活里寻一味调味剂，因此她们不仅觉得林桁的老派作风有趣，还被他勾起了一股莫名的征服欲。

按宁滩的话说，他这张脸，拒绝别人也是应该的，越无动于衷越吸引人。

想来那些女生也这么觉得。

宁滩手里拿着错题集，看了看（4）班女生送给林桁的巧克力，啧啧称奇："你说为什么女孩子送礼总爱送些自己喜欢的小零食啊？好像没多少男生喜欢吃甜丝丝的东西。"

顾川翘着板凳，正拿着手机玩游戏，高考临近，他是一点不慌，嘴里含着根朋友给他的奶酪棒，点点头，对此颇有同感地"嗯"了一声。

正往宁滩桌子上放软心果糖的李言听见两人的对话，瞥了她一眼，面无表情地又把糖给收了回去，接着满满一把全放在了林桁桌上。

宁滩顿时不满，薅了一大半进自己口袋。

"不过，"她想起什么，"（4）班的那个女生好像有个关系不错的男性朋友，之前暑假我和言言还遇到过几次。"

"那男生穿件皮大衣，看着有点像精神小伙。"李言道。

场面诡异地安静了一会儿，一直听着他们说话没出声的林桁忽然问："精神小伙是什么意思？"

115

三人齐齐转头看向他:"?"

李言这个（1）班出名的书呆子都觉得诧异:"哥,你难道不上网吗?"

林桁竟认真回答道:"上,但是上得少。"

不知怎么,顾川又想起他刚来那会儿像个老头一般对着手机打字的模样来。

几人本以为他或许是在开玩笑,但他的表情实在太过正经,几人连逗他的心思都生不出来。

宁滩挠了下脸,似笑非笑地"哟"了一声:"你不知道什么是精神小伙?"

林桁见她这表情,也有点迟疑,他在脑海里思索了一圈,仍是没找到相关知识,摁下按压笔,脑袋也跟着轻点了下:"嗯。"如果衡月见了他这模样,或许会觉得他这份懵懂显得格外乖。可惜此刻围在林桁身边的是一群损友,只觉得他这样看起来有点呆。

顾川同样一脸不可置信地看着他,虽然没说话,但林桁却看出顾川嫌弃的脸上明晃晃写着:你是哪里来的奇葩?

林桁才拿到智能手机没两个月,微信号才注册一个月不到,对于网络用词的了解怕比不过大城市里的五岁小孩。

但学习成绩好的人大多有个共同的特点——求知欲强。听朋友提起不太明白的东西,林桁也想弄个明白。

李言怕宁滩吐出些什么惊世骇俗的发言误导这根正苗红的小嫩苗,忙抢先给林桁解释了一通。

他斟酌道:"精神小伙就是穿着利落,看着,呃……相当精神的男生。"

林桁理解了,打算现学现用巩固一下知识点,他看向顾川:"所以你是精神小伙。"

顾川脸一黑,顿时抄起了桌上的书想朝他脑袋砸下去:"我真是，我……"

  他气得眉心都拧出褶了，但看见林桁那茫然不解的脸，最后还是忍了下来。

  李言和宁滩捂着脸憋笑，林桁感觉不对，他掏出手机搜索出精神小伙的图片，看完沉默了两秒，放下手机对顾川道："……抱歉。"

第八章

第三次梦游

第八章　第三次梦游

　　时间在题海和同学间的小打小闹中飞逝。高考前在校最后一天，谢老师不厌其烦地讲着考前准备事项，台下同学一边收拾，一边兴奋地配合着。

　　忽然间，林桁的手机振动了一下，是一条微信消息。

　　衡月这几天工作忙，也不知是太劳累还是怎么，看着总是恹恹的没什么精神。林桁怕她有什么急事，没顾得上放没放学，直接把手机掏了出来。

　　NY姐姐：我在学校车库，等会儿一起回去。

　　林桁从来没主动叫衡月在放学后来接他。平日里衡月路过学校时会主动给他发消息，接他一起回家，顺便还捎上顾川。

　　林桁手指修长，一手支在桌面上做遮掩，一手将手机握得稳稳当当，打字回了个"好"。

　　林桁偏头看向顾川："等会儿姐姐要来接我，你要一起吗？"

　　"我有事，"顾川说罢，斜睨了眼林桁的手机，看见顶上"姐姐"两个字，突然诡异地勾起了一侧唇角，颇有些幸灾乐祸地道，"挨骂了？"

　　一副干了坏事还告过小状的模样。

　　林桁顿感不妙，顾川这人嘴碎得离奇，比他们村头巷尾的老人话还多。他将手机反扣在桌面上，防备道："没有，你又干什么了？"

　　"没有？"顾川觉得奇怪，掏出手机点开了微信。

　　林桁看他直接点出了和衡月的聊天框，一股不安感缓缓升起，两道剑眉微拧着，压低了声音："你是不是跟姐姐说什么了？"

顾川虽然常干坏事，但从来都干得明目张胆，他也不瞒林桁，大大方方地承认："嗯，说了，挑挑拣拣就你最近被女生频繁来找的事儿说了下，说你在学校不好好学习，天天和女生嬉笑打闹。"

他"啧啧"摇头，语气轻飘飘地抛下炸弹："还发了几张照片给她。"

说着，顾川还把照片给林桁看了一眼。

那照片是校园论坛里别人偷拍的，当然，不是林桁单人的，而是他被人拦住送礼物的照片。那拍照的同学或许是狗仔队世家出身，照片极具迷惑性，照片里的两人虽然没有肢体接触，但怎么看怎么暧昧。

林桁看了一眼，头皮都炸起来了。

顾川没什么爱好，就喜欢使坏。李言和宁滩刚认识他那会儿也被整过，后来两人免疫了，顾川还无聊了好长一段时间。

如今林桁完美地成了小霸王的快乐源泉。

上次顾川跟衡月胡说八道时林桁就想骂他，此刻他憋了会儿实在没憋住，低声损了一句："你是不是缺德？"

"是啊。"顾川承认。

他翻了翻和衡月的聊天记录，确保衡月看到了他发的消息还回了他后"咝"了一声，奇怪道："真没骂你？"

他万分不解地瞥了眼林桁，一副恶作剧没成功的惋惜语气："奇了怪了，我姐居然这么信任你……"

林桁皱眉看着他，连把他塞进垃圾桶里的心都有了。

知道了顾川干的破事，林桁越想心里越慌。但他面上端得住，一边听谢老师不厌其烦地在讲台上反复叮嘱高考相关事宜，一边不动声色地稳坐着，看上去很能唬人。

顾川不由得在心里"啧啧"叹了几句。

但顾川没想到下课铃一响，方才还一脸沉着的人拎起书包就往外跑，一阵劲风自身后拂过。顾川一脸困惑地回过头，目光只来得及捕捉

第八章 第三次梦游

住一片掠过后门的幻影。

林桁一路不停地赶到车库，学校占地面积大，教学楼离车库远。少年跑得急，喘息沉重，出了一身热汗，额发都汗湿了。

衡月的车停在车库里一个较为偏僻的角落，白色跑车熄了火，安静地停在那儿，似一只蛰伏的豹子。

驾驶座的车窗降了下来，衡月穿着衬衫，衣袖半挽。她的手搭在车窗上，半截手臂露在外面，林桁看见她指间夹着一支细长的烟。

纤细的腕上坠着一只水色饱满的绿玉镯，指甲上涂了一层浅色明亮的透明甲油，在车库些许昏沉的灯光下，她裸露的手臂肤色白如瓷器。

林桁慢慢走近，看到了衡月没什么情绪的侧脸。

她握着手机，眼眸合着，正靠在驾驶座上语气淡淡地和人通话，并没有看见林桁。

清亮的声音回荡在空阔的车库里，听不太清晰。林桁也没凝神去听，他看着她指间的女式细烟，微不可察地皱了下眉头。

抽烟对身体不好。

但很快林桁眉心就舒展了些，因为他发现衡月并不怎么抽，只是夹在指间，任其慢慢燃着，很快便烧掉了一长截。

这是林桁第一次看见她抽烟，也是第一次见她露出这种淡薄的表情。

衡月的脸部轮廓生得柔和，面无表情时看上去并不冷漠，也不像林桁那般冷硬疏离。本就精致的面容化妆后容颜更盛，眉梢眼角仿佛带着钩子，好看得叫人心动。

她身上有一种特殊的气质，那是锦衣玉食养出的自信，叫她无论在什么情况下，都透着股游刃有余的闲适。

偶尔的温柔或许源自本身柔软的性格，长久不变的温柔则是财富之下的附属品。

衡月自身充分地说明了这一点。

此刻林桁看着神色淡漠的衡月,他不由得感受到了片刻的陌生与惊讶,如同他第一次在老家见到衡月时的感受。但他并不觉得不自在,反而因自己看到了更多面的她而感到欣喜,又觉得这样的她透着股别样的风情。

无论她什么样,在林桁看来都是好的。

少年不自觉放缓了呼吸,静静地站在远处看了她好一会儿。

白烟缭缭上飘,半点微弱的红色火光在她指尖时隐时现。

林桁目不转睛地望着她隐藏在烟雾后的面容,脑子里不知为何冒出了平时从同学的笑谈间听到的三个字——坏女人。

许是少年目光太直白,衡月若有所觉地睁开眼看过去,发现了他。

因为在通话中不便出声,她朝他招了下手,林桁没有迟疑,大步朝她走过去。

他停在车窗前,很低地叫了一声:"姐姐。"

衡月这段时间忙,林桁也马上就要高考,两人已经好几天没能安安静静待上一会儿。此刻林桁见到她,总觉得她看起来精神不太好,有一种不浮于外表的疲惫,若不是林桁已经足够熟悉她,怕也不能感受到。

他脑海里浮现出顾川说过的话,变得有些紧张。她会不会当真了?因为这事烦心,在生他的气?

林桁想解释,但看她正专心与手机那头通话,暂时打消了这个想法。

衡月不知他在想什么,她将烟掐灭,扔进车里的烟灰缸。林桁往里看了一眼,见里面已经躺着两三只烟头,烟蒂圆润,连口红印都不见,看起来都没怎么抽过。

林桁稍稍放下心,脚下一转,正准备绕过车头上车,衡月却突然伸手拉住了他。

林桁停住,又乖乖站了回去,以眼神询问:怎么了?

他今日穿着件白色短袖,下身一条黑色长裤,干净利落,此刻肩背笔直地站着,满身透露出青春活泛的少年气息,但脸上的表情却有点

第八章　第三次梦游

紧张。

衡月抬眼看他,视线扫过他干净乌黑的眉眼,对电话那头道:"可以,就这样吧。"而后挂断了电话。

衡月伸手摸了摸他额角些微汗湿的头发,问道:"跑过来的?"

林桁愣了愣,而后低低地"嗯"了一声。

"下次不用这么急,都出汗了。"

林桁没有答应她,他每次都想快点见到她。

衡月说着,修长的五指顺着林桁的手臂落下去,握住了他的手腕。

少年睫毛一颤,手指轻轻缩了一下。

衡月垂眸看着他的手,手指圈着他的腕骨,像是在丈量尺寸。

林桁没抽回手,他看看衡月又看了眼自己的手:"怎么了?"

她"唔"一声,不清不楚地道:"量一量。"

林桁仍是不解,但他没再问,安安静静地把手伸给她。但等衡月量完后,他突然手腕一转,反握住她的细腕,虎口圈住稍用力捏了一下。

少年眉眼垂着:"我也量量。"

灸热的体温熨帖在手背,衡月愣神的工夫,手已经被林桁牢牢圈进了掌中。

他量的是她的整只手掌。

高考平稳结束,和大多数考生一样,林桁的心态十分平稳。衡月以为他会约朋友出去疯玩几天,结果他却天天都腻在家里,三餐不落地给她做饭。

考完后,林桁把之前留在学校的书都搬了回来。他只读了一个多月,书却在墙边垒了半人高,看得衡月直皱眉。

如今得了三个月长假,衡月计划带林桁去各地玩玩,可还没来得及安排,就被一通电话打断了计划。

衡月父母离世,但还有个外婆。她外婆久居国外,或许是预料到人生无常，八十岁大寿之前竟回了国，嚷着叫衡月带林桁去见她。

老太太年龄大了，排面也摆得足，分明是她要见林桁，却跟皇太后召见似的，还得林桁亲自到她面前去给她瞧。

寿宴事先定在了六月中旬，衡月早知道会有这么一遭，但怕打扰林桁高考，一直没跟他说。如今高考结束，想着直接搪塞过去，没想到电话打到家里来了。

这日晚上，林桁洗漱完，湿着头发蹲在墙边整理书，衡月坐在旁边敷面膜。

单调的老式电话铃声响起，声音来自沙发扶手旁的座机。

这座机是物业装的，专为应急情况准备，一年到头都响不了几次。

林桁放下手里的书，走近看了一眼，对衡月道："姐姐，6745开头的号码。"

衡月知道这号码，这是主宅的电话，只有作风老派的老太太会用座机打给她。

衡月敷着面膜不方便，"唔"了一声，微微抬了下头，示意林桁接一下。

林桁点头，拿起听筒："你好——"

电话铃声消失，少年干净的声音紧随响起，在这安静的夜晚显得格外清朗。

林桁的声音很有辨识度，明明是少年人的音色，说话时的语气却很沉。在他这个年龄段，很少有人会像他这么说话，就连成年人也很少。

在他开口的这短短几秒里，衡月忽然想起了一件几年前发生的事。

大约是三年前了。

那时候衡月的母亲和林青南都还健在，某天只有衡月在家的时候，家里的电话也是这样突然响起。

那头信号似乎不好，衡月接起电话后，入耳是一段听不到头的杂乱电流声，然而当对面的人开口时，声音却又格外清晰。

第八章 第三次梦游

不是因为声音大,而是因为好听,是一个清冽而冷漠的男孩声音,说着南河地区的方言,仿佛夹着风雪。

那人没有自我介绍,没有问好,甚至连一句礼貌的称谓都没有,电话接通两秒,衡月就听对面以一种冷静的语气道:"奶奶身体不好,可能熬不了多久了,你什么时候回来见她最后一面?"

那声音快速而简短,似乎并不想和接电话的人多说一句,说完就止了声,听筒里只剩人声消失后多余的杂音。

但那人并没有挂断电话,而是在安静地等待回复。

因对方说的是方言,衡月只听懂个大概,但话里沉重的信息她听明白了。衡月有些没有头绪,过了数秒,她才以普通话回道:"抱歉,请问你找谁?"

她说完后,电话那头沉默了很长一段时间,长到时过三年,衡月仍记得跨越几百公里传到她耳朵里的那片毫无频率的噪声和嘈杂中突兀而压抑的寂静。

很长时间后,听筒里才有人声传出来。

说话人仍旧十分冷静,不知道是不是衡月的错觉,她甚至觉得那声音比方才要缓和些许。

少年换了普通话:"对不起,打错了。"

随后便是电话挂断的忙音。

那不是一个打错电话的人该有的反应。

当时的衡月并未多想,只当是一个拨错号码的乌龙,很快便将此事抛之脑后。没想到如今突然想起,竟发现这件事在记忆里如此清晰。

他们初见时衡月读高中,这些年声音没多大变化,她现在觉得,那时候林桁或许已经认出了她的声音。她回过神,看着乖乖站着接她外婆电话的林桁,仿佛看见了当年大雪里无助的少年,又好像看见了一个被老太太恶语相加的小可怜。

她外婆脾气可不好。

"她——"林桁看向衡月，衡月缓缓摇头，于是林桁道，"她洗澡去了。"

不知道电话那头的老太太说了什么，林桁一点点皱起了眉头，时而低低应上两声。

"好，我记下了，我会替您转告她，您还有其他什么事吗？"

他显然不太知道怎么应对老太太，说话像是电话客服，电信诈骗都比他有人情味。

衡月闷笑了一声，惹得林桁疑惑地看了她一眼。

之后又过了几分钟，林桁才挂断电话。

衡月问他："她说什么了？"

少年的表情一如既往地匮乏，他沉默了两秒，道："她说了寿宴的事，还说到时顾行舟也会参加寿宴。"

衡月点头，慢慢揭下面膜："还有呢？"

林桁抿了下唇："没有了。"

"嗯？"衡月有些疑惑，"没有了？"

衡顾两家交好，老太太的寿宴自然会邀请顾家。虽然她一直想撮合衡月和顾行舟，但不可能单独打电话就只为说这事儿。

林桁肯定瞒了自己什么。

衡月看向林桁，然而他却已经转过身，继续收拾他那一大摞书本卷子去了。

衡月感到诧异，问道："她和你通话那么久，就只交代了这件事吗？"

背对着她的林桁动作停了一瞬，过了片刻才慢慢道："她说顾行舟年轻有为，和你年纪相仿又知根知底，之后他打算定居北州，叫你好好考虑。"

他近乎机械地转述着老太太的话，语气很淡，又有点说不出的郁闷，就像多年前的那个未知名的电话里听到的那样。

衡月听了几句,抬手揉了下额角。

果然,老太太是来催婚的,还专门说给林桁这个她老人家眼里的小拖油瓶听了一遍。

林桁一边说,一边心神不定地收拾东西。不经意间,掏出的一叠卷子里掉出张粉白色的纸张来,在空中转了两圈,轻飘飘落到了衡月脚边。

衡月弯腰捡起来,打开一看,满满一页都是字。

信的边角都有点旧了,不知道是什么时候塞进去的。

衡月扫了两眼,没多看下去。她合上纸张,眉尾挑了挑,递回给林桁:"你的信。"

学校里抱回来的资料多,林桁收拾东西时也没细看,直接一股脑就塞包里带回来了,压根儿不知道自己卷子里什么时候多了封信。

他接过来看了两眼,神色怔住,看起来比衡月还意外自己包里有封信。紧接着,他忽然就想到了顾川前几天诬陷他在学校和女生嬉笑打闹的事。

他下意识就想解释,但在看见衡月的表情后,却又蓦然息了这个念头。

衡月的表情仍旧一如既往地淡,她眉眼微微垂着,看着平板上接下来几日的行程表,眼睫在眸尾落下一层浅薄的阴影,似乎——

不是似乎,她的确不在意这封信。

林桁沉默片刻,将信扔进垃圾桶,低着头继续收拾东西。他看起来若无其事,可半分钟后,他像是装不下去了,转身看着衡月:"你不问问我吗?"

衡月抬眸,不解地看着他:"问什么?"

林桁握紧了手里的书:"信,各种其他的事,什么都行。"

他说得很急,但衡月注意到他讲的都是关于感情上的事。

她思考了片刻,问他:"以前没有人给你写过信吗?"

林桁不知道她为什么会这样问,但还是老老实实回答:"没有。"

衡月露出一副吃惊的神色，仿佛觉得没人给他写信是件罕见的事，她惊讶道："如果是在我读书的时候，给你写信的女生应该会有很多。"她说到此处，恍然大悟地"啊"了一声，扬起嘴角，"恭喜，乖仔长大了。"

说罢，还走近揉了揉他湿润的头发。

她这话似在夸他，但林桁却一点也高兴不起来。

恭喜？这有什么值得恭喜的？顾行舟告诉她离婚的时候她也对他说恭喜。

他一点也不想要恭喜，哪怕衡月冷着脸骂他一顿，他都会比现在好受。

夜里，因为信的事，林桁翻来覆去睡不着，满脑子都是衡月笑着与他说的那句"恭喜"。他爬起来，靠坐在床头，视线穿透黑暗望向与隔壁卧室相连的墙壁，像是要透过墙壁看清在墙的另一侧安然熟睡的衡月。

他拿起手机，点开微信，看着这段时间与衡月的聊天记录，一点一点慢慢往上翻。

因为早晚都待在一起，他们之间的聊天其实不多。衡月怕自己打扰到林桁学习，林桁则是嘴笨，有时候即便想和衡月聊天也不知道说什么。

不像顾川，就小猫的事都能换着花样地给衡月发十几条消息。

林桁退出来，点进和顾川的聊天记录，调出键盘敲字。

LH：姐姐有和你说过恭喜吗？

此刻已经凌晨两点，顾川大半夜竟然还没睡。手机顶部显现出"正在输入中"，很快顾川回了消息，就一个标点符号。

GC：？

LH：说没说过？

手机那头的顾川抱着猫坐在沙发上,面色古怪地盯着手机,认真思索起林桁的话来,但不是在思考问题的答案,而是在想林桁这三更半夜突然发的哪门子疯。谁会把别人对自己说过的这种平常话记得清清楚楚?

最后也不管衡月究竟有没有和他说过,顾川直接回:嗯,说过。

LH:她怎么说的?

顾川一通胡扯:当然是满怀爱意地看着我这个她最爱的弟弟,温柔地说"恭喜"。

林桁看着顾川发过来的消息,意识到顾川又在骗他,沉默了两秒,敲下了一个冷漠的句号。而后他像是嫌这话杀伤力不够,又皱眉打下一句:

LH:难怪别人不爱和你说话。

顾川看见这话,气得抱着猫就从沙发上站了起来,这书呆子别的没学会,气人倒学会了。

他拨通林桁的电话,打算连着上次的份一起骂回去,但林桁看了眼来电,打开静音,将手机扣在一旁,不管了。他看了眼时间,打算睡下,忽然,门锁转动的声音响起,拉回了他的思绪。

家里只有他和衡月两个人,此时门外是谁不言而喻。

房门被推开时几乎没有声音,柔和的月光倾注进房间,林桁这才想起自己忘了锁门。

他睡觉习惯拉紧窗帘,此时房内光线昏暗,如在四周蒙了块厚重的黑布,只有门口的方向破开个洞,得见几分光色。

林桁伸手打开灯,怔怔地看着站在门口的衡月。

衡月已经很久没有梦游,他都快忘了她的这个习惯。

想了半夜的人突然出现在自己面前,林桁抿了下唇,如每次看见她时一样,刚想唤声"姐姐",但一时间想到了什么,又把这个彰显着年龄差距的称谓吞回了喉咙。

衡月连鞋都没穿,白皙的双脚赤裸着踩在浅灰色地板上,目的明确地朝床走来。

林桁曾经遭过衡月两次"毒手",在衡月靠近时,他下意识地抬手捂住耳朵,手撑在身后,仰着身躲了一下。

他有点怕衡月捏他耳朵,很痒,还有些难受……

但衡月这次并不是奔着他的耳朵而来,在林桁没反应过来的时候,她缓慢而熟练地爬上了床。

林桁坐在床上靠近门边的位置,衡月一躺上来,四肢难免和他有所触碰。

他睁大双眼,有些慌张和无措,身体深处仿佛有口巨钟被敲响,一刻不停地鼓动着林桁的耳膜,震得他头脑发蒙。林桁眨了下眼,不敢乱动半分,连呼吸都克制着放缓了。

此时他才忽然明白过来,为什么衡月之前会叫他晚上睡觉时记得锁好门。

又忽然明白了为什么他刚来北州时,明明衡月是独居,家中的客房却铺好了被褥。

少年试图平静心绪,却怎么也无法静下来,甚至因为紧张,身体开始不受控制地发热,短短半分钟,后背便浸出了一层热汗。

他偏过头,强迫自己挪开视线望向别处,灯光落在少年慌乱的眉眼间。最终,他还是情难自禁地转过头,将视线转回到衡月安睡的脸庞上。

他本可以叫醒她,甚至直接将她抱回她的房间,但他并没有这么做。

他坐得远远的,然后就这么静静地看着她,像一只小狗在偷看一朵熟眠的花。

他偏过头,过了会儿,脑袋又忍不住转了回来。

第八章 第三次梦游

"姐姐……"少年低唤了她一声,声音散在静谧的夜晚里,并没有人回应。

衡月身上有种十分惹人的脆弱感,那种脆弱感很不寻常,并非她内心软弱,而是由姝丽的容貌与坚韧的性格造就。当她不经意间露出那股易碎的柔弱姿态时,总会让人不由自主地将注意力放到她身上。

至少对于林桁而言是这样。

此时,她呼吸清浅,像只柔弱的幼鸟安静地窝在被子里,林桁足足看了一个小时也没舍得挪眼。

她小半张脸颊陷入枕头,细眉长目,眼尾微微挑起,没有涂口红,但唇色依旧红润。

她睡姿放松,两条细肩带只剩一条还挂在肩上,另一条顺着肩头滑下来,松松垮垮搭在臂膀上,露出颈下两道纤细漂亮的锁骨。

林桁想替她把肩带拉上去,但手悬在空中十多秒,又不知要如何下手。

他心中不净,把自己放得太低,又把衡月看得太高,觉得无论自己碰到她身体哪个部分都是亵渎了她,最后只好将被子往她肩上提了提。

几缕绸缎般顺亮的长发蜿蜒披散在枕上,林桁看了一会儿,拿起放在一旁的手机,没理会顾川打来的两个未接来电,打开相机调至静音,不太熟练地将摄像头对准她,按下了快门。

手机屏幕里画面定格,里面并不见衡月的脸,也看不见她的身体或是一小片裸露在外的雪白皮肤。

他心不净,品行却正,做不来偷拍的事。

占满屏幕的照片暗淡又朦胧,只是一小缕落在他枕头上的乌黑长发。

为了不拍到衡月的脸,那缕头发只占据了照片一个不起眼的小角落。

除了林桁自己,谁也不会知道那缕头发属于谁。

林桁像是已经觉得满足,他放下手机,轻柔地替衡月掖了掖被子,没有再试图叫醒她。

房间里明亮的光线熄灭,转而换上了一抹柔和温暖的台灯光。

晚安，姐姐。

林桁半坐着靠在床头，就这么安静地看着她，以一个并不舒服的姿势，生生挨到天快亮，才终于合了会儿眼。

清晨，朝阳透过客厅的落地窗，斜照在明净的地板上，明朗的浅金色光线散发出不容忽视的热度，烘烤着房间里的每一寸空气。

昏昏沉沉间，衡月感觉自己身边仿佛燃着团烈火，烧得她在半梦半醒间出了身热汗。

她意识还没有完全回笼，脑子也还迷糊着，并没有睁开眼，伸手去摸空调遥控器。

但她动了几下后，发觉出有点不对劲。

她感觉到身边躺着个人。

脑中似有一记烟火鸣啸炸空，衡月顿时惊醒了过来。

衡月此刻的脑子怕是比林桁在考场上时还要清醒，她先看了眼四周，发现这里并不是她的房间后，便大概明白过来——自己又梦游了。

林桁靠坐在床头，两只手远离她的身体，一副想动又不能动、被她占尽了地盘的模样。

他闭着眼，呼吸匀称，似是睡着了，但他呼吸有些重，满身是汗，显然睡得不太安稳。

衡月愣了好半晌，慢慢坐了起来。

她的心理素质强大得可怕，坐起来后，她甚至还思考了会儿是该直接出去还是叫醒林桁。

为了之后相处不太尴尬，她选择了后者。

衡月和他稍微拉开了些距离："林桁。"

他睡得不沉，听见声音，眼睛很快动了动，只是上下眼皮像是被胶粘住了一样，睁眼的动作极其缓慢，明显是没睡够。

少年睁开眼，涣散的眼神聚焦在衡月脸上，从迷糊到清醒的过程中，

第八章　第三次梦游

衡月看见他视线有片刻的迟滞。

他快速坐直身，往后退了退，动了动嘴唇，唤了声："姐姐……"

林桁黑沉的眼眸里似有雾气，脸颊泛红，衣衫都湿了。

衡月没问"我怎么跑到你床上来了？"这种废话，也没同他说"抱歉"，而是先发制人道："你昨夜没有锁门吗？"

林桁听见她这样问，顿时手都不知往哪儿放了，仿佛是因为他故意没锁门才导致了此时的尴尬局面。

甚至还产生了几分愧疚之情。

他结结巴巴解释道："抱歉，我忘了……"

衡月不动声色地点了下头，淡淡地"嗯"了一声。

她面色平静，似乎这件事对她来说没什么大不了。当然也可能是强装镇定、故作无感，不过林桁无法分辨。

"……下次记得锁门。"衡月说罢，掀开被子就要离开，显然打算就这么把事情了了。

林桁却握住了她的手臂。

衡月些许惊讶地转头看他，见他也面露茫然，似乎同样没料到自己会这么做。

仿佛挽留她，只是他下意识做出的行为。

但回过神来后，林桁并没有松开手，反而将她抓得更紧。

他抬眸盯着被他圈在手里不放的衡月，黑长的睫毛在光影里很轻地颤动了一下，也不说话，就只是睁着双被汗水洇湿的眼睛，目不转睛地看着她。

她轻轻挣了下手臂，察觉他不肯放开，也就放弃了。

衡月看着林桁，有一瞬间，眼前的少年和多年前雪地里那个孩子的身影完全重合在了一起。她按下心中陡然升起的怜爱之情，开口问道："怎么了？不舒服吗？"

林桁昨晚没盖被子，吹了一宿空调难免着凉。他的唇瓣动了一下，又重重抿紧了:"嗯。"

衡月望着他,用手背探了探他额头的温度,手刚贴上去,就换来一双湿润的眼睛。

他流了满身的汗,实际上体温不算太高,但她不可能放任他这样烧下去。

衡月正打算开口,却听见林桁突然叫了她一声。

"姐姐……"

"嗯?"

林桁似乎对自己接下来要说的话感到难以启齿,他垂下眼睑,复又抬起来看向她:"你能不能……陪陪我?"

滚热的汗珠顺着少年剑锋般的眉梢滚落,他不太会求人,语气有些生硬,但嗓音却十分柔软。

眼前的人和很多年前坐在花台上还悬着脚的小男孩相比已经大不相同,个子蹿得太高,同是坐在床上,衡月却要仰起下巴才能看见他的脸。

就连模样也变了许多,他那时脸上的婴儿肥未消失,怎么看都可爱得惹人心怜,但如今这张脸不笑时,却很能唬住人。

然而无论那时还是现在,只要面对衡月,林桁身上都只剩下了乖巧的姿态。衡月听清他说的是什么后,花了一秒的时间去思索这话里是否存在着男女之间的暧昧情意,无怪她多想,因为林桁此刻看她的眼神算不得纯粹。

她问他:"林桁,你知道自己在说什么吗?"

林桁垂下眼帘:"知道。"

他似乎觉得这话分量不够,又添了句:"我很清醒。"

他这么说着,可那烧得满身汗的糊涂样看起来却和"清醒"两个字搭不上边。

"姐姐,我想你陪陪我,就待在这儿……和我。"他红着脸低声说,像只讨乖的小狗。

第九章 意外的告白

第九章　意外的告白

衡月如果还听不明白林桁的意思，那她这些年也就都白活了。她静静看了他好一会儿，还没想明白该怎么回答，又听见林桁低声问了她一句话。

那话音轻敲在心头，衡月睁大了眼，疑心自己听错了，她怔忡地望着他："……什么？"

林桁不太懂得把握机遇，他习惯付出超乎寻常的努力、忍受常人无法忍受的艰辛，却不太懂得如何机敏地抓住一个千载难逢的好时机。

就如当初在安宁村，当衡月提出要带他来北州、给予他全新的人生时，他在第一时间做出的反应竟然是劝她离开，任谁听了都会觉得他实在笨得可以。

林桁自己也知道这一点，所以他学会了创造，带着勇气和失败的可能，创造一个不确定是否有资格称之为机会的东西。

林桁目不转睛地看着衡月，似乎觉得看得不够清楚，他抬手擦去眼睫上沾染的水珠，又极其缓慢地重复了一遍。

"……我能喜欢你吗？"他顿了下，郑重地说出了她的名字，"衡月。"似乎因为很少直白地表达自己的情绪，林桁说得格外缓慢。

像是初次学说话的孩童，他小心翼翼、一字一顿，以确保每个字发音的准确性。

可林桁不是小孩，衡月看着他脸上认真的表情，意识到他很清楚自己在说什么。

衡月听过很多人向她表白，直白大胆者有，含蓄谨慎者也有，却唯独没有谁像林桁这样问她"我能喜欢你吗？"

真挚得叫衡月不敢轻易回答。

过了好久,她才出声回道:"当然,你有权利喜欢任何人。"

于是林桁又开了口。

"我喜欢你。"他说。

他看看衡月,说得很慢,慢得听起来有些磕巴。

话音落下,房间里的空气倏而静止了一瞬。少年人生第一次表白,脸都红透了,但他并不像其他同龄人对自己的感情羞于启齿,反倒十分直白地宣之于口,直白到了纯情的地步。

所有的情绪终于找到正确的出口,在这静谧的早晨,林桁深深凝望着衡月的双眼,像是陷入了她眼中那抹美丽稀缺的淡绿色。

"衡月,我很喜欢你。"

他紧张地抿直了嘴角:"特别喜欢。"

从那年的大雪里,你替我撑起伞时就开始喜欢。

藏在心里想了很多年,从来没有奢望过会再次见到你,和你在一起的每一天都感觉像是在做梦。

他像是怕衡月不相信,他说:"是真的喜欢,我没有开玩笑,我不喜欢开玩笑。"

少年人的感情纯粹得不掺杂任何利益,怕是没有人会在这样的表白下无动于衷。

衡月看着林桁,心中蓦然生出某种隐秘难言的情绪来。

像是胸口一直以来藏着的一块干透的海绵,突然被一捧热水浇了个透,酸热发胀,将空洞的胸膛骤然撑了个满满当当。

林桁没再说更多,他好像只是想把这份情绪传递给衡月,他坐在床上静静地看着她,好像并不奢望衡月能回应他的感情。

有那么一瞬,衡月被林桁这副乖巧的模样完全蛊惑了心神。

如同多年前的那个雪天,她鬼使神差地在林桁面前停下来。此刻,她弯下腰,手掌搭上林桁的后颈,在少年的嘴角轻轻亲了一下。

第九章　意外的告白

林桁蓦然睁大了眼。

漂亮白净的脸庞在少年的视野里放大,温香的气息扑了满面,很快又退离。

这一切发生得很快,林桁脑中思绪翻江倒海,面上却愣怔地看着衡月。

衡月看着他,揉了揉他的头发,语气温柔道:"我知道了。"

林桁没能说出话,他已经完全呆住了。

衡月身上有种特别的气质,温良柔和,看起来没有什么特别在意的东西。就连眼神也没有重量,轻飘飘的,看人时很少会给人一种凝视的压迫感,更像是一团云雾温柔地笼罩住对方。

而那团云雾里如今只有一个人。

这件事之后,两人的相处方式并没发生多大变化,若非要说有什么不同,那就是林桁稍微变得有点黏人。

也不明显,就是会在睡前多缠着她说会儿话,在沙发上一起看电影时会贴她近些。这个年纪的少年一旦开始喜欢一个人,黏人是正常的,衡月也不点破他的小心思,甘愿顺着他。时间飞逝,转眼就到了外婆举办寿宴的日子。

下班后,衡月早早回家接了林桁。

工作日下午的五六点钟,路上车水马龙,堵得出奇,白色跑车裹在车流中走走停停,慢腾腾地往前挪。

绚烂的云霞堆聚在辽阔的天空里,火红色的夕阳仿佛即将烧透的余烬,在天际散出最后一道夺目的亮光。

车子停在红绿灯路口,霞光从车窗照进来,在林桁的侧脸上披落一层透明的光纱。

衡月察觉他心情似乎不太好,问他:"怎么了?"

林桁摇了下头:"没什么。"

他还记着那日自己告白后发生的事,也记得衡月那句"我知道了"。可奇怪的是,那天之后,衡月对他并没有更多亲密的举动。

这和他想象中并不一样。

衡月性子淡,不像林桁喜欢便表现得很明显。他感觉不清晰,心便悬在空中,总觉得差了一句话来定下两人的关系。他想和衡月说,可又不知要怎么说出口。

衡月见他不吭声,会错了意,她摊开右手,掌心朝上伸到了他面前:"要牵手吗?"

林桁看着伸至眼底的纤细的手掌,满脑子的烦乱思绪顿时烟消云散。

他勾起唇角,轻轻握上去:"嗯。"

衡月偏头看了眼他烧红的耳尖。

唔,好纯情。

趁着等红绿灯的间隙,衡月单手握着方向盘,右手抓着林桁的手,有一下没一下地把玩。

纤细的手指勾入少年的指缝,像是在随意抚摸,却又精准地沿着他的掌纹慢慢从头勾勒至尾,还伸出指甲在他虎口处的薄茧上轻轻挠了挠。

有点痒……

林桁低头看着衡月不停作乱的手,指间动了动,似乎想扣住她,但顾及她在开车,只能作罢。

他怕扰乱她注意力,一路上愣是没怎么动。

衡月玩林桁的手玩得起兴,林桁也不是没事可做。衡月车上常备有一双舒适的平底鞋,以便开车时穿。她上车换下高跟鞋后,习惯把鞋随手扔在副驾驶位,所以林桁每次坐上副驾驶位,都得注意着别踩着她的鞋。

林桁长得高,脚也不小,少年为数不多的乐趣之一就是在衡月开车的时候偷偷用自己的鞋去丈量衡月的鞋长。

第九章　意外的告白

他上车后的第一件事不是系安全带，而是弯下腰，找到两只歪倒在脚垫上的细瘦高跟鞋，将其摆正，再默默地将自己的鞋跟与衡月的高跟鞋对齐。

此刻，他看着那双镶着碎钻发着光的高跟鞋，又看自己的鞋尖超出的一大截，在心里感叹道：好小……

少年"比大小"的游戏玩得很小心，衡月一直没发现。

直到今天。

银白色跑车驶离密集喧闹的车流，进入酒店车库。

停稳车，衡月解开安全带，见林桁正拿着手机在回别人的消息。

她没太在意，只瞄了一眼，连聊天对象的名字都没看清，只见对方的头像是一片绿油油的方框，是顾川的头像。

前段时间衡月开车载着林桁从学校出来那会儿，好巧不巧恰被顾川撞见个正着，他眼尖，透过半降的车窗一眼瞥见了林桁的侧脸。

林桁不懂车，更不知道衡月车库里停着的几辆车价值多少，顾川却是精通于此。衡月现在开的这车买了没多久，他老早就想着感受一下，没想到被林桁捷足先登。

顾川不敢找衡月的事，但却不怵林桁，此时正各种引经据典地指责林桁鸠占鹊巢——抢了他副驾驶位的宝座。

他前些天忙，今天刚好想起这事，洋洋洒洒地骂了林桁两页屏幕，完了还要诬陷他一句：三心二意的东西，坐我姐的车，还和别的女人不清不楚，你要不要脸！

林桁寡言少语，口舌上连村头的老太太争不争得过都难说，哪里是顾川的对手。

刚入学时顾川烦他，林桁并无所谓，因为那时顾川只是他同学。

但自从林桁知道顾川是衡月的表弟后，此刻听他一口一句"我姐"，林桁总觉得心里说不出口地闷。

毕竟真算起来,他的确和衡月没什么关系。

衡月看林桁皱眉盯着手机腾不出空,轻声道:"林桁,腿收一下。"随后便弯腰越过中控台去捞副驾驶位的鞋,但一秒后,她忽然有些诧异地停了下来。

借着跑车里一圈微弱的灯光,衡月一眼就发现了被少年一双鞋夹在中间的细高跟。

四只鞋的脚跟处仿佛压着一道看不见的直线,摆得整整齐齐。

林桁想掩饰已经来不及,他僵硬地举着手机,紧张地看着她。

衡月微抬起身,林桁像是被她突然的靠近吓到,腰腹一缩,猛地往后躲了一下。

衡月再次停下动作,又看了一眼夹在鞋间的高跟鞋。

但她并没有后退拉开距离,而是就这么抬眸看着他,眼角微微上撩,瞧得人心乱。

衡月穿着礼服,修身的裁剪勾出窈窕的曲线。

林桁紧张得不行,拇指无意识地长按着手机屏幕上的键盘,输入框里不断输进一长段英文字母,随后不经意间擦过发送键,发给顾川一串无意义的乱码。

安静的车库一角,跑车熄了火,车窗紧闭。窗户上贴了单向透视膜,除了各处无声无息的监控镜头,没人知道车里还有两个人。

衡月双眼生得妩媚,神色却总是淡漠的,直勾勾看着一个人的时候,很难让人察觉出她究竟想要什么。

林桁很多时候也不知道她的心思。

他身后抵着靠背,脊骨僵直,先前的趣味此刻骤然变成了自讨苦吃的恶作剧,两条无处安放的长腿间放着双漂亮的高跟鞋,连并拢也做不到。

衡月挑了下眉,就如同在家中纵容他的靠近,此刻也没有戳穿少年的小动作,她伸手解了林桁的安全带:"到了。"

第九章　意外的告白

外婆的寿宴举办地点在衡家名下的一所酒店,衡月和林桁提前几分钟到达,算是踩着点来。

傍晚七点,大厦高耸,天边晚霞浓烈得似火燃烧。宴会即将开席,酒店里灯火通明,受邀的宾客皆是正装出席,林桁也穿了身笔挺的白西装。

少年身形挺拔,宽肩薄背,一双长腿踩着皮鞋。他眉眼生得浓,平时看着嫩生生的一张脸,穿上西装倒比衡月想象中还要惹眼。

他本来自己从衣柜里挑了身黑西装,但衡月觉得黑色太压抑,没让他穿。

他第一次穿西装,领带也不会系,还是衡月在家给他系的。

纤细的手指绾着领带绕过少年的颈项,上车后他耳根的温度都还没凉下来。

宴会上,宾客三三两两聚在一起把酒谈笑,寿宴也好,婚宴也罢,这种场合无一例外,都会变成一场交际会。

衡月想到林桁应该没参加过宴会,担心他不习惯,挽着他的手穿过人群,径直往外婆休息的地方去了。

途中有人殷切地凑上前同她打招呼,衡月也多是微笑着三言两语应付过去,并不多聊。

休息处在其他楼层,两人进了电梯,衡月提醒林桁道:"我外婆她脾气不好,年迈又一身病,如果待会儿说了什么难听的话,你别回嘴气她。"

林桁也不知听没听,他望着她脚下八厘米的高跟鞋,悄悄站近了些,让她借力靠在自己身上,想让她舒服一点。

和吃惯了苦的林桁不同,衡月家境优渥,从没自己动手做过几件家务,在日常生活这一方面,实则有些十指不沾阳春水的娇气。

这一点两人在林桁老家见面时,衡月要林桁给她擦花露水那一刻他就知道了。

这段时日相处下来，衡月身上这点"娇"更是体现得淋漓尽致。她并不主动要求林桁做什么，但只要林桁做了，她就会显而易见地高兴几分。表现的方式也很直接，她给林桁办了张银行卡，开心了就往里打钱。

林桁的手机经常收到一连串的到账消息。

而林桁上辈子或许是个田螺姑娘，勤奋懂事几个字在他身上体现得淋漓尽致，他一个人几乎将家务包揽全了，家政阿姨每次来都没什么事做，把买来的菜放冰箱然后转一圈就走了。

有时候两个人看起来，林桁更像是照顾人的那个。

譬如此刻，察觉到林桁的靠近，衡月毫不犹豫地就靠在了他身上，半点没收力。

林桁悄悄调整了下姿势，好让她靠得更舒服。

可人总是贪心不足的，一桩心愿达成后就想要达成第二桩。林桁的睫毛微微搭下来，目不转睛地看着衡月，手背贴在她身侧，蠢蠢欲动地勾了勾手指。

不仅想让她靠，还想搂着她。

衡月哪知道林桁那脑袋瓜子里在想什么，她没听见回答，抬眼看去，撞上一双浓黑如墨的眼珠，摆明了没怎么听。

她捏了捏他的手掌："怎么不说话？紧张吗？"

"叮"一声，楼层抵达，林桁突然俯身在她唇上碰了一下。

衡月都没反应过来，林桁便若无其事地抬起了头。

他直起腰继续当他的站桩，低声回道："没有。"

也不知道是没听见，还是不紧张。

衡月轻轻笑了声，心道：还学会偷亲了。

电梯门打开，林桁正准备和衡月出去，但看见电梯外站着的人，蓦然怔了一瞬。准备进电梯的顾行舟看见里面的两人姿态亲昵地依偎在一起，也停下了脚步。不过眨眼间，他的嘴边就熟练地挂上了一抹优雅的笑。

第九章　意外的告白

林桁犹豫了许久要不要搂衡月，此刻在看见顾行舟后，果断地搂住了她的腰。

衡月今天穿的是一条简约的雪色鱼尾渐变长裙，手臂肩颈和一大半白皙的背部都裸露在外。林桁的手就贴着她的背，若有若无地放在她纤细的腰上。

两人皆是一身白，站在一起，乍一看去像是一对恩爱的新人。

情敌是迫使少年在感情中成长的利器，小狗还没怎么学会吃肉，就已经学会了护骨头。

顾行舟抬起眼，不动声色地看了眼林桁，又将视线转回到衡月身上，笑道："巧了，刚才老太太还念叨你呢。"

衡月对于在这儿见到顾行舟丝毫不感到意外，外婆很喜欢他，这些年也对他的事业多有指点，他作为晚辈，理应来祝寿道贺。

衡月走出电梯："念我？那应当是没什么好话了。"

衡家年轻一辈里，衡月最是离经叛道不受管束，外婆管不住她，也没有钳制她的筹码，每每提及她，多是把她当家中小辈的反面教材，从没什么好听话。

顾行舟显然很了解她和外婆的关系，点了下头，承认道："是，的确不算好听。"

林桁听见两人的对话，皱了下眉。

衡月方才提醒他说外婆脾气暴躁，他以为只是针对他而言，没想到外婆对衡月也是这样。

林桁没什么表情地看了眼顾行舟，而后抬起手，十分自然地替衡月捻了捻耳边一缕乱发。

顾行舟微微眯了下眼。

衡月没有察觉到两人间涌动的暗潮，她看了眼时间，对顾行舟道："我和林桁先过去，待会儿再聊。"

顾行舟点头："好。"

他提醒了句:"老太太今日心情不好,年纪大了,你下嘴也轻些。"

倒是跟衡月提醒林桁的话没什么差别。

衡月点头:"我知道。"

身后传来电梯门关闭的声音,顾行舟离开后,林桁不太放心地问衡月:"你外婆会骂你吗?"

衡月实话实说:"会。"

少年敛眉:"那她会动手吗?"

衡月忧心他过于紧张,笑了笑,安慰道:"她都八十了。"

言下之意,她哪里打得过自己。

林桁的眉心这才舒展开。

第十章

宴会与误会

第十章 宴会与误会

外婆的模样和林桁想象中的有些出入,她满头银发,精神矍铄,穿一身端庄的墨绿色旗袍,坐在一把轮椅上。

衡月推门而入的时候,她正笑眯眯地在逗衡月的一位小表侄,看起来极为和蔼。

房间里共有十多人,看着热闹融洽,但林桁注意到,有两对中年夫妻带着儿女局促地站在角落,连外婆的身都近不了。

小表侄说小,其实也不小了,看上去已有十二三岁。衡月的母亲离世后,这位小表侄便被老太太当作下一任继承人在培养。

衡家除了衡月去世的母亲,就只出了这位小表侄一名继承人,虽然家业庞大,枝脉却是不兴。

屋里的人见衡月领着一个面生的少年进来,愣了片刻,但很快就都热切地打着招呼。

"衡月来啦!"

"外婆刚才还提到你呢,想着你怎么还不来。"一位体态丰腴的女人笑着道,这位就是小表侄的母亲。

如此种种寒暄,但竟是没一人问林桁是谁。不知道是因为外婆先前骂衡月的时候顺带着提及了他,还是因为众人碍于衡月的面而不方便问。

衡月点头一一回过,走向正中。自她进门就没拿正眼瞧她的外婆,她把备好的礼物递给外婆身后站着的助理,道:"外婆,寿辰快乐。"

林桁按照先前衡月的授意,独身站着观望,没贸然开口。

衡月怕他热脸贴冷屁股,无辜被骂一顿。

衡月的担心不是没有道理。

林桁随着衡月一同看向坐在轮椅上的老人,上一刻外婆还笑容满面,下一秒就见她嘴角一搭,顿时收了笑。

外婆撩起眼皮瞥向衡月,又看了林桁一眼,冷笑道:"看来是我老不死的扰你清闲,累你百忙之中抽出空来应付我。"

她没看衡月送来的礼,垂下眼,语带嘲讽:"天都黑透了,你有这份心,怎么不等宾客散了再过来?"

两句话一出,场面瞬间安静了下来。

林桁实在没想到衡月的外婆对她会如此刻薄,但他更没想到,衡月的骨头也硬得硌人。

衡月神色未变,反而顺着外婆的话道了句:"那您保重身体,我下次再来看您。"

随后她拉住林桁,竟真的作势要离开。

林桁总算知道顾行舟为什么会劝衡月"下嘴轻点",因着祖孙两人流着相同的血,这不相让的脾气也都出自一脉。

但衡月刚转过身,脚下还没迈出一步,就听到"砰"的一声——

青瓷碎裂,茶水四溅,外婆竟是扬起拐杖就掀翻了桌上的茶具。

瓷盏骤然碎了一地,流洒在地面的茶水滚烫,还泛着热气。众人面面相觑,又像是已经习惯了这场面,为免祸及自身,有些麻木地站远了些,想来外婆当着众人发脾气也不是头一回。

方才在外婆旁边讨巧卖乖的小表侄,此刻也已是一副快吓哭的脸色。

衡月对此更是早就习以为常,她掀起眼帘,神色浅淡地看着轮椅上的老人。

外婆年轻时脾气就硬,只身闯北州,后又赴国外,衡家也是在她手里发家的。

可到了老年,眼看着身边的人一个个长出硬骨,她的恶脾气也愈发

第十章 宴会与误会

变本加厉,如今已经到了容不得他人忤逆的程度。

几个子女中,外婆最器重衡月母亲,可偏偏衡月母亲是最叛逆的那个。

而从小乖巧听话的衡月,也在父亲死后与外婆生了难以弥合的嫌隙。

无关其他,只因自衡月记事起,外婆就厌恶她父亲。她父亲温柔持家,但在外婆看来却是窝囊,在衡月的记忆里,外婆看她父亲的眼神犹如看一团令人生厌的破烂棉絮,每次见面都是恶语相向。

她父亲并无什么过错,若非说有,那便是错在没入了外婆的眼,和她最有出息的女儿结了婚。

众人见气氛不对,都不想这把火烧到自己头上,一人牵头往外走,没半分钟,所有人就都带着孩子悄无声息地退了出去。

很快,屋里只剩下衡月、林桁和外婆三人。

外婆没看衡月,而是眯眼打量着林桁,苛刻道:"我原以为是只手眼通天的狐狸精,没想和他爸一样是个空有皮囊的孬货。"

衡月的父亲好歹出身权贵,尚且优雅知礼,而出身乡农靠脸上位的林青南,老太太更是瞧不上。

外婆苍老的声音不显疲弱,透着股积年的威压,她冷笑一声,骂完林桁又转过头骂衡月:"你和你妈一样没用,都被姓林的蒙住了眼睛。"

她说着狠话,但语气里却也透着几分晚年丧女的悲痛。衡月和林桁各自的原生家庭都不怎么正常,林桁对他父亲没什么感情,他自身也不在意旁人的闲言碎语。外婆的话他听了也就听了,衡月叫他别往心里去,他也照做。

但当他听见外婆骂衡月的那句"你和你妈一样没用",却狠狠皱了下眉心。

衡月被外婆骂惯了,眉毛都没动一下,她抬眸淡淡地看着老太太:"您让我今日带他来,就为了说这些话?"

153

见外婆似又要骂，衡月捏了捏林桁的手，对他道："林桁，你先下楼去吃点东西。"

林桁有点不放心她，衡月像是知道他要说什么，冷静道："没事儿，去吧，我待会儿来找你。"

林桁本想留下来陪她，但听见这声"没事儿"后，连一点违背的想法都生不出来了，他乖乖点了点头："好。"

林桁的确让人省心，但凡他不识趣地多犹豫两秒，外婆都得多摔几只杯子。眼下见他如此听衡月的话，外婆倒还没了发火的由头。

林桁带上门离开，走出门没两步，还没下电梯，就看见了在电梯旁站着的顾行舟。他靠在墙上，像是在等人。

顾行舟指间夹着烟，听见脚步声抬起头，隔着寥寥上升的薄烟看向走近的林桁。

男人与少年，两人各自一身泾渭分明的黑白西装，隔着寂静的走廊无声对视，视线交汇，空气中仿佛激起了刀光剑影。

林桁面色平静地抬步往前，擦身而过之际，男人低沉的声音在他身侧响起。

"谈谈？"

林桁和顾行舟来到了一处视野开阔的观光露台。

夜色在不知不觉中降临大地，北州的夜晚很难看见大片璀璨的星辰，墨蓝色的天幕上，只有北极星沉默地俯瞰着这片繁荣喧闹的地方。

衡月不在的地方，林桁陡然从一名乖乖仔变成了刺头，他神色冷然地看着顾行舟，而顾行舟也卸下了温和的假面。

两人皆暴露出性子里锋锐的一面，气场强大，一时之间，视线仿佛擦出火花。

良久，顾行舟突然低头轻笑了一声，那笑声没什么温度，不像是在笑林桁，更像是在嘲笑他自己。

他觉得自己真是无可救药，竟愚蠢到用这种野蛮的行径和一个连象

第十章　宴会与误会

牙塔都还没出的小孩对峙。

输了如何，赢了又如何？逞一时威风根本毫无意义。

顾行舟点燃支烟，靠在冰凉的墙砖上，突然开口问了林桁一个问题。

"你了解她吗？"

这个"她"说的是谁不言而喻。

顾行舟抬眸盯着林桁的眼睛："你如果了解她，那你就该知道南月她没有心，他们衡家人，血天生是冷的。"

顾行舟的语速不疾不徐，仿佛闲聊般的平淡语气，说的话却叫人不禁生寒。他分明是以喜欢衡月的身份站到了林桁对面，可却没一句话在夸她。

林桁自然不信顾行舟的话，他蹙紧眉心："你知道自己在说什么吗？"

顾行舟见林桁像看疯子一样看着他，不怒反笑："她对你好，那又如何？"

他不轻不重地刺激着少年敏感细腻的神经，似嘲讽又仿佛自嘲："南月看起来温柔，其实是因为什么都不在意，你不了解她。"

衡月和顾行舟退婚的原因顾川告诉过林桁。顾行舟一时情迷，和人在办公室里荒唐行事，被衡月撞见个正着。

顾川厌恶他这个同父异母的哥哥，提起顾行舟自然没一句好话，其中是否有隐情林桁并不知道。但听顾行舟此时的话，他觉得很可能就是实情。

林桁对衡月从来是无条件信任，衡月在他心里和天上月没有区别，他万不会因为顾行舟几句话而动摇。

他平静地看着顾行舟，反驳道："我不是你，不会做出和你一样的错事。"

顾行舟低笑一声："人都有劣根性，谁都不例外。不然你觉得，以南月的地位，要什么样的男人没有，她为什么和你在一起？"

155

林桁没说话，因为他并不知道这个问题的答案，甚至他也多次问过自己——他凭什么？

顾行舟目光如炬地盯着他，似乎看透了他在想什么："怎么？不清楚？不如我告诉你。"

不等林桁拒绝，他一针见血地道："你比起别人的优势，无非是年轻。上赶着送过去，南月也是人，没有道理会拒绝。"

顾行舟一介老谋深算的商人，人言鬼话掺杂在一处，叫人分辨不清。

剑拔弩张的气氛在顾行舟这一番话里愈演愈烈，顾行舟不甘衡月的选择，而林桁则不满顾行舟句句贬低衡月。

林桁道："既然她在你眼里这般一无是处，你又何必和我说这些？"

顾行舟吐了口烟："我不在乎。我认识她十几年，对她知根知底，她恶劣也好，伪善也罢，我喜欢她这个人，她怎么样我都喜欢。"

"是吗？"林桁慢条斯理道，"可惜了，她没有选择你。"

顾行舟冷漠地看着他，不屑地说："一时选择又如何？你前途未定，耗得起吗？"岑寂的夜风拂过少年笔挺的西装，林桁的心绪没有哪刻比此时更平静。

他听了顾行舟的话，语气甚至有些庆幸："你也说了，我年轻。她如果看上我这份年轻，我就趁现在还年轻陪着她，就算你是对的，那我输了也就输了。"

少年清朗的声音坠入风中："我心甘情愿。"

顾行舟拿着烟的手停在半空，接下来的话也就这么断在了腹中。他没料到林桁的反应会这么沉静，沉静得不像这个年纪的人。

他阅人无数，自以为看透了这个比他年轻了十岁的少年，却没想到林桁的内心比他预想的更加固执。

如果顾行舟品行再卑劣些，他或许还能告诉林桁他和衡月结婚是两家人众望所归的好结果，又或者恶劣地以少年的贫穷来践踏他敏感的自尊心，但现在似乎都没有了必要。

第十章 宴会与误会

因为他明白这些话并不足以撼动林桁。

他原以为林桁像他父亲一样善于勾引人心，或者好歹藏了几分心机，可他没想到衡月或许看上的就是块石头。

顾行舟看着少年清透的眼睛，片刻后，淡淡说了一句："你不是这样的人。"

嘴上说得情真意切，仿佛飞蛾扑火也在所不惜，可爱一个人，又有谁有办法心甘情愿？

林桁不准备再和顾行舟多言，他转身离开，但走了几步又停了下来。

少年背对着顾行舟开口，声音和来时一样冷静，似乎顾行舟的话没有对他造成任何影响。

他说："姐姐是个人，不会没有心，你觉得她的血是冷的，只是因为她不喜欢你。"

说完这一句，他没再停留，径直离开了此地。

清冷的夜风扬起男人的衣摆，少年的身影消失在转角。顾行舟电话响起，良久，等到风吹灭了香烟的火星，他才把兜里振个不停的手机掏出来。

"你人呢？"那头不等他出声，火急火燎地开了口，"我的顾总，宴会都开始了，好不容易正大光明地堵着证监局的人，你躲哪儿去了？"

顾行舟重新掏出支烟点燃，缓缓道："谈了个合同。"

那人古怪地安静了一会儿，继而嘟嘟嚷嚷："……那倒是我错怪了你，我还以为你逍遥去了呢。"

接着那人又问："什么合同？谈得怎么样？成了吗？"

"成个屁。"顾行舟弯腰趴在露台围栏上，抬首望着远方长夜下看不到边的城市灯光，"对方油盐不进，还把我戳着心窝子削了一顿。"

电话里的人"啧啧"叹了两声："谁啊？能戳动你那石头做的心窝子？"

顾行舟低笑一声："我算什么石头。"

他想起林桁刚才一副就算被衡月抛弃也愿意的模样,抽了口烟徐徐吐出来:"傻子才能做石头。"

宴会开始,老寿星腿脚不便,衡月的大姨替外婆上台发言。

外婆在房间冲着衡月发了好一通火,此刻又心安理得地叫衡月推着她下楼。

众人的目光聚焦在台上,衡月绕开人群,推着外婆往较为僻静的角落里去。

外婆也无异议,她一把年纪了,喜欢清静,若不是身为宴会主人,怕是来都懒得来。

外婆坐在轮椅上,腿上横着一根色泽醇厚的楠木拐杖,她似随口一般对衡月道:"我听行舟说你开始接手你妈之前的工作了,当初跟着她一起打江山的那帮人不好应付,你压得住吗?"

衡月总是和她对着干,以至她关心起衡月来都十分别扭。

衡月不吃她这套,语气冷淡道:"他倒是什么都跟您说。"

外婆一听这话立马就沉了脸:"他不跟我说,难道你个没心没肺的会主动告诉我老婆子吗?!"

衡月不置可否,只道:"您才吃了药,别再动气。"

外婆瞪她一眼,怎么看这气也没平下去:"你妈是这样,你也是这样,被一张皮相迷惑,勾得魂儿都没了。"

衡月不知道外婆怎么又扯到林桁身上去了,她没应话,寻到一个偏僻处停下轮椅,从轮椅后抽出一条毛毯搭在了外婆腿上。

外婆不满她的沉默,咄咄逼人道:"怎么,你难道想学你妈,还要和那小狐狸精有以后?"

衡月听她一口一个狐狸精,心里竟觉出了几分趣味,这起码说明林桁那张脸入了她这双挑剔的眼。

外婆不依不饶:"他年纪轻轻,一没背景二没能力,对你的生意能

第十章 宴会与误会

有什么助力？一穷二白，和他爹一样，攀上高枝就想变凤凰，哪有这么便宜的事！"

听到这儿，衡月的眉心微不可察地蹙了一下，因她很清楚外婆这简简单单的一句话里藏着的深意。

衡月的母亲死于某种难以言说的疾病，死后不到一年，林青南就因车祸意外去世，这事绝非偶然。外婆见衡月盯着自己不说话，气得胸口起伏不定："你什么意思！难道你还觉得那事和我老婆子有关？"

"没有，您想多了。"

衡月顾忌着外婆吃了药，垂下眼睫，顺着她的意淡淡道："我和林桁不是那种关系，我也不会和他结婚。"

外婆急急喘了几口气，这才满意地"哼"了一声。

与此同时，窝在角落里偷闲的顾川听着手机那边传来了一阵死水般的沉默，启唇无声说了句："我天——"

衡月担心林桁一人在宴会上不自在，专门给顾川发了消息，叫顾川照顾着些他。

顾川刚刚一通电话打过去问林桁在哪儿，结果人还没找到就撞见了衡月和外婆。

看手机里林桁这反应，多半是听见了两人的谈话。

林桁和衡月的事顾川是知道得最清楚的，无所畏惧的小霸王此刻恨不得抽自己一顿，他换了只手举着手机，让听筒离衡月和外婆的方向更远了些。

好像这点距离就能让手机那头的林桁听不见似的。

顾川利索的嘴皮子难得结巴了一次："那什么……林桁……"

刚叫出个名字，就听见手机传来"嘟——"的一声挂断提示音。

完了。

顾川脑袋里顿时就只剩这两个字。

宴会上，古典乐队在嘈杂的人声中间心无旁骛地演奏着乐曲。

致辞结束，宾客们纷纷前来向外婆祝寿，衡月将轮椅交给外婆的助理，悄声离开了。

她刚才陪着外婆闲聊的时候往人群里大致地看了一圈，没瞧见林桁的影子，也不知道他到哪儿去了。

衡月拿出手机，正准备给林桁打个电话，余光却忽然瞥见了一个身影，是她近来的一位意向合作伙伴。这人和衡家并无往来，按理说，她不该出现在这里。

衡月停下脚步，若有所思地回过头，看向不远处被众人团团围着的外婆。

外婆身穿一身庄重的墨绿色旗袍坐在轮椅上，身板挺得笔直，视线穿过人群望向衡月，冲她微微点了下头。

即便年岁已老，但那眉眼间的风情，仍看得出和年轻的衡月有几分相似。

血缘关系坚不可摧，无论嘴上多不饶人，外婆终究是衡月最亲的人。

衡月思忖半秒，放下了手机，而后端起酒杯，朝那人走了过去。

宴上飘响的乐曲换过几支，几人正聊至兴头。

衡月唇边噙着笑，传达完合作的意向，正打算和对方定下时间商谈，忽然觉得身体有些不对劲。

她低头看向手里的酒，轻轻蹙了下眉头。

顾行舟也在一行人中，他察觉衡月脸色有些不对，低声问道："怎么了？身体不舒服吗？"

衡月摇头，将饮空一半的酒杯举给他看："没事，只是有点喝多了。"

明亮的灯光下，衡月脸上透着抹浅淡的虾粉，看上去的确像是饮酒后的醉红。

但熟识她的人知道，她喝酒根本不上脸。

第十章　宴会与误会

衡月也没多解释，悄悄给顾行舟打了个眼色，顾行舟点头："明白，你去吧，这里交给我。"

衡月于是没再多说，和众人打过招呼后，急匆匆地离开了。

顾行舟望着她的背影，好一会儿才收回视线。

顾行舟和衡月的事身边的人多数都知道，一人见他这副模样，打趣道："怎么，还没追回来？"

顾行舟没说话，只是苦笑着摇了摇头。

衡月离开后，径直往楼上供客人休息的房间去。

她说是醉了，但若是熟识她的人，就能发现她此刻走路的动作和平时相比稍有些慢了，像是怕走快了不稳当刻意放慢了速度。

酒里有东西。衡月深深敛了下眉。

根据身体的反应，她不难猜到酒里有什么，幸而她发现得及时，此刻的情况还不算太糟，但再过上十分钟就无法预料了。

她在脑中回想着这酒过了谁的手，却没思考出答案。

宴会上的腌臜手段衡月听过不少，没想到竟然有一天自己会中招，还是在衡家的地盘上。

她叫住一旁路过的服务生，拿了张房卡，看了眼房卡上2开头的房号，脚步一顿，对服务生道："换四楼的给我。"

服务生道："四楼及以上都是专为您家族的人备着的，房卡只有经理手里有，您要的话得等等，我得去找他拿……"

衡月打断他："我知道，我在这儿等你，快去快回。"

服务生听罢，忙掏出对讲机联系经理，放下手里的活走了。

衡月等房卡的时间，给林桁打了个电话。

手机里响过几声单调的拨通音，林桁并没有接。她又打了一通，还是没人接。服务生很快小跑着回来，将房卡交给她。衡月看了眼房号，缓缓深吸了口气，想着顾川应该和他在一块儿，于是一边往电梯的方向走，一边给顾川发了条消息：小川，叫林桁来楼上407房间。衡月晚上没吃什么东西，方才饮下的红酒开始作祟，酒劲和药效来势汹汹地涌上来。衡月的头脑很快便有些晕乎，连电梯楼层数都按错了，若不是出电梯前抬头看了一眼，怕是要进到五楼。

她复又乘回了四楼，出了电梯，绕着曲折的走廊行了几步，刚要打开房门，就看见林桁急忙从消防通道的楼梯间跑了出来。

冥冥之中他似是感应到什么，偏头望向衡月的方向，看见她些许狼狈的模样后愣了一下，而后朝她大步跑了过来。

夜风穿行在少年身侧，吹散他的额发，露出一双明净清澈的眼。

衡月突然发现，林桁好像总是跑着来见她。

他的感情一如辽阔平原上空炽烈的太阳，昭彰大方，从不掩饰，一举一动都仿佛在和她说喜欢。

衡月的心忽然就平静了下来。

林桁跑得有些急，头发已经汗湿了，他停在她身前，站得很近。即便衡月踩着高跟鞋，在这样的距离下也只能看见他瘦削凌厉的下颌，须得仰着头才能看见他漆墨似的眼睛。

他一双眼眸此刻又黑又深，正沉沉地看着她，他急切地向她解释："之前手机不小心开了静音，我没听见——"

他话没说完，声音突然止住，像是敏锐地察觉到什么，神色微变，低下头在衡月耳后嗅了一下。

一缕淡淡的酒气混着香水味，似有似无地萦绕在她身上。

林桁怔住，喉结在皮肤下明显而缓慢地滚了一下，发出一声突兀的吞咽声。

身后，传来电梯门打开的声音，顾行舟终是放心不下衡月，撇下众人追了上来。

但他一经迟疑，却是来晚了许久，他转出拐角，看见的就是林桁和衡月亲密无间地站在一起的这一幕。

衡月没有发现身后的顾行舟，药效发作，她头脑晕沉得像在生病，

第十章　宴会与误会

身体却燥热得不行,少年身上独特的气息叫她有些难以自控。

她只见林桁忽然有些强硬地朝她迈近了一步,皮鞋鞋尖抵入她的两只高跟鞋中间,将两人间本就狭窄的间隙缩得更短。

他仿佛看不见走廊上随处可见的摄像头,手穿过她腰侧与手臂间的空隙搂了上来。

实则是搀扶,远远看来,却像是在亲昵地吻她的耳朵。

衡月被林桁单手提着腰,随后少年抬起眼,直直迎上了顾行舟的视线。

那是饱含敌意的一眼。

而衡月对此浑然不知。

林桁没有在顾行舟身上花费时间,在他看来,衡月才是他最该费心的人。

他看了顾行舟一眼,又低下了头,伸手摸了摸衡月滚烫的耳朵,有些慌张地低声问:"你怎么了?"

"没事。"衡月轻声道。

林桁还小,这些不入流的手段衡月没打算告诉他。

少年身上独特的气息笼罩上来,她的视野大半被挡,只能越过少年的肩头看见走廊上排排明亮的顶灯。之前没发现,现在衡月突然觉得,林桁好像比之前长高了一点。

自己穿着高跟鞋,被他搂着时脚跟都有些着不到地。

她问林桁:"闻出来是什么味道了吗?"

林桁不解:"什么?"

衡月偏了下头:"我的香水。"

时间一久,当人熟悉了自己身上的香水,就没有办法闻见那股气味,衡月走的时候随便挑了一瓶喷了点,不知道闻起来是怎样的,此时突然生出了好奇。

林桁闻着鼻尖那股迷人的香气,咽了咽干涩的喉咙。

"茶香，像是大雪里的茶叶。"他道。

说罢，又低下头嗅了一下，鼻尖都快埋入她的发中。

他的脸有点红，认真道："好闻。"

衡月轻轻推了他一下："先开门……"

林桁听话地站直身，从她手里接过了房卡。他往身后看去，顾行舟的身影已经消失不见。衡月看他停住，以为他不知道要怎么做，提醒道："把房卡贴在门把上就可以了……"

林桁收回视线："嗯。"

"嘀"的一声，房门打开，林桁却没有松开衡月，而是牵着她的手一起进了房间。

衡月看了眼自己被他紧紧抓在掌心的手，心里默默想着：怎么才分开这么一会儿，就黏人成这样？但很快，她就知道少年真正黏起人来根本不是这种程度可以比拟的。

房卡被林桁握在手里，并没有插入取电槽。

关门声在身后传来，衡月骤然落入了一片伸手不见五指的漆黑之中，只有墙上卡槽的位置发出了一抹暗淡的荧光。

房间的遮光性很好，连门缝边缘也透不进一丝一毫的光亮。

衡月虽然看不见，但能感受到林桁的存在，少年的呼吸声有些重，正若有若无地喷洒在她耳后。

好像是……还在闻她身上的香水味。

这么喜欢这个味道吗？衡月心道，要不给他挑几瓶类似的男香。

衡月凭着感觉朝林桁所在的方向偏过了头："林——"

她本想问他之前去哪里了，但才出口一个字，就感觉腰上突然搂上来一只结实的手臂。

随后，干燥柔软的唇瓣覆下，少年一言不发地吻了上来。

他吻得很重，像是受了某种刺激，衡月背对门口，被他逼得一步步往后退，直至纤薄的背抵上坚硬的房门，退无可退。

第十章　宴会与误会

少年的气息本如晨风清朗,然而此刻却叫衡月有些难以抵御。

衡月说不出话,更使不出力气推开他。

林桁察觉到她的抗拒,却没有松开。

两人的气息如密集的丝网纠缠在一起,连空气也在彼此急促的呼吸下变得暧昧。

或许是她的纵容抚平了少年急躁的心绪,过了会儿,林桁终于肯稍稍往后退开些许。

但也只有些许,那距离仅够衡月模模糊糊地说上几个字,连呼吸都是闷着的。

没有开灯,衡月看不清林桁的脸,但她能感觉到他的视线一直在自己身上。

强烈却也安静,仿佛在苦苦压抑着什么。

林桁多年养成的性格难以改变,他已经习惯把心思憋在心里,什么都不说。

衡月偏头微微错开他的吻,气息不稳道:"乖仔,听话,先松开我……我需要……唔……水……"

这种药发作快,但一般只要大量饮水就能冲散药效。以防万一,林桁是衡月给自己准备的第二味解药。

林桁大概能感受到衡月的身体变化,但不知道她是中了招。他察觉到她的抵触,显然误会了她的意思。

他喷薄不息的爱自始至终都倾泻在衡月身上,他不明白为什么衡月不将她的也交给他。

林桁压低了声音,问得含蓄:"你是不是……"他的声音很好听,从小地方出来的人,很少有人能像他一样吐字清晰,不带口音。

然而此刻他嗓音却有些哑,声音里充斥着无法轻易消退的欲望。

在几乎看不见的黑暗环境中,仅仅这声音就足够叫人浮想联翩。

衡月觉得他情绪有些不对,但已经没空猜想,她"嗯"了一声,正打算如实回他,但还没说话,身体便骤然悬了空。

当他再次吻下来的时候,衡月"唔"了一声,无意识地重重咬了下去,林桁像不觉得痛似的,任她咬着。

他不说话,连喘息都压着,全身心都只在专注着眼下的这件事。

衡月仰着头,飘逸的裙摆摇晃着,似数尾游鱼,晃着宽大绮丽的鱼尾,漫游在昏暗不明的光影中。

第十一章 无言却甘愿

第十一章　无言却甘愿

等到一切结束,两人身上已经浑身是汗,林桁下地干活的时候比这更难受的都有,他习惯了,但衡月却受不了皮肤上的黏腻感。

她反应迟钝地在林桁肩头蹭了一下,实在累得不想动。

昂贵的礼服和少年的西装堆在门口的地毯上,衡月头脑昏沉地靠在他身上,在心里低骂了一句:

"小浑蛋……"

林桁不知道衡月在心里骂自己,俯身亲吻着衡月的耳郭。

门外传来路过的宾客醉醺醺谈笑的声音,忽然,衡月包里的手机振动。

衡月还惦记着合作的事,伸手推了下林桁:"手机。"

林桁头也不抬,他身高手长,直接伸手从包里掏出手机递给她。

一条消息弹出,衡月从林桁身上分出点心思,点开一看,是顾行舟发来的:二十四号晚上七点,上次吃饭的地方。

没头没尾,仿佛早已提前约好。

林桁看着衡月毫不迟疑地回了个"好"。

少年沉默地垂下眼,直起上身,仿佛什么都没看见似的,可心里却有点说不上来的难受。

他的嗓音有些许沙哑:"姐姐,我去浴室放水。"

衡月累得眼睛都睁不开了,没能察觉到林桁异样的情绪,她模糊地"嗯"了一声,赤身躺在被子里,闭着眼,像是睡着了。

顾川想不明白,明明在寿宴上衡月都能细心到叫他专门去陪没见过世面的林桁,怎么转身和外婆聊起林桁时却又冷漠得好像林桁对她来说无足轻重。

她脱口而出的那句"我也不会和他结婚"不就是变相的"我只是和他玩玩"?

顾川找到林桁的时候,林桁正一个人在酒店中庭的花园里坐着。

正是宴会开始的时间,林桁身后的酒店大厅灯火璀璨,他独自微微弓着背坐在椅子上,木头桩子似的动也不动,安静得出奇。

头顶的夜空沉得像抹了灰暗油漆的一面厚墙,墨蓝色的晚空飘着层朦胧灰白的雾,那雾看起来离地面极近,仿佛就浮在头顶,沉沉地罩在少年身上。

顾川在林桁身边坐下时,林桁连气儿都没出,头都没往顾川的方向偏一下。

小霸王大咧咧坐下,靠在椅背上,抬眼望着远处流光溢彩的夜景,一时也不知道说什么。

毕竟他姐那话,他听着都有些过了。

大都市的夜晚繁华热闹,鳞次栉比的高楼拔地而起,身后的大厅里传出宾客的欢声笑语,唯独两人身边安静得只听得见风声。

"那什么……"顾川干巴巴地打破宁静,"我姐找你了吗?"

林桁低下头,随后慢慢摇了摇头。

没有。

他脸上不露丝毫情绪,光线从四面八方照落在他身上,影子自脚下蔓延,在他身前的地面拉得细长。

他两条长腿微微分开,两手交握搭在腿上,以一个看似放松的姿势坐着。

但顾川瞧见,林桁握在一起的两只手力气很重,手背上青筋凸显,仿佛正极力克制着自己的情绪。

光影将他的脸切割成明暗的两面,他抿着唇,眼眸乌深,整个人冷

第十一章 无言却甘愿

沉沉的。

顾川瞥了他两眼,竟然觉得林桁这样子看起来有点可怜。

跟衡月不要他了一样。

顾川不知道怎么开口,一边是他姐,一边是他兄弟。帮他姐吧,他那点不可多见的良心过不去;帮他吧,他这人其实又特别护短。

虽然是表姐,但对顾川来说,衡月和亲姐没什么两样,甚至比他亲爹还亲。

"她可能……"顾川顿了顿,言语生涩地安慰着林桁,"可能不是那意思。"

林桁垂着眼眸,没说话。

顾川看他这样,烦躁地"啧"了声,说实话,这话连顾川自己都不信。

但顾川又觉得他姐不是会玩弄别人感情的人,她没道理费心思去骗林桁这么一个小孩。

就林桁对她那股劲,她一个眼神估计林桁就屁颠屁颠地凑上去了。

骗他?图什么?

虽然从小跟在衡月屁股后面长大,但顾川其实也拿不准衡月究竟在想什么。衡月性子太淡了,无欲无求得像玉菩萨一般。

说句简单的,这么多年,顾川甚至都没见衡月哭过。

但很快顾川又发现自己不仅看不清衡月,他其实连林桁都看不明白。

他本以为林桁起码得痛中生悲、悲中生怒,理直气壮地冲衡月发个火,硬气地质问衡月几句,但没想到林桁什么都没做。

从顾川找到他到现在,别说质问了,他连个电话都没给衡月打过去,就这么干坐着吹冷风,时而瞥一眼手机有没有信息,像一只被抛弃的小狗在等他的主人回头。

顾川绞尽脑汁憋出来的安慰话林桁一个字都没听进去,若不是这事是因为他给林桁打电话才捅破的,顾川真的想把林桁一个人撂在这儿不管了。

然而没想到,衡月那条"小川,叫林桁来楼上407房间"消息发过来后,林桁脸色一变,好像忘了自己是因为衡月才变成这样的,站起身匆匆丢下一句"我先走了",反倒把顾川这个贴心的兄弟一个人扔在了这儿。

此时的画面和顾川来之前没太大差别,唯一不同的就是独自坐在夜风里的人变成了顾川。

他转头看着林桁迅速消失在转角的背影,沉默了半晌。

……怎么好像只有他在受伤?

衡月和顾行舟相约的那天晚上,安静宽敞的客厅里,林桁埋头在书桌前学习。

说是学习也不恰当,衡月今天很早就出了门,他无事可做,坐在桌前近乎自虐地刷了一天其他地方卷的高考题,大脑此刻异常清醒,但又有些使用过度的昏重。

以前在安宁村时,他每日忙得不可开交,农忙家务之类的琐事将他淹没,最忙的时候连喝水吃饭的时间都得靠挤。

如今陡然清闲下来,他才发现自己的个人生活单调得乏味,竟然要靠做题消磨时间。

忽然,手机屏幕亮起,一个电话打了进来。

手机就搁在他右手边,抬眼就看得见。屏幕刚亮,来电铃声还没响,林桁就敏锐地抬起头,一把将手机拿了起来。

但在看清来电人是谁后,他动作一顿,像是期待落空,急切的动作又忽然变得缓慢。

林桁接通电话,顾川懒洋洋的声音透过听筒传出:"喂,林桁,我姐的电话怎么打不通?"

第十一章　无言却甘愿

林桁打开免提放下手机，拿起笔继续刷题："她出去了。"

"哦。"顾川的反应很平淡，仿佛知道衡月不在家，只是找个借口联系林桁。

果不其然，顾川下一秒就道："那你现在一个人在家待着？"

林桁淡淡"嗯"了一声。

"啧，那出来玩吧，就当给你补过生日。"

顾川还记着宴会上那事，要不是他，林桁也不会听见衡月和外婆的谈话。

平心而论，要是有人不小心在给他打电话的时候让他听见喜欢的人说些类似于"我不会和他结婚"的话来，他能连夜赶过去把那人的脑袋敲出个洞。

顾川管不住他姐，赔礼道歉他也不会，但纡尊降贵陪林桁出去散散心发泄发泄还是可以，毕竟他也不是那么不讲道理。

但林桁却没什么玩乐的心思。

他继续埋头写着题，笔尖划过干燥的纸页，摩擦发出断续的"沙沙"声，少年低沉的声音混在书写声里："不用了，我不怎么过生日。"

顾川仿佛早料到林桁会这么说，他换了副语气："生日不生日其实也无所谓，主要是我被老头子赶出来了。"

顾家别墅里，顾川口中的老头子从书本中抬起头，眉心拧出沟壑，糟心地盯着自己这说瞎话的不孝子。

顾川面不改色，转了个身，朝向另一边倚在沙发里看电视的女人："我后妈也在家，两人早看我不顺眼，这不高考完，迫不及待地就把我赶出了家门，我现在一个人流落街头，没处可去……"

女人穿着真丝家居睡袍跷着腿端坐在沙发上，听见这话掀起眼皮轻飘飘地乜了他一眼，她显然已经习惯了顾川这副德行，拿起桌上的新鲜草莓扔进嘴里，没搭理他。

顾川语气平如死水，一段话说得毫无感情，全是技巧。但林桁这人心善，这套话对他是真的管用。

果然，林桁沉默片刻后松了口，问顾川："你想去哪儿？"

顾川咧开嘴，猛地一下从沙发上跳了起来。

吃喝玩乐样样精的顾川把林桁带去了一个他没想到的地方——酒吧。

林桁，一个看见电视里男女接吻都要避开视线的人，对酒吧这种地方属实没有多大兴趣。

下了车，他看见酒吧外穿着性感、成堆围在一起的男男女女后，拧了下眉，转身就要走。

顾川手疾眼快地拉住他："不是，你上哪儿去？"

他看了眼林桁这身卫衣长裤的三好学生装扮，又看了眼四周衣着性感的男女，反应过来，痛苦道："清吧，不是什么奇怪的场所，堵了半个小时过来，就这么回去啊？"

顾川拉着他不放，张口就道："我姐以前经常来这儿玩，你不想进去看看？"

他这话也不算完全胡诌，这条街的产业，衡、顾两家占了大半。衡月的确常来这儿，但不是来玩的，而是跟着衡母学经营管理。

只要提起衡月，无论顾川编得多不着调林桁都能听进去两分，他抬眸看向顾川，像是在辨别他这话的真实性。

顾川装得有模有样："真的，我又不是酒托，骗你干吗？"

顾川半哄半骗地把林桁拽进去，熟门熟路地找到一处较为僻静的卡座坐下。

朦胧迷醉的灯光，轻缓的纯音乐，香烟弥漫，连空气里都流露着一股颓废的气息。

现在才十点多，清吧里的气氛不算热闹，但对于第一次来这种地方

第十一章　无言却甘愿

的林桁来说，还是无法适应。

顾川其实也不常来，这地方他爹最近交给顾行舟在管，他每次来都恨不得给顾行舟玩出个财务赤字来。

这儿的经理认识顾川这位小老板。顾川吩咐了几句，十多分钟后，两个人面前便摆满了五颜六色的酒，什么口味的都有。

"浓度不高，气泡酒，没什么酒精，"顾川说谎眼都不眨一下，"这儿有规定，他们不给你这样的小孩卖酒。"

仿佛他自己能比刚成年的林桁大到哪儿去。

顾川还有一句话没说，他是小老板他例外，只要他想，他把酒库搬空都没问题。

顾川他爹教育孩子的方式剑走偏锋，觉得既然顾川爱玩，放其他地方不安全，不如放自己眼皮子底下盯着，所以各行各业都涉猎了一点。

酒吧、游戏、台球厅，也不多，刚好覆盖了顾川爱去的那几个地方。

成年没多久的林桁闻着桌上浓烈的酒香，抬眼没什么表情地盯着顾川，脸上就写着一句话——你看我像傻子吗？

昏暗迷离的灯光闪过林桁深邃的面容，他看了眼手机上的时间，干坐了几分钟，像是在思考什么。

过了会儿，他抬起头，突然问了顾川一句没头没尾的话："你喝多少会醉？"

"啊？"顾川没懂他问这话什么意思，佯装思索了两秒，大言不惭道，"十到二十杯吧。"

但其实就这一桌子酒的浓度，顶天八杯顾川就喝趴下了，过十杯能醉得连他爹都不认识。

林桁微点了下头，然后顾川就看着林桁面无表情地就近端起一杯长岛冰茶，玻璃杯抵到唇边，手腕一抬，喉结滚动，半杯就下了肚。

这酒虽然叫冰茶，但除了颜色，其余和茶一点关系都没有，招待顾

175

川的调酒师自然是按着原配方一比一兑的,浓度极高。

顾川看见林桁喝完皱了下眉,而后喝水似的把剩下半杯也一口吞了。

"暴殄天物"四个字是被他体现得明明白白。

顾川见此,心中骤然生出几分豪气,赞赏地拍了拍林桁的肩:"不错,不愧是我顾川的兄弟。"

然而当他看见林桁放下杯子后半秒不停,继续将手伸向下一杯时,突然就有点慌了。

这个喝法不是白痴就是老手,看林桁这猛灌的样子,显然是个新手。

顾川下意识就想去拦他,但他脑中那几根常年懒着不动的神经突然闪了几闪,恍惚明白了什么,又坐了回去。

林桁一个人一杯接一杯,完成任务似的,把半桌子酒都咽进了肚子里。顾川靠在沙发上,心里蓦然骄傲地生出几分成人的惆怅来,他在心里感慨,没想到他们也到了借酒浇愁的年纪。

衡月在抵达小区车库门口时接到了顾川的电话。

电话接通,衡月还没出声,顾川的声音便急忙忙传了过来,支支吾吾道:"姐,那什么,你还在忙吗?"

顾行舟今晚和衡月去谈生意这事顾川知道,他家老头儿在饭桌上提了一嘴,所以他才选今晚约林桁出来,但事情现在有点不受他控制。

顾川虽然刻意放缓了语速,但语气里仍透着股藏不住的急切。

手机那头背景声十分嘈杂,人声笑语,杯子碰撞,隐隐还传出了一曲音乐声。

衡月听出他是在酒吧,她放慢车速,问:"没有,怎么了?"

"也没什么,"顾川心虚地"咳"了一声,"就是我现在在外面,喝了点酒……"

衡月对解决这种问题已经十分熟练,她微微点头:"知道了,我让

第十一章 无言却甘愿

司机去接你。"

"不是……"顾川的声音越来越虚，后面几个字几乎听不太清，"那什么，林桁也跟我在一块……"

顾川此刻莫名有种带坏了家里唯一的乖乖仔后被家长抓包的窘迫，他含糊不清道："他可能喝得有点多……"

顾川对着他爹常年是一副欲上青天的臭屁样，唯独在衡月面前不敢造次。

他说"有点"两个字时声音都是晃的，衡月立马意识到林桁绝不可能只是喝得"有点多"这么简单，起码得是顾川一个人没办法把人给弄回来的情况，他才会给自己打电话。

衡月看了眼表盘，快十二点，手下的方向盘一转，刚到车库的车立马掉了个头，她道："知道了，地址发给我。"

说完便挂断了电话。

顾川听着手机里传出的忙音，又望了眼远处坐在沙发上已经半天没开过口的林桁，头疼得不行，心里早没了"为赋新词强说愁"的情绪。只希望衡月快点赶到，把这尊哑巴菩萨给弄回去。

林桁醉没醉其实顾川也不清楚，他眼睁睁看着林桁干了十多杯烈酒，然后突然间就停下不喝了。

一般人像他这么喝，早趴洗手间吐去了。林桁虽然没有表现出任何醉酒的反应，但显然也不够清醒。他放下杯子，像那晚在酒店花园里一样，一动不动地安静坐着。

林桁一直以来给人的感觉就像一棵笔直生长的树，但今天晚上，顾川却感觉林桁突然间变成了一截干枯的木头。

顾川不知道林桁在想什么，林桁仿佛隔离了周遭的一切，在酒精的麻醉下陷入了某种无法自拔的情绪之中。

过了好一会儿，林桁突然缓缓开了口，像是在对顾川说，又仿佛自言自语。

"我有没有跟你说过我为什么转学？"

顾川"啊？"了一声，有点不明白他怎么忽然说起这个，回道："没有。"

不过顾川倒是捧场，问他："为什么？"

于是林桁仿佛闲聊般徐徐同他道："我出生在南河一个普通的村子里，就像电视里那种只要一下雨，无论去哪儿都会踩一脚泥的地方。"

他的声音很平静，不带一丝情绪，在这热闹放纵的酒吧中显得如此格格不入，顾川刚开始甚至有点没听清他说的什么，但没打断，只是继续安静听着。

"在我很小的时候我妈就不在了，有人说她死了，也有人说她是因为受不了我爸跑了。他们没领过证，依照农村的风俗，办了几桌酒席就算是结了婚。到现在我也不知道我妈在哪儿，也不知道她究竟是否还活着，甚至连她的名字都没人告诉我。"

林桁说这话的时候早已接受这个事实，心绪十分沉静，然而顾川却狠狠皱了下眉。

他猜得到林桁以前的家庭情况不太好，从林桁平时在学校的消费习惯就看得出来。顾川从来没看见林桁买过什么零食，甚至矿泉水都没见他买过一瓶，就连吃饭他也只去一楼最便宜的窗口，他也没见过身边哪个同龄人手上有和林桁一样厚的老茧。

但他没想到林桁的情况比他想象中更糟糕。

因为攀高附凤的林青南，顾川刚开始先入为主地觉得林桁的单纯不过是装模作样，后来相处了一段时间，才渐渐发现他并不如自己猜想的那般不堪，他这人就是很呆。

成为朋友需要契机，顾川和林桁成为朋友不是因为衡月，而是从他推翻自己对林桁的低劣猜想开始。

他看向林桁，问道："你没想过找她吗？"

第十一章 无言却甘愿

林桁摇头:"我很小的时候想过,长大一点儿后就不想了。"

他沉默了一会儿,继续道:"再后来,有一天我早上起来,发现我爸也不见了,我问爷爷他去哪儿了,我爷爷坐在凳子上不说话,我问奶奶,奶奶也只是抱着我哭。我那时候以为他像村里其他成年人一样外出打工去了,逢年过节总会回来,但一年又一年,他却从来没有回来过。从那以后,家里就只剩我和爷爷奶奶三个人了。"

林桁的语气很平缓,他以一种超乎寻常的平静语气讲述着他的过去,仿佛提起的不是他自己,而是别人的故事。

顾川沉默地听他说着,连一句安慰的话都说不出来。

顾川他爹虽然对他没那么关心,但从来没把他抛下过,他想象不出来什么样的父母能一点都不爱自己的孩子,生下来就当一块抹布给扔了。

顾川并非不谙世事的富家少爷,他知道农村里林桁这样的留守儿童很多,但这是他第一次真正地接触到这样的人,坐在他身边,活生生的。

顾川一直模糊地觉得林桁身上有种他身边人没有的独特气质,他此刻突然意识到了那是什么,那是一种被迫磨炼出的坚韧和孤独。

林桁继续道:"后来奶奶身体不好,看病需要钱,我去找过一次林青南,就是我爸,也是在那个时候,我第一次遇到了姐姐。"

他停下来,像是在回忆两人初次相遇的画面。

沉默良久,林桁接着道:"我那时候不知道我爸已经和她的妈妈结婚了,她也不知道我是林青南的儿子,她只当我是个偶然遇见的可怜小孩,明明我们素未谋面,她却帮了我很多。她当时给了我一笔钱,我奶奶就是靠着这笔钱撑了过去。"

林桁的声音缓和了些,听起来不再像是一摊沉寂的死水。

"姐姐是个心善又很温柔的人。"他抿了抿唇,低下头,"顾行舟说她心冷,但对我来说,姐姐是我见过最温柔的人。"

那年在大雪里停在林桁面前的衡月,在少年成长的无数个夜晚里出

179

现在他的梦中,像一束温热的光照亮了他的人生,无关情爱,那是一个孩子最纯真最美好的憧憬。

林桁会喜欢上衡月,真的是再正常不过的事。

"之后又过了几年,奶奶还是去世了,再后来爷爷也去陪她了。机缘巧合之下,村里的人联系到了姐姐。

"村主任告诉我,姐姐愿意承担起照顾我的责任的时候,我其实觉得很……"林桁顿了顿,仿佛在想该怎么形容自己当时的情绪。

"……很不可思议。我年龄小,什么都没有,不讨喜,嘴还笨,跟在她身边只能当一个麻烦的拖油瓶。"林桁安静了两秒,声音柔和道,"但当她那么说的时候,我仍旧很高兴。"

他看着桌上透明的玻璃杯,语气低缓:"顾行舟说得对,我的确没什么值得她喜欢的。"

林桁此刻比任何时候都明白顾行舟的那句"你不是这样的人"是什么意思。

顾行舟爱过衡月,所以知道爱她而不得是什么感受,那滋味太痛苦,爱多一分,痛也深一分。

顾行舟做不到心甘情愿地爱衡月而不被衡月所爱,林桁也不能。

不是不爱,而是做不到心甘情愿。

这一通话砸下来,石头心也得被说软。

顾川闷头灌了一大杯酒,没想到自己有一天还得教别人怎么追自己的姐:"你与其跟我说这些,不如自己说给我姐听,你问问她究竟把你当什么。"

林桁摇了下头。

如果他和顾行舟一样,那他可以大方坦然地向衡月表达喜欢,可是现在,有些话如果问出口,那么他连能待在衡月身边唯一的借口也会失去。

他不敢赌。

第十一章　无言却甘愿

顾川问他:"为什么不问?你怕她对你不是认真的?"

林桁道:"我不怕。"

顾川觉得他那样怎么看都不是"不怕"的样子:"那如果她就是在骗你呢?"

林桁闻言低下了头,声音也随着落下去:"我给她骗。"

顾川头疼地闭上了眼,没救了。

林桁不知道顾川给衡月通了信,电话是顾川背着他打的。

衡月到时给顾川发了条消息,顾川借口去洗手间,实则是到酒吧门口接衡月。

衡月上下打量了顾川几眼,把人盯得手脚都不知放哪儿,才问他:"醉了?"

顾川不自在地摸了把后脑勺,嚣张劲儿收得干干净净:"没。"

衡月缓缓叹了口气,问他:"林桁呢?怎么没和你一起出来?"

顾川想起林桁就直摇头,他不知道怎么说,只好道:"你进去看看就知道了。"

酒吧的空气浑浊不堪,香烟酒味混作一团,隐隐还能闻到几许浅淡的香水味。

衡月眉心微微蹙着,跟着顾川穿过人群往里走。

但她还没走近,就见一个靠墙的卡座处,几位穿着性感的女人将一名身形高挑的少年围堵在中间,正殷切地往他身上凑。

"弟弟还在上学吧,还是毕业啦?你的朋友呢?怎么就只有你一个人了?"

"一个人喝酒不无聊啊?要不要姐姐陪你啊?"

其中一个女人调笑道:"别害羞嘛,姐姐又不吃人……"

她轻笑几声,欲盖弥彰地将后半句话留在了口中。

少年身形高瘦,一头黑发在一群发型各异的女人当中尤其显眼。

他被逼得往一旁退，束手束脚地避开那人的触碰，皱着眉道："抱歉，能让让吗？"

迷离朦胧的彩色灯光扫过他僵硬的面容，不是林桁是谁。衡月看了看林桁面前桌上空了大半的玻璃杯，又扫过林桁身边那一圈女人，问顾川："你叫我来，就是让我来看这个？"

顾川哪敢应声，他人都傻了，明明他走之前林桁还坐在那儿跟一尊活佛似的，鬼知道打个转就被这么多妖精缠上了。

他在的时候也没见人上来撩啊！

顾川瞥了眼衡月的脸色，硬着头皮大步走了过去，跟孙悟空闯盘丝洞救唐僧似的。

他在前方开路，衡月跟在他身后。

台上的驻唱正抱着吉他深情地唱着情歌，四周人声鼎沸，在这喧腾的环境中，高跟鞋踩在地面的声音并不分明，但林桁不知怎么就听得清清楚楚。

仿佛电影掉帧时骤然的卡顿，他的动作很明显地滞了一瞬，然后猛地抬眼朝衡月的方向看了过来。

他自动略过了前方的顾川，将视线投向了衡月。

那双黑墨似的眼睛缓慢地眨了眨，像是对衡月出现在这儿感到十分意外。他嘴巴动了动，低不可闻地喃喃道："……姐姐？"

衡月目光淡淡地瞥过他身边的那几个女人，而后将视线落在了林桁身上。她隔着两米的距离定定望着他，声音越过喧嚣直直穿进他的耳朵，如玉碎般轻灵。

"乖仔，过来。"

乖仔。

这亲昵的称呼叫在场的几人怔了一霎，尤其是顾川，瞠着眼，像是被一道始料未及的惊雷迎面劈昏了头。

唯独林桁没什么特别的反应，似乎对这个称谓已经习以为常，并且

第十一章　无言却甘愿

表现出了一种难得的顺从，就像这两个字于他而言是什么金科玉律。

他听见衡月的声音后，没有丝毫犹豫地侧过身，从那几个怔愣住的女人身边越过，三步并作两步奔到了衡月跟前。

酒吧灯暗，他步子又急，膝盖不经意"砰"的一下狠狠磕在桌角，声音之大，让杯子里的酒都晃了起来。

他痛得从喉咙里闷出个响，敛紧了眉，但脚下却半点没停。

林桁在衡月面前站定，面色有点紧张，他低着头目不转睛地看着她，动了动唇，轻轻叫了声"姐姐"。

和刚才面对那几个女人的态度截然不同。

斑斓的彩色灯光掠过少年不知是因酒精还是因紧张而泛红的耳郭，他一米九的个子，垂着手乖乖站在衡月面前，怎么看都像只可怜巴巴的大型犬。

但在此刻的顾川眼中，林桁这样子和可怜巴巴却完全搭不上边，充其量只能算是只犯傻的蠢狗。明明某人半个小时前还认定自己失恋，摆出了一副苦痛的沉闷相，此刻一见衡月，就立马摇着尾巴眼巴巴地贴了上去。

顾川百感交集地转开了视线，觉得林桁就是活该。

第十二章

衡月的任性

第十二章　衡月的任性

先前那几个围着林桁的女人看见林桁陡然转变的态度，脸上也有点挂不住，她们互相对视几眼，小声交谈着，将视线转向了衡月。

方才出言调戏林桁的女人偷偷看了几眼衡月手上拎着的那只包，脸色更加古怪。如果这包是真货，那主城区一套房子的首付都有了。

长时间混迹娱乐场所的人，多多少少都练出了点识人的能力，林桁的穿着打扮看似平常，但在识货的人眼中，他披着那身行头坐在那儿，和一块发着金光的黄金没什么区别。

他面相生得嫩，又只顾闷头喝酒，怎么看都像是哪家的小公子失意跑出来放纵，被人盯上是迟早的事，不过是被这几个女人抢先找到了下手的机会而已。

酒吧里多的是人盯着大鱼放钩，如果运气好，一晚的玩乐消费有人包了不说，第二天早上醒来还能拿到一笔不菲的封口费。

而眼下这几人看见衡月后，都默默推翻了之前对林桁的猜想。

她们在林桁和衡月身上来回扫了几眼，有些败兴地想：还以为是个小金主，没想到也是个被人包养的小白脸，难怪刚才跟抱着牌坊似的防着她们，原来是有主了。

几人知道没戏，也不再耗费精力，悻悻地离开了。

林桁丝毫不知衡月出现后自己在别人眼中已经从有钱人家的少爷变成了被女人包养的小情人，他低头看着衡月，不说话也不动，就安静地看着她。

看起来没醉过头，但肯定和"清醒"两个字沾不上边。

林桁脸上不显酒红，却染了一身果酒香，不知道喝了多少酒才会这么浓。

衡月伸出一只手在他的耳朵上轻碰了一下,滚烫的温度透过皮肤烧过来,衡月蜷了蜷手,问了句和见到顾川时一样的话:"醉了?"

但林桁的反应却和顾川不同,不知道是有恃无恐还是怎么,他没顾川那么怕衡月发现他喝酒。

他的反应比平时迟钝不少,顿了一下才轻轻摇头:"没有。"

像是觉着这两个字没什么说服力,他又添了句:"没醉。"

衡月又捏了捏他耳上的软骨:"没醉耳朵这么红?"

林桁睫毛颤动一下,衡月之前不让他喝酒,但那时他还没成年。此刻分明已经成年了,但他就是莫名心虚,声音也跟着放低了些:"喝了一点。"

说罢,仍旧坚持道:"没醉。"

虽是这么说,可他说话的语气俨然已经是个小醉鬼。

衡月没应声,越过他瞥了眼桌上空了大半的玻璃杯,好个"一点",两个人这么多酒灌下去,能站稳已经算是有天赋。

今夜风大,衡月来酒吧的路上半开着车窗,冷风吹了半个小时,此刻手上带着股驱不散的凉意。

她屈起冰凉的手指轻轻蹭了下林桁热烫的耳根,常人接触冷物的下意识反应都会偏头躲开,然而林桁却抿着唇贴上她的手指,动作很轻地动着脑袋,娴熟地蹭了回去。

他动的幅度不太明显,但这距离顾川看得清清楚楚。

顾川瞧着发生在他眼皮子底下的这一幕,面无表情地挪开视线,冲着空气无声地骂了一句脏话。

此时此刻,他才后知后觉地反应过来,自己好像被林桁给诓了。

这氛围哪里像是失恋,热恋还差不多。

林桁在外面很少做出这般黏人的举动,即便两个人私下亲密,但在

第十二章 衡月的任性

人前他连同衡月靠得太近都要红个耳朵。

眼下他这样,多半是脑子喝迷糊了,对自己在做什么并不太清楚。

指尖被少年炙热的温度熨得暖和发热,衡月眼见着他偏着头开始把脸往她手心贴,看四周都是人,她默默将手放了下去。

脸侧柔嫩的触感消失,林桁动作愣住,他盯着她,抿了下唇,而后突然抓住了她的手。

那眼神像是在问衡月为什么不摸他了。

衡月看他这模样实在不算清醒,也没挣开,牵着他一前一后地往外走:"走吧,回家了。"

林桁垂眸看着两人的手,又扣紧了些:"嗯。"

正是临近凌晨的时候,酒吧外的人和顾川他们来时相比不少反多。

衡月的车停在路边的限时停车位,这时段的路堵,衡月如果送顾川回去还得绕一段路,所以直接在手机上给他叫了辆车。

衡月先让林桁上车等着,林桁也听话,乖乖地一个人待在车上,没像很多喝醉的人一样耍酒疯。

夏夜狂风大作,天空阴沉沉地坠在头顶,仿佛马上就要下场暴雨。

一辆黄色的出租车猛地蹿出路口插入车辆拥挤的马路,引得几辆直行的车辆接连刹车急停,轮胎磨过地面,发出声声刺耳滞涩的"吱吱"声。

一众司机恼怒地将脑袋探出车窗,谩骂声接连响起,衡月拉着顾川后退两步,稍稍远离了马路上的车流。

顾川揣着手站在她身边,突然叫了衡月一声:"姐。"

"嗯?"

顾川回头透过挡风玻璃看了眼副驾驶座上的林桁,想起之前林桁对他说过的那段话,少见地露出了一副正经的神色。

"林桁傻,你认真点,别耍他。"

衡月不明所以,侧头看向顾川:"我什么时候耍他了?"

顾川皱紧眉心,很有点替朋友打抱不平的意思:"你那天在宴会上和老太太说的话,林桁都听见了。"

顾川像是不知道该说什么,他沉默了两秒,继续道:"林桁之前过得苦,你把人捞出来就别再把人推回去。你这样玩他,说真的,姐,有点践踏人心了……"

他呢喃了几句,没听见衡月出声,转过头看去,见衡月蹙眉看向自己,神色算不上友善。

衡月不像在生气,但顾川一见她这眼神,背脊上汗毛立马竖了起来,嗓子卡涩,瞬间就消了声。

衡月语气缓慢地问:"你为什么觉得我在玩他?"

"不是你自己和老太太说的吗?"顾川强撑着一股为兄弟两肋插刀的勇气,"你说不会和林桁结婚之类的渣……"

他见衡月眯了下眼,忙止住声,改口道:"……之类的话。"

衡月回忆了片刻,实在没想起来那天自己和外婆说过什么。在外婆面前,有关林桁的话衡月一般是编半句哄半句,外婆年纪大,心脏也不好,她总不能和老人硬着来。

气出事来怎么办?

此时衡月听了顾川的话,突然想明白了林桁这几日里较往常更加沉郁的原因。

衡月平静地看了顾川两秒,装作一副好脾气的模样,问他:"还有呢?"

顾川脑子直,听她这么问,一股脑把自己知道的全抖给衡月了,就连林桁短暂提起的顾行舟,都被他拎出来添油加醋地数落了一顿。

顾川拧着眉心,不管不顾地胡乱骂道:"姓顾的真不是东西,我回家看见他铁定得揍他一顿。"

衡月打断他:"顾行舟说他一无是处,不值得我喜欢?"

"是啊,"顾川"啧"了一声,想起林桁那小媳妇样,又有点头疼,"主

第十二章　衡月的任性

要是林桁好像自己也这么觉得。"

其实说起来，如果顾川处在林桁的位置，他也会怀疑自己究竟值不值得。

顾川搔了搔头："姐，你别太欺负他了。"

衡月没应声，她退了手机上的打车订单，转而拨了个电话："嗯，是我，奇遇酒吧，顾川他喝醉了。"

顾川听见这话，本来还有点晕乎的脑袋立马清醒了，尿里尿气地问道："姐，你给谁打电话呢？"

那表情，仿佛衡月是什么打小报告的恶人。

衡月没答，直接举着手机放到了顾川耳边。

听筒里传出一个女孩的声音，温温柔柔的，带着点脾气："顾川。"

顾川听见这声音，脑子还没反应过来嘴巴就已经条件反射地急急应了声："到！"

"你怎么去喝酒啦？"

"没有！你听我解释……"顾川从兜里慌慌张张抽出手，想接过电话，但衡月却突然把手机收了回去，手指一划，竟是直接把电话给挂了。

在对面看来，这一举动像是顾川因心虚挂断了电话。

顾川的手僵在半空，不可置信地看着衡月："姐？！"

衡月没理会，只对他道："下次再把人带到这种地方来，我打断你的腿。"

车里，林桁面色沉静地听着外界嘈杂不清的声响。直到衡月的高跟鞋声响起，他才抬眼望向窗外走近的身影，乌黑的眼珠一片清明，哪有半点醉酒的模样。

顾川是个心善的人，林桁在开学第一天就知道了。他从来没见过有谁会为了护着一只流浪猫而冒着被处分的风险和别人理论，还是一对三。

从前在镇上的高中读书时,林桁在放学路上目睹过几次霸凌事件。

那画面大多没什么差别,往往是几个人围着一个拳打脚踢。

他们口中叼着劣质的香烟,脏话连篇,一人退下,下一人又立马上前狠狠补上一脚。

各类脏话谩骂出口,纯粹地发泄着暴力。

有时,这些霸凌者中也会有女生,男男女女举着手机,恶劣地拍下受害人的视频上传到各种网站,肆无忌惮。

这些事发生的地方并不隐蔽,因为被施暴的人不会走偏僻无人的小路回家。

马路宽阔却坑坑洼洼,大风吹过,泥土飘飞,而那些霸凌事件就发生在那条长得仿佛走不到头的马路边。

村镇的学校里没有同学敢逞英雄,他们大多只是小声讨论着并催促身边的人快走。

因此在林桁上学的第一天,当他看见顾川鼻青脸肿地抱着只瘦弱的猫崽从林子里冲出来时,他有那么一瞬间在顾川身上看见了一种或许可以称为英雄精神的光环。

顾川甚至仅仅是为了救下一只猫。

在林桁眼里,顾川和衡月是一类人,善良是他们的共性。

酒是林桁喝给顾川看的,那些话也是说给顾川听的,就连出了酒吧,衡月和顾川短暂的单独相处时间都是林桁故意留给他们的。

他知道顾川会在看见他不要命地闷头灌酒时联系衡月,也知道顾川会把他说过的话转达给衡月听。

自今夜林桁看见那一桌子酒开始,除了那几个半路杀出的女人,所有的一切都在他的预测之中。

林桁把握不准衡月的心思,他不敢拿自己去赌,他要借顾川的口将自己的忐忑不安告诉衡月。

环环相扣,看似费尽心机,但他能做的,其实也只有这么微不足道

第十二章　衡月的任性

的一点小心思，甚至连伎俩都称不上。

既不能让衡月更喜欢他，也无法因此得到什么，只能算是自卑的少年对喜欢的人小心翼翼的试探。

他甚至都不敢亲自向衡月询问一个答案。

等顾川被他的朋友接走，衡月也开车载林桁回了家。

一路上林桁借着酒意装醉，靠在副驾驶位上没怎么说话，衡月也没开口。

可她越是安静，林桁心中越是慌乱，因为他不知道衡月会对此做出怎样的回应。

出了电梯，两人的角色仿佛调转，以前是林桁跟在应酬晚归的衡月身后，今日却是衡月抱着手，慢吞吞走在他身后。

林桁表面看着稳，步调却是乱的，衡月看出来了，但没出声。

高跟鞋落地，一声声敲在林桁心头，胸腔下的心脏仿佛失去了自主功能，完全在跟着她的脚步声跳动。

他回头看她，衡月微抬下巴："看我做什么？开门啊。"

她微微挑眉："还是说，醉得连门也不会开了？"

"没有。"林桁转过头。

衡月跟在他身后进门，看着他安安静静地坐在玄关处换鞋，不知怎么忽然就想到了他来北州的第一天。彼时此刻的他，瞧着都是一副呆呆傻傻的模样。

然而醉酒后的茫然下，林桁早已胡思乱想到了天边。

衡月仿佛没发现他的异样，让他在桌边坐下，她从酒架里抽出一红一白两瓶烈酒，开瓶后放在了桌上。

随后，衡月又从酒柜里取出一只玻璃杯放在了林桁面前。

杯底磕上桌面，发出"砰"的一声清脆轻响。

孤零零的，只有一只。

衡月做完这些后,在林桁身边坐了下来。

她单手支起下巴看着他,问道:"喜欢晚上在外面喝酒吗?"

这话问得林桁有些茫然,他看了眼面前那只酒杯,视线又转到衡月脸上,不知道该怎么回答。

但很显然,不能像个傻子一样回答"是"。

林桁坐着比衡月高上一些,但身高差没有站着时明显。

他微微垂着头望着衡月,有些手足无措,两排密长的睫毛颤了颤,在他眼下投落出一片柔软的透影。

衡月定定望着他的眼睛,突然伸出一根手指在他的睫毛上扫了几下:"说话。"

那轻微的力道挠得他有些痒,但林桁并没有躲,他稍稍压紧唇缝,明晰的下颌线也绷着,他明明长了副清冷凌厉的面相,此刻却被衡月逗得直眨巴眼。

"不喜欢。"他道。

"不喜欢?"衡月语速缓慢地重复了一遍他的话,像是在思索他这话的真实度。

"不喜欢喝酒,还是不喜欢晚上在外面玩?"

林桁心中忐忑,老老实实道:"都不喜欢。"

衡月像是不信:"既然都不喜欢还喝那么多。"

林桁顿时卡了壳,好一会儿没能回答,好在衡月也没抓着这问题不放。

她像是在戏弄他,一边碰他的眼睫毛一边又问:"醉了吗?"

她已经问过一次这个问题,林桁也给出了和之前在酒吧里相同的回答:"……没有。"

衡月点了下头,她的神色很柔和,不像在生气。可林桁转念一想,自己压根儿也没见过她正儿八经生气的模样。

他猜不透她在想什么,但他看了看面前那两瓶闻起来辛烈不已的

第十二章　衡月的任性

酒,意识到衡月不可能只是随便问问。

果不其然,衡月收回手,饶过了少年可怜的眼睫毛,冲着两瓶酒抬了抬下巴:"一半白一半红,混着喝。"

她言语温和,内容却十分骇人,林桁喉结一动,突然觉得嗓子开始涩疼起来,他茫然地看着衡月,像是没听明白她什么意思。

直到衡月把酒瓶塞进他手里,带着他的手往杯子里倒了半杯高度数的白酒,又往里兑了半杯色泽清透的红酒,他才意识到衡月并没有在开玩笑。衡月端着酒杯,送到他唇边,冰凉的杯壁贴着下唇,浓烈的酒气钻入喉鼻,林桁猝然明白过来她是想做什么。

她是要灌醉自己。

不同种类的高浓度酒混着喝极容易醉,尤其像林桁这样根本没怎么沾过酒的人。即便他天生海量,三杯下去大概也会不省人事。

林桁心中慌乱起来,他没醉过酒,连喝酒今天都是头一遭。

喝醉后自己会说些什么、做些什么他全然不知,便是把今天的小心思全给抖搂出来都说不定。

杯子里两种不同颜色的酒液渐渐融合在一起,明亮的灯光照透玻璃杯,在桌面映射出绚烂的颜色。

林桁看着有些犹豫,但少年耳根子软,衡月不过抬了抬酒杯,催促了句"喝啊",林桁便接过酒,一口把一整杯都灌了下去。

辛辣的白酒混着红酒的醇烈,如煅烧过的刀子般滚过喉咙落进胃里,和酒吧里饮料口味的调酒全然不同,实打实地刺激着少年的头脑。

这是衡月第一次见林桁喝酒,除了眉头深皱着,看起来和喝水没什么两样。

这种喝法,难怪顾川会急得给她打电话。

初生牛犊什么也不畏惧,性子闷,喝酒也闷。衡月自己酒量不好,对林桁这个喝法感到万分惊奇,她屈指挠了挠他的下巴,逗猫似的问他:"好喝吗?"

195

衡月给林桁的东西他从没有嫌过不好的，酒也不例外。林桁放下杯子，迟疑着缓慢点了下头，声音有点沉："……嗯。"

他面上仍是不显山不露水的，因为和衡月一样喝酒不怎么上脸，此刻叫人看不透他酒量几何。

衡月静静地观察了他半晌，直看得林桁憋不住问她"怎么了？"的时候，衡月又让他倒了半杯，仍是红白混着的。

这次没让他喝太急，只叫他一点一点地饮下，酒精在体内作用需要一定时间，而恰恰衡月今夜不缺时间。

对没怎么喝过酒的人来说，慢饮比猛灌更折磨人。

酒液润过舌面成千上万的味蕾，流经脆弱的喉咙，很快，林桁清亮的眼神便变得昏沉，连反应也逐渐变得滞涩。

衡月捏着他的下巴将他的脸转向自己，声音依然温柔："乖仔，现在醉了吗？"

林桁安静地看了她两秒，似乎被她宠溺的语气所迷惑，慢慢将脸往她手上蹭过去，咕噜中吐出回应："……没有。"

他语气软和得不行，像没什么力气似的把脑袋往衡月手上靠。

衡月若有所思地观察着他的表情，放慢了语速问："那……再喝一点？"

这次林桁迟疑了好一会儿，怕衡月生气似的，放低了声音："不想喝了，不是很好喝……"

衡月一只手捧着他发烫的侧脸，心道，原来不是喝酒不上脸，是还没醉。

她浅浅勾起嘴角，替他把面前的酒杯酒瓶一并推远，用哄小孩的语气道："那就不喝了。"

玻璃杯不小心撞倒红酒瓶，瓶子在桌面上滚了几圈。瓶中酒水晃荡，醇红的液体涌出瓶口，仿若鲜红的血顺着桌沿往下滴。

林桁勤俭节约惯了，当即眉头一皱，伸手拦住滚动的酒瓶，把它摆

第十二章 衡月的任性

正了。

"不要浪费了,"少年的声音被酒精熏得低沉,他想了想问衡月,"这酒是不是很贵?"

这酒是几年前衡月在一场慈善拍卖会上拍下来的,好像花了不少钱,作为酒而言的确不算便宜。

她点了下头:"嗯,是很贵。"

衡月说罢,将手掌隔着衣服按在他胸膛下方,仿佛在隔着肋骨肌肉晃动他装满酒精的胃:"你喝了我这么多酒,打算怎么还?"

林桁闻言睁大了眼,脸上满是诧异之色,哪里想到衡月还会要他还债!

但没等他昏乱的脑袋思考出一个解决方案来,衡月又接着道:"要不陪姐姐一晚?"

衡月嘴角弯着个弧度,伸手去捏他的耳朵,用指腹缓慢地磨着他耳垂上那颗黑色小痣。

林桁没吭声,他傻愣愣地看着衡月,感觉耳朵像烧着了似的烫。

衡月指下又用了些力,故意道:"嗯?怎么不说话?要不自己出价,算算陪姐姐一晚值多少钱?"

林桁真是醉了,连衡月是不是玩笑话也听不出,他嘴巴张了两下,露出齿缝里一点软红的舌头,声音几不可闻:"不要钱……"

语气竟十分认真,真如他与顾川说的那般,要把自己无偿送给衡月。

衡月压着笑:"可以收一点辛苦费。"

林桁羞得脖子都红了,但血气仍在直冲冲往脸上涌,他坚持要把自己白送出去:"不用给钱。"

"不要钱,那要什么?"

林桁手指轻蜷:"什么都不要……"

"什么都不要的话……"衡月安静片刻,忽然变了语气,"你就不担心我在玩你吗?"

话音落下，空气霎时寂静下来。

这话戳中了少年难言的苦涩心思，林桁抬起眼，目不转睛地望着衡月，眼睛里倒映出她的面容，无端地透出些许难过。

衡月还在逼他，她倾身靠近："知道我玩起人来是什么样吗？"

衡月的声音轻细如夜风，径直传入他耳中："应该不太叫人好受。"

衡月并没有在和林桁开玩笑，她说着，纤柔漂亮的手掌直接按上了少年的腰。

林桁吸了一口气，下意识攥紧衡月的手腕，忍不住往后躲："别……"

可他坐在椅子里，躲能躲到哪里去？

腕骨被少年紧握在手中，衡月哄着视线都散了的林桁："乖仔，把手松开。"

乖仔。

没什么话比这两个字更好用了，林桁眨了下眼，脑子都还没反应过来，手就已经听话地收了回去。

酒精流窜在沸腾的血液中，林桁体内仿佛燃着了一团凶猛的烈火，将少年的身躯从内而外炙烤得滚烫，然而衡月的手却冰冷得仿佛一条冬日的蛇，贴着他烧烫的皮肤。

手掌与少年火热的身体相贴，林桁像是被她冻着了，身体绷得像块硬铁板。

"躲什么？"衡月将他的脸掰过来，脸上看着没什么情绪，"不是要跟我玩吗？"

林桁用力闭紧了唇，垂下眼帘，连衡月的眼睛都不敢直视。

少年处于半醉状态，呼吸也被烈酒闷得发软，犹如一团浓郁湿润的潮气。

他侧着脸避开衡月的视线，仍是习惯性地板着一副堪称正直的神情，唇缝都抿得发白。

第十二章 衡月的任性

"怎么不说话？"衡月抬起他的脸，扣住他的两腮，逼他不得不开口。

她声音放低了些，望着林桁的眼睛，蛊惑般地低语："你都愿意说给别人听，却不肯说给我听吗？"

林桁此时终于迟钝地察觉出衡月似乎在生气，他抬起泛红的眼皮，眸子润得像浸在湖里的黑色玉石。

衡月见他露出一副泫然欲泣的模样，低头吻了下去："怎么是这副表情？我欺负你了吗？"

林桁连推开她都不敢，只能可怜地回答着衡月的话："没有，没欺负。"

"没有？"衡月反问，"怎么没有？"

她看着林桁，突然懂了为什么林桁总喜欢在她忙的时候俯下身去亲她，有时她忙得无暇聊天了，还得分出心神回应他的吻。

因为这副手足无措的样子，的确很能激起人的怜爱之心。

想来在那些时候，自己在他眼中也是这般模样。

仿若行刑前最后的仁慈一般，衡月在林桁忐忑的目光里吻了吻他的唇。

第十三章

礼物与绯闻

第十三章　礼物与绯闻

不知过了多久,客厅燥热的气氛终于安静下来。

林桁坐在椅子上,全身仿佛被雨淋过,汗水一颗接一颗地从脸颊和脖颈滚入衣领下。

整个人看起来像是刚经历了一场大病,异常虚弱。

他有点不太敢看衡月,脑袋微微垂着,脸偏向一边,露出一道明晰的下颌线。

他的眼泪不停从眼眶中滚落,下唇还有方才被他自己咬破的齿印,鲜血溢出,哭得连声都没有。

林桁的脸部轮廓生得并不柔和,长眉硬朗,眉尾锋利,每一块面骨都带着雕刻般的硬度,可偏偏此刻看起来就是委屈得要命。

衡月去亲他红润的眼睛:"哭什么?"

林桁垂着眼不说话,只沉默着抬起手掌抹过眼睛。

衡月拉下他的手,问他:"好玩吗?"

他没有回应,衡月也不催促,良久,才看见眼前的人摇了下头。

眼泪跟着掉下来,落在衡月心尖上,烫得她心间一片酸软。

她接着问:"知道我玩起人来是什么样了吗?"

林桁还是不看她,几不可闻地"嗯"了一声。

"那还觉得我以前是在玩你吗?"

林桁没再说话,他不会撒娇也不会讨饶,只有眼泪不停往下掉,看得衡月心疼得紧,但又不得不狠下心给他教训。林桁的性子太硬了,不真正让他吃点苦头,他怕是转不了性。

衡月替他擦去眼泪,又狠下心训道:"下次再敢自己闷着胡思乱想,

203

说混账话，我就……"

威胁的话都到了嘴边，衡月却是又停了下来，终是舍不得对他再说什么重话。

她的千言万绪只化作一句："你真是很会招人疼……"

挂在墙上的时钟发出一声轻响，衡月想起什么，正想离开，林桁便一把拽住了她，掌心紧扣着她的手腕，手一收抱住她的腰，不说话，但也不让她离开。

他将脸靠进衡月的颈窝，不肯叫她看见自己狼狈的模样，显然还有点委屈，却又不舍得冲着她发脾气。

衡月无奈地揉了揉他的头发，任他抱着自己腻了一会儿："我拿包。"

林桁仍是不放，只抬起头，伸长了手替她把桌上的包拎给她，闷声闷气，像头小牛。

衡月从包里掏出一个巴掌大的丝绒盒，盒子里嵌着一只机械腕表，蓝色的星空表盘，璀璨星空和浩瀚银河闪烁其中。

衡月拉过林桁的手，替他戴了上去："听说男生都喜欢这款。"

表带的尺寸刚刚合适，像是精准丈量过他的腕围。

"之前你要考试，怕你分心，就没给你，现在虽然迟了一些……"

衡月说着，抚了抚他指根处的薄茧，抬起头："乖仔，生日快乐。"

衡月以前不怎么哄人，一来因为没几个人值得她费心，二来她也没这个耐心。但对于哄林桁这件事她却手到擒来。

少年眼中泪都还没干，就被衡月忽然的一句"生日快乐"哄了个服服帖帖。

他看了看手腕上沉甸甸的表，又抬起头来看她，衡月见他呆看着自己不说话，抿唇笑了笑："怎么？酒还没醒吗？"

少年哑声道："……醒了。"

虽是这么说，但衡月估计现在让他站起来，怕是走路都不稳当。

衡月打算给他接杯温水润润被酒祸害得沙哑的喉咙，脚不小心碰到他的膝盖，忽而听他痛哼了一声。

衡月愣了一瞬，想起他在酒吧磕的那一下，她低头去撩他的裤腿，或许是她动作太急，林桁下意识往后缩了下脚，但反应过来，立马又乖乖把腿伸给了她。

他常年一身长裤，皮肤捂得格外白，衡月撩高他的裤腿一看，膝盖上一道肿起来的青乌格外显眼。

她蹙起眉："怎么撞得这么狠？"

从酒吧到家里，亏他一路上忍了这么长时间也没露馅儿。

林桁怕她担心，张口就道："不疼。"

衡月知他性子坚韧，从不喊痛，别说只是撞青了，就是骨头撞裂了他怕也能忍着不吭声，自然不信他的话。

她伸手在那伤处摁了一下，他倒是没叫，但肌肉却瞬间绷紧了。

她叹口气，起身取了药油过来。

衡月就离开一分钟的工夫，他也没闲着，把桌上没喝完的酒收了起来，又抽出纸巾把洒了一地的酒收拾干净了。

衡月走近，他伸手想接过她手里的药自己抹，但衡月没给，只道："别动。"

她在他身边蹲下，倒出药油，在手心搓热后才往他膝盖上抹。

瘀伤揉着难免会疼，但林桁却忍得了，他抓着裤腿，像是不怎么在意自己的伤，只顾目不转睛地盯着衡月白皙漂亮的侧脸看。

在安宁村时，林桁也是像这样替她涂花露水，那时候他紧张无措，看她一眼都脸红，哪里想过会有真正和她在一起的好运气。

明亮的灯光落在衡月干净的眉眼上，林桁看了一会儿，似是觉得这画面美得有些不真实，忽然伸出一根手指在她脸颊边轻轻刮了一下。

温热柔软的触感传至指尖，只一下，他就收回了手。衡月擦着药没抬头："做什么？"

林桁轻轻眨了下眼："……摸摸。"

衡月没在意，只"唔"了一声，可过了会儿，又听他轻轻地唤了她一声："姐姐。"

"嗯？"

衡月应了一声，却没等来后续，她抬头看他，发现他也没有要继续说些什么的意思，好像就只是想叫她一声。

反而衡月看他久了，他还茫然地问了句："怎么了？"

衡月腹诽：这究竟是醉了还是清醒着的？

他平时面对她的时候就有点呆，以至于衡月实在很难从他这张脸上看出他究竟醉没醉。

她捏了捏他滚烫的耳朵，问他："要不要……喝碗醒酒汤？"他如果已经完全清醒了过来，大概率会拒绝。如果还醉着……

衡月正思索着，就看他毫不犹豫地点了下头："好。"

唔，看来还醉着。

七月，毕业生举办了一场谢师宴。

许久未见的同学围成一桌，聊着假期的所见所闻，此刻的他们和被迫圈养三年后放出笼子的猴子没什么两样，又吵又闹，疯得没名堂。

但其中也不是没有文静的同学。譬如角落的一张饭桌上，顾川就不声不响地翘起椅子腿坐着，面无表情地盯着身旁低头聊微信的林某人。

何止不声不响，他这样安静得简直有点反常。

顾川站坐没相，身体靠在椅子上，腿一蹬，整个人跟着椅子一摇一晃，凳子腿离地又落下，"咚、咚"敲响在铺了地毯的餐厅地面。

顾川看林桁的神色实在谈不上良善，和林桁入学两人刚见那会儿一样，像是准备随时冲上去同他干上一架。

酒吧那晚，林桁被衡月领走后，顾川挨了女朋友好一顿骂，接下来的几天过得水深火热。反观在他面前卖了一通惨的人，转个面再见时竟然已经是春风满面。

第十三章　礼物与绯闻

林桁情绪内敛，高兴得不明显，起码坐在他左手边的宁滩和李言就没看出来。但顾川称得上孙悟空转世，一眼就看出这好兄弟尾巴都要翘到天上去了。

顾川伸脚踹了下林桁的凳子，语气跟林桁欠他钱似的："哎，把你手上那块表给我看看。"

林桁被踹一脚也不生气，转过头，撩起衣袖问他："这个？"

正是衡月送林桁的礼物。

林桁坐顾川左手边，表也戴在左手，是以顾川看得不是很清楚。

小霸王倒在椅背上没动，有气无力地"嗯"了一声。

模样欠得很。

然而林桁下一秒却放下袖口，摇了下头，十分认真地拒绝道："不给。"

顾川"啐"了一声，气急败坏地往林桁板凳上又蹬了一脚，不爽道："你大姑娘急着出嫁存嫁妆呢？给我看看怎么了？"

他力气不小，蹬得椅子一晃，林桁整个人都跟着椅子动了一下，椅子腿重重刮过地面，发出一声沉闷的响声。

但林桁翘高的尾巴没因此垂下来一点，他拉低袖子，把表捂得严严实实："不给，姐姐送的。"

顾川冷笑了一声，他当然知道这表是衡月送的，因为前段时间衡月还问过他，他们这个年纪的男生喜欢什么。

当时顾川和林桁关系一般，压根儿没想过衡月这表是买给林桁的。他一看这消息，立马掰起指头算起了自己的生日，不太远，也就往后三个月左右。

顾川神经大，没想其他，一股脑把自己想要又买不起的东西列了个清单发给了衡月，眼巴巴盼着他姐在他生日那天扮个圣诞老人。

衡月往年也都是按着清单给顾川送礼物。一般挑一两件送，心情好时全给他买下来的情况也不是没有。因此这份清单顾川列得十分认真。

这块表在礼物清单上的排名仅次于一辆三千多万的跑车，他还没来得及考驾照，车肯定是不用想了，就盼着他姐给他买这块表。谁想到再见面就发现自己心心念念的东西戴在了林桁手上。

一款著名的星空表，全球限量款。顾川越想越酸，简直快要化身柠檬精，他正准备继续刺林桁几句以泄心头之愤，却见李言突然火急火燎地从外面冲了过来。

李言表情很冷静，脚下却跟踩着风火轮似的大步狂奔，掏出手机放在林桁面前，推了推眼镜，指着照片里的人小声问："林桁，这是你吗？"

顾川跟着好奇地把头凑了过来。屏幕里是一张动态照片，看镜头是从远处拍的。

照片是一位身形高瘦的少年背对镜头弯腰站在一辆跑车前，他一只手把着车门，另一只手被一个女人攥着，看起来像是在透过车窗亲吻。

图有点糊，看不太清楚脸，也没露出车牌号。但林桁立马就愣住了，顾川也是瞅了一眼就震惊地抬起了头。

林桁还没说话，顾川就已急忙出声问："这照片你哪里来的？"

李言坐下，灌了口水，道："我刚在厕所，听见他们在聊有个小白脸被富婆包养了，我好奇凑过去看了一眼，看到的就是这张照片，觉得实在和——"

他没说名字，只朝林桁抬了抬下巴："太像了，就让那人把照片传给了我。"

何止像，顾川放大图片匆匆又看了两眼，那坐在车里的女人露出半边模糊不清的脸，别人不认识，顾川却一眼认了出来，这不是他姐是谁？

李言问林桁："这是你吗？"

说罢他自己先摇了下头："应该不是吧。"

林桁表情古怪，没承认，但也没否认。

这是前两天衡月开车和林桁出门时发生的事。下车时，衡月隔着车窗拉住他的手,视线扫过他干净乌黑的眉眼,突然揽住他的后脑勺就吻了上来。

李言拿到的照片是从林桁的侧后方放大了拍的,衡月微微侧着脸,手臂挡住了两人大半面容,只露出小半张脸和两张紧贴在一起的嘴唇。

女人纤细的腕上挂着只玉镯,车库灯光暗淡,动图画面像老电影似的模糊不清,可即便如此也盖不住她白得发亮的肤色。

就几秒钟的动图,却氛围感十足,给人留足了遐想的空间,代入感极强。

也因此,这张图流传很广。

李言道:"这图不知道转过几手,都糊得包浆了,听说一手的是个视频。"

林桁问:"还有其他照片吗?"

李言摇了下头:"视频没法下载,除了发帖子的人,其他人的照片估计和我这个差不多,顶多清晰一点。"

"发我一份。"林桁说。微信接收到后,他又让李言把手机里的照片删了。

李言眼睁睁看着林桁删完不算,还把回收站里的照片也清除了,就连微信聊天记录里的也给删得干干净净,他后知后觉明白过来:"这真是你啊?"

林桁皱着眉心,不太自在地点了下头。

顾川冷笑了一声,压低声在他耳边调侃:"真行啊你,看着老老实实的,背地里败坏我姐清誉!"

林桁理亏,沉默地接下了顾川两句损话,没回嘴。

他看了看自己手机里接收到的照片,手指划过照片里衡月的半张脸,悄悄保存到了相册里,然后给衡月也发了过去。

傍晚，顾氏公司会议室。

客户刚离开没几分钟，黑色长桌上凌乱地堆着会议资料，衡月和顾行舟两人隔着半米的距离姿势闲散地并排而坐。

忙了半个月的项目终于敲定，顾行舟正闭目靠在椅子里养神，接连几天没休息，他面色疲惫，眼下都覆了一层淡青色。

年岁渐长，新陈代谢终究不比少年。

门外，顾行舟的助理敲了敲门，端进来两杯淡茶，低声道："顾总、衡总，宁总他们已经上车离开了。"

顾行舟微微颔首，助理于是安静地关上门退了出去。

已经是傍晚时分，窗外天光如潮水退离，渐渐沉于远山之下，顾行舟缓缓睁眼看向衡月："饿了吗？等会儿去吃饭？"

衡月看了眼腕表，婉拒道："等会儿还有事。"

顾行舟点头，没多嘴打听她的私事，他在和衡月相处的尺度上一向把握得很好。

为了这次的项目，两人今天在会议室里坐了几个小时，费了无数口舌，桌上的咖啡都已经空了。此刻身边骤然清静下来，衡月才察觉喉咙已经干得有些痛。

她端起清茶润了润，听见顾行舟缓缓开口："上次宴会上那酒的事你查清了吗？"

衡月放下茶杯："你怎么知道？"

顾行舟抬手揉了揉鼻根，解释道："我那日路过老宅，顺便去拜访了老太太，恰好撞上她在为这事跟手底下的人发火，她顺口就告诉我了，听说是你董事会的人。"

衡月点了下头："是，就因为项目的事。"

他转头看她，担忧道："那酒里下的什么东西？我那天晚上看你反应不太对，起初还真以为你醉了。"

衡月想起这事，面色冷了些："能是什么？还敢杀了我不成？不过

第十三章 礼物与绯闻

就那些见不得人的脏药。"

顾行舟拧眉："要我帮忙吗？"

衡月摇头："不用，已经查得差不多了。人和证据已经移交警方了，该怎么办就怎么办吧。"

顾行舟嘲弄地笑了声："现在这些手段是越来越不入流了。"

衡月从小听她母亲在饭桌上说起商场上的手段，耳濡目染，倒看得很开："商场上利益之争从来龌龊，之前现在，何时入流过？"

顾行舟听她说起"之前"，怔了片刻，若有所思道："林青南去世的事……"

衡月微微点头，示意他猜得不错："也是董事会的人，我母亲婚前没和他签订协议，林青南心比天高，一直想进公司，却不看看自己是不是这块料，股份如果落到他手里，指不定会闹出什么事来。他们下手快，做得也算干净，可惜这次太急了些，事急必出错，露了马脚，一并查了出来。"

顾行舟听她这话，想来已经大致处理妥当，便放下心来，回头外婆问起，他也好有个交代。

顾行舟见过林青南几面，见衡月这般看不上他，又不由得失笑："林青南好歹是林桁父亲，你这样说，不怕伤他的心？"

林桁对林青南的态度可比衡月更淡漠，但衡月没明说，只道："没事，他好哄。"

顾行舟挑眉，聪明地没接这话，而是问："你打算如何告诉他林青南的事？"

"不告诉他。"衡月说。

人已经走了，这些肮脏事说给他听也只是污了他的耳朵。

说起林桁，衡月开口问顾行舟："酒店那天，你是不是跟林桁说什么了？"

顾行舟转头看向衡月，似乎没想到她会突然提起这件事。

"林桁跟你说的？"

"没，"衡月道，"小川跟我说的，他俩是朋友。"

提到顾川，顾行舟稍微敛去嘴角习惯性带着的笑意，他虚望着杯底两片泡开的茶叶，如实道："是说了点重话，刺了刺小孩的自尊心。"

他提了下嘴角，自嘲般道："然后又被小孩两三句话刺了回来。"

衡月闻言看向顾行舟，护短护得理所当然："你欺负他干什么？"

顾行舟想起当时自己被林桁两句话堵得失言的样子就觉得好笑，他摇了摇头，无奈道："怎么就是我欺负他了！你家的小孩，嘴有多利你不知道吗？"

林桁在衡月面前从来都是乖乖仔，素日里面对她时最多的姿态也不过是安静又乖巧地垂眼看着她。有时候衡月逗狠了，他说话都支吾，和顾行舟口中描述的林桁仿佛是两个人。

衡月脑海里浮现出林桁的模样，不自觉勾了下嘴角，她唇边抿出抹浅笑："没有，他很懂事。"

好哄也就算了。懂事，没有多少人会这么形容自己的男朋友，倒像是在形容一只叫人省心的宠物。

可顾行舟看着衡月脸上的笑意，却不觉得她是在说什么宠物，她的神色很认真，眉眼舒展，春风拂面般温和。

顾行舟平静道："你很喜欢他。"

衡月坦然承认："嗯。"

窗外，天空如同年代久远的相片渐渐褪去亮色，地面上的霓虹灯接连亮起，徐徐唤醒整座昏沉的城市。

顾行舟从衡月身上收回视线，从烟盒里取出了支烟。他把烟盒递给衡月，衡月抬了下手："戒了。"

顾行舟本来已经掏出了打火机，闻言又放下了，他把烟盒放回桌上，手里那支烟也没点燃，只夹在指尖。

过了会儿，他缓缓道："我刚到顾家的时候，没心没肺又冷血，觉得我是顾廷的儿子,那住进顾家也是理所应当,甚至有些怨愤顾廷这么多年来的不管不问,为此和顾川闹过不少矛盾。那时候小,又正处叛逆期,后来读书明理,才逐渐明白过来我和我妈究竟是以什么身份进的顾家。"

顾行舟提起的已经是不知道多少年前的陈年旧事,可他的语气却仍不轻松。

"因为我母亲是第三者,所以我这辈子在顾川面前都抬不起头,并不是说我这个人有多高尚明理,只是事实如此,甚至有很长一段时间我自己都看不起自己。"

"南月,我的确喜欢你。"顾行舟放轻了语气,那双总是多情含笑的眼睛在会议室明亮的灯光下显得分外宁静,"为此争取过,甚至像个毛头小子一样去找林桁的碴……"

他顿了顿,道:"但我做不了第三者。"

"顾川看不起我,我只能以兄长的身份尽力弥补他,"顾行舟看向衡月,"但我和你这么多年的朋友,我不想在你面前也抬不起头。"

顾行舟和衡月是典型的商业联姻,两家长辈订下婚约时,二人甚至对此毫不知情。

顾行舟自小跟随母亲生活在外,十几岁才被接回顾家。或许是觉得亏欠了顾行舟母子,顾廷十分重视顾行舟。

他需要一个盛大的场合让顾行舟正大光明地站在众人面前,而衡家同时也希望能与顾家在商业上合作共赢,所以衡月和顾行舟两人的想法其实并无人关心。

婚约是两家联合的纽带,两人最后是否结婚并不重要,重要的是婚约在当时发挥的效用。

婚约订下时,顾行舟还很年轻,对于顾廷做出的决定,他并无拒绝的权利。衡月性子一贯淡漠,明明是关乎自身人生大事的婚约,她却不以为意，仿佛即使明日就要她同顾行舟成婚也无所谓。

但衡月长大一些后，不知何时学会了阳奉阴违。在成年后的某天，她突然私下向顾行舟提出了解除婚约的请求。

或者说"通知"更为准确。

那是个像今日一样平常静谧的傍晚，顾行舟听衡月说完，静静望着她良久，仿佛要从她那双平静的眼眸望入她的内心深处。

但她实在太静了，像一团沉寂的风，没有任何起伏波动。最后，顾行舟点了下头，沉声应她："好。"

他甚至一个字都没多问，就这么答应了她。

顾行舟和顾川不同，他出生时虽然名不正言不顺，长大后却养成了一身君子作风。对于衡月贸然提出的请求，他并未恼羞成怒，反而尊重她的决定，并且配合她继续在外扮演着未婚夫的角色。

两人约定互不干涉对方的感情生活，只等时机合适，再向家中长辈表态。

再后来，顾行舟和后来的妻子黎曼在一起，他远赴国外，这场完美实现了商业价值的婚约也终于迎来了它的结局。

相识十年，数年未婚夫妻，顾行舟曾占据了衡月身边最重要的位置，但这么多年来，这却是衡月第一次听见顾行舟说"喜欢你"。

成年人的感情总是出于各种原因而深深压制在理智之下，往往要经过深思熟虑才会说出口。顾行舟是无利不往的商人，他生性比常人更加孤傲，也只会比一般人思虑更多。

此刻，衡月听完他这番真诚的话，一时无言。

她沉默半晌，等到桌上的茶水变得温凉，她才缓缓出声道："你不会做让我看不起的事。"

她知顾行舟是君子，一如顾行舟知她。她看向他，语气笃定："你不是那样的人。"

顾行舟笑了笑，这话他曾经也对自己说过。

第十三章 礼物与绯闻

他不是那样的人。

晚上,大家吃完饭,又转战去了附近的一家KTV唱歌。

老师担心自己在同学们放不开,都已经提前离开,林桁本来没打算去,但宁潍和李言一通软硬兼施,硬拽着把人拉了去。

晚上十一点左右,KTV外的马路边,衡月坐在车里等林桁。

街边路灯高耸,灯火通明,学生接连从KTV拥出,五光十色的商牌灯掠过一张张朝气蓬勃的脸,连这条普通的道路都好似因此变得鲜活起来。

此行聚餐的学生足有三四百人,衡月一双眼睛实在有些看不过来。

她已经告诉过林桁车停在何处,在人群里看了一会儿没找着人,就干脆坐在驾驶座放空,等着林桁自己出来找她。

思绪漫无目的地游离,衡月不知怎么想起了林桁今天发给她的那张照片。这事说大不大说小不小,但谣言传着传着就会越来越离谱。

这话自不可能是林桁告诉他的,林桁嘴严,除了那张照片,一个字都没跟她透露。反倒是顾川跟娱乐快报似的,一条接一条的消息往她手机里发。

衡月想着,不禁失笑出声,她回过神,抬眼望向KTV门外。

不知不觉,学生已经走空一半,几小堆人三三两两地站在路旁打车,还有些不紧不慢地从KTV里踱步而出,但其中仍没见林桁的身影,这倒有些奇怪了。

往常衡月去接他,他总是跑得很快,呼吸急促地站到她面前,像是怕她等久了不耐烦。

今天这么久没出来,消息也没一条,倒是格外反常。

衡月看了眼时间,下车关上门,慢悠悠地往KTV里走。

这地方她来过几次,路还算熟。

现在正是夜场开始的时候,进的人多,出的人少。

衡月踩着高跟鞋逆行于朝气蓬勃的人潮之间，她妆容精致，容貌出众，一身沉稳清冷的气质在一群青涩未褪的少年少女中格格不入，引得不少迎面走来的人好奇地打量着她。KTV房多路窄，廊道曲折，顾川之前给衡月发了林桁的房间号，她拎着包不疾不徐地往深处走，转过一个转角时，忽然看见前方廊道的角落里一个男生和一个女生正在拉拉扯扯。

衡月不动声色地挑了下眉，停下了脚步。

两个人面对面而站，气氛有些紧张，那男生面色严肃，好似正和女生争论着什么，看起来似乎已经僵持了许久。

女生穿着一条只到大腿的百褶短裙，两条纤细白皙的长腿露在开足的冷气中，她似乎也不觉得冷。

那男生过于高挑，逼得女孩同他说话时不得不昂着头，看起来倒是意外地般配。

女孩身上带着这个年纪的青春少女特有的朝气与活力，她撒娇般逼问着少年："为什么不行？你敢说视频里的那人不是你吗？"

声音不高，清脆婉转，如同百灵鸟，清晰地传入了衡月的耳朵。

衡月没离开，反倒侧身靠在了墙上，明目张胆地听起墙脚。

那男生皱眉看着女生，斩钉截铁道："不是我。"

嗓音清朗，不是林桁又是谁？

不过他此刻的模样倒是和在衡月面前完全不同，透着股不近人情的冷硬，和顾行舟口中说话带刺的林桁倒有几分相似。

不过那女生并不在意他冷漠的态度，反倒像是很喜欢他这般模样。她背着手，笑盈盈地倾身靠近。

"那岂不是更好！"女孩的眼角因笑容压出一道弧线，细长弯翘的眼线又红又艳，清纯艳丽，唇上一层红润的唇釉，很是勾人。她放软声音，撒着娇："刚好做我男朋友。你这么好看，我会对你好的。"

她眨巴眨巴眼睛，似乎并不在意林桁会拒绝她，反而脚下进了一步，用自己的鞋尖若有若无地去蹭林桁球鞋的鞋尖。

她言语隐晦而暧昧，眼神直勾勾地盯着林桁："我不会告诉别人的，视频我也会删了。"

林桁并不受她威胁，他敛着眉，不自在地大步往后退开，正欲开口，眼角却突然晃过一抹亮色。

他并没有看清是谁，但一种近乎本能的直觉却猛然侵袭了他的思绪。他蓦然转过头，就看见视频中的另一位主人公靠在不远处的墙壁上，微侧着头，颇有兴致地看着他。

"嗯？怎么不说了？"衡月张了张红唇，声音几乎轻不可闻，"已经聊完了吗？"

三个问句。

林桁喉结一滚，木头似的僵站着，瞬间慌了心神。

衡月靠在墙角，站在女孩的视野之外。女孩见林桁望着别处，不明所以地往前两步，跟着林桁的视线看过来。

林桁看她走近，着急忙慌地跟着后退，仿佛对方是洪水猛兽。

女孩没理会他的小动作，她瞧见衡月，露出了一副吃惊的神色，林桁紧张地看着她，显然有些担心她会认出衡月就是视频里的女人。

不过那女孩并无火眼金睛，她眨了下眼，好奇地问林桁："这是你姐姐吗？是姐姐吧！好漂亮啊！"

不等林桁回答，她又看向衡月，活力满满地大声道："姐姐好！"

衡月弯了下嘴角，如撞见自己的弟弟谈恋爱的姐姐一般贴心，温声回道："你好。"

林桁站在墙边，恨不得和那女生拉开三米远，他看着衡月带笑的脸，呼吸都短了半截。

他不再与女孩争论，立马提步朝衡月走去。

少年腿长，两秒便站到了衡月面前。

他有些慌张地看着她，衡月看了他一眼，却没管他，反而冲着那年轻的女生道:"很晚了,我和林桁先走了。"

"好哦,"女孩闻言冲她挥手,"姐姐再见。"而后她又冲着林桁道,"林同学,你再考虑考虑嘛——"

林桁自然没应。

也不敢应。

第十四章

孤舟终停岸

第十四章　孤舟终停岸

女孩的声音逐渐被抛在身后，衡月和林桁并肩往 KTV 外走。一路上除了他们，还有几名慢吞吞往外走的学生，其中有人显然认识林桁，见他和一名年轻漂亮的女人在一起，有些诧异地看着他。

KTV 外边的人反倒多些，街边黏着几对不舍得分开的情侣。林桁不知道衡月是什么时候来的，他被那女孩缠着，一时忘记了和衡月约定的时间，更不知道衡月等了他多久。

少年偏头偷偷打量着她的脸色，动作不敢太明显，只半秒就收回了视线。

衡月面色如常，唇边甚至挂着抹优雅的笑，林桁瞧不出她是不是在生气。他怕她生气，可又觉得，按道理她应该生气才对。

林桁沉默地跟着衡月上了车，他满脑子胡思乱想，长眉微皱着，面色看起来有些冷硬。

车门关上，林桁坐进副驾驶座，安全带还没拉下来，就看见衡月上身探过中央扶手，手臂朝着他的脸旁伸去，双指一合，毫无预料地在他唇边抹了一把。

纤细的手指结结实实地划过少年的唇瓣，虽然只有短短两秒，但林桁也能感受到划过自己唇瓣的温热触感。少年的唇软且薄，指腹擦过，触感格外舒服。

林桁被她这一下惊得浑身一抖，安全带从手中"啪"地缩回。他睁大双眼，还没反应过来，又见衡月如没事人一般退了回去。

她看了眼干净的手指，发动车辆，也没看林桁，只道："唔，例行检查。"

例行检查？检查什么？

衡月下手不轻，林桁被这一下刺得唇边有些红，好半天都没缓过神。

少年心思敏感细腻，似乎因自己这样被衡月揉上一把都能脸红感到羞耻。他耳根燥热，欲盖弥彰地看向车窗外，也没敢问。

自从上次把人教训过一顿后，衡月一直没再和他亲近过，她顾忌着他膝盖上的青瘀，大好的假期，却把之后的几天时间都留给了他养伤。

林桁自小活得糙，并不把自己撞了一下的膝盖当回事，不过衡月要他养，他也听话地没有乱来。

但两人共处同一屋檐下，总有控制不住的时候，衡月有时会定定看他一会儿，然后突然伸出手钩住他的后颈，毫无预兆地亲上来。

斑马线前红灯亮起，衡月停下车，看了眼身旁坐着不吭声的人，视线从他发红的耳朵转到他微微蹭红的唇边，忽然开口道："上次的信，也是刚才那个女孩子写给你的？"

"嗯？"林桁愣愣转过头，没反应过来衡月在说什么，"什么信？"

衡月挑眉看了他一眼："上次夹在你卷子里的那封信，忘了吗？"

衡月回忆着信上的内容，缓缓复述道："林桁，我喜欢你。第一次见你是在食堂，你当时穿着白色短袖在窗口排队……"

听衡月念了两句，林桁这才想起自己之前的确收到过一封信，不过他记得那时衡月好像并不在意，没想到衡月还会提起这件事，而且还念了出来。

衡月只记得些许信上的内容，她敲了敲方向盘，思索道："还有什么来着，哦对了。'林桁，我真的真的很喜欢你，请问你能做我男朋友吗？'"

衡月说得很慢，那句"我真的真的很喜欢你，请问你能做我男朋友吗？"咬字比她平常说话要重些，直往林桁耳朵里钻。

他抿了下唇，耳根子突然烧了起来，衡月看了眼少年羞红的脸，再次问道:"记起来了吗？上次写信的是这个女孩子吗？"

林桁老实地摇了摇头:"不清楚。"

这话怎么听都像是在敷衍，衡月盯着他不说话，林桁后知后觉反应过来，急忙解释道:"我不知道之前写信的人是谁，今天那个女生也是第一次见，所以不知道是不是同一个人。"

衡月不置可否，也不知信没信他这番说辞。

绿灯亮起，她发动车辆没再说话。等林桁以为这事就这么过去了的时候，衡月却又突然轻飘飘开了口，视线扫过副驾驶座上的人:"还挺招人……"

衡月语气很淡，林桁听不出她是否在生气，但他一颗心立马被这句话吊在了空中，七上八下地晃荡，迟迟没落下去，还在心里小声反驳了一句:没招……

衡月说林桁招人不是单纯说说，因她念书那会儿向她表白的人也不少，她不觉得这是什么值得在意的事。等他上了大学，以后进入职场，喜欢他的人只会越来越多，她要挨个盯着，怕是盯不过来。

不过告白是一回事，有人虎视眈眈想睡他是另一回事。

这之后，林桁只要出去和同学聚餐或回学校办事，衡月除了出差没办法，再忙也会抽出时间去接他，拢共接了得有三四回。

顾川只要在场，便理直气壮地蹭衡月的车回家，有时见到林桁还要笑话他一句娇气，多大的人了还要他姐来接，还给他取了个外号——"林娇娇"。

女孩子似的名字，嘲讽意味很明显，但林桁脾气好，不与他计较。

宁滩和李言不久后也知道了林桁和衡月的事，几人住的地方近，经常一起约着出门。两人震惊过后，十分能体会顾川身为弟弟的感受。

自己的姐姐和自己的朋友在一起了，说不定几年后就得改口叫林桁一声"姐夫"，辈分直降，任谁心里也不痛快。

最近几日四人聚在图书馆，正在了解大学报考院校。宁滩和李言无意中又提起这茬，顾川听见这话，冷着脸抬起腿往两人的凳子上一边踢了一脚："滚！"

宁滩和李言这几天挨了他不少踹，两人都手疾眼快地拉开凳子躲开了。

李言像个小老头似的摇摇头，压低声音道："川仔，我总觉得你这几天有点暴躁。"

他一贬一捧，拉踩得熟练："你看人娇娇，脾气多好……"

但他话说一半，声音又逐渐低了下去，因为林桁这两日脾气其实说不上有多好。性格使然，林桁不会像顾川那暴脾气动不动就损人，但整个人看着冷沉沉的，无精打采。

顾川闻言抬起腿又想踢李言一脚，但他不知怎么动作一滞，慢慢把腿收了回来。

仿佛被李言骂开了窍，顾川眉头一蹙，竟真的沉思了一秒。

但小霸王不反思自己，反而斜眼睨向坐在旁边一直没吭声的林桁，没好气道："林桁，你拉着个驴脸给谁看呢？"

宁滩和李言不了解实情，但顾川却清楚林桁这两次出门兴致都不高的原因，无非是因为衡月这段时间出差去了国外，快一个星期了还没回来，归期不定，所以林桁跟丢了魂似的。

林桁从书里抬起头看了他一眼："……我不是驴脸。"

搁以前，林桁压根儿不会接顾川这话，挨两句损也就听着，今天难得回了嘴。

顾川这人脾气怪，他身边人心情不好，他火气更大，三人都被他撑惯了，知道他那小孩子脾性，你回一句他能顶十句，是以平常能不还口就不还口。

宁滩和李言难得见林桁硬气一回，颇为赞赏地看着他，无声地为他拍手叫好。

第十四章 孤舟终停岸

顾川被林桁气得发笑："你不是驴脸谁是驴脸？你看看图书馆这一圈人，有谁的脸臭得和你一样？"

林桁听了这话，竟当真认真在寂静的图书馆里环顾了一圈，最后视线转回顾川身上，诚实道："你。"

李言和宁滩颇为认同地点头，举手无声拍掌鼓励。

顾川被气得冷笑了一声，凉飕飕地看着林桁。李言一看顾川的表情就知道他又要开口怼人，怕他在图书馆里吵起来，忙接过话题，问林桁道："你这几天咋啦？估分感觉考砸了？"

林桁沉默了会儿，只摇头回了两个字："不是。"

好一个闷嘴葫芦，和他刚做插班生那会儿有得一拼，三句话撬不开一个字。

但其实林桁只是不知道要怎么开口，黏衡月是一回事，他也清楚因为衡月出差而情绪低落格外幼稚，所以才闷着没说。

但大剌剌靠在椅子里的顾川瞥了他一眼后，直接替他开了口："能因为什么？我姐出差了，他就变成了这副要死不活的样，像蔫儿了吧唧的小白菜。"

李言不太明白这种感受，不过倒是能理解。他随口问道："出差很长时间了吗？"

顾川嗤笑一声，毫不客气地嘲讽道："今天才第六天。"

他说着，忽然想到什么，掏出手机，点进了微信朋友圈，手指划着往下翻了翻，翻到顾行舟前天发的一条朋友圈，将手机推到了林桁面前："看看。"

林桁道："什么？"

顾川贱嗖嗖地笑了一声："顾行舟的朋友圈。"

林桁不清楚顾川为什么让他看这个，但还是拿过了手机。

顾行舟的朋友圈很符合他快三十岁的沉稳气质，文案是"和朋友的不定时午餐"，字少，精简，一股子老气横秋的正经味道。

配图很普通,一张西餐厅的餐桌桌面。但不普通的是餐桌对面那个人随意搭在桌上的一只手,雪白纤细,腕上戴着一只林桁无比熟悉的绿玉镯。

衡月的镯子。

林桁一怔,正打算点开图片细看,但顾川却把手机收了回去。他什么话也没说,也不解释,摆明了就是要给心情不佳的林桁再添点堵。

他脸上挂着坏笑,和当初在酒吧里安慰林桁的顾川仿佛是两个人。

宁滩见林桁敛起眉心,好奇道:"什么东西?给我看看。"顾川于是又把那条朋友圈给宁滩和李言看了一眼。

李言推了下眼镜,倒没发现什么特别的地方,但宁滩却从那镯子看出来顾行舟对面坐着的人是衡月。之前流传的那张车库里接吻的动图,衡月手上就戴着只玉镯。

小霸王三天两头就要骂顾行舟几句,是以顾行舟和衡月的事宁滩和李言也都知道一点。

宁滩把手机还给顾川,逗小孩似的幸灾乐祸道:"哦豁,娇娇,你姐姐不要你咯!"

顾川不嫌事大,跟着点头,还重复了一遍:"没错,不要你了。"

林桁看了他俩一眼,把自己借给他们的院校资料从他们面前拿回来,塞进了书包。

顾川不满地"啧"了一声,又从他书包里翻出来摆回自己面前:"你什么品种的小气鬼?"

宁滩哈哈大笑,被李言"啪"的一巴掌结结实实地拍脑袋上才消停。

几人打打闹闹,就在这时,林桁身后忽然传来了一个女生的声音:"林同学?!"

几人循着这惊喜的声音看去,看见一个青春靓丽的女生。这女生顾川他们见过,之前宁滩还帮她给林桁送过小零食,但他们并不清楚那天女生在 KTV 里缠着林桁的事。

第十四章 孤舟终停岸

林桁显然没想到会在这里遇见她，他礼貌性地点了下头，很快又把脑袋转了回来，一副不想和她多牵扯的模样。

顾川见林桁态度冷淡，本能地察觉到有些不对劲，他眯着眼，面色狐疑地在林桁和那女生之间来回扫了好几眼。

女生是和朋友一起来的图书馆，她和朋友小声说了几句后，小步朝林桁跑来，兴奋地看着他："好巧啊，林同学。"

而后又对其他几人道："你们好。"

宁滩和李言都礼貌地打了个招呼，但小霸王却眯着眼看着林桁和女生没吭声。

林桁的表情看起来可不觉得"好巧"，他微微颔首，淡淡回了个"你好"。

女生似乎已经习惯林桁冷淡的态度，并不在意，反而兴冲冲地问他："我上次和你说的你考虑得怎么样了呀？"

图书馆宽阔安静，她说话时声音压得很低，像是怕林桁听不见，双手撑在桌上，靠得很近，眨巴着眼睛笑看着他。

林桁似乎觉得这距离太亲近，他眉心微敛，往后拉开距离，果断回道："不行。"

李言抬手附在嘴边，小声问宁滩："他们在聊什么？"

宁滩茫然地摇头。

那女生听林桁拒绝她，拖长语调失望地"啊"了一声，似乎没想到林桁依旧不肯答应，她有些激动地撑着桌子靠向他，委屈道："为什么嘛？"

林桁一句"不为什么，我有喜欢的人"还没出口，忽然听见身边传来"咔嚓"一声轻响。

他转过头，恰见顾川刚把手机放下去，看样子，像是对着他拍了张照。

林桁一见顾川那表情就觉得他没安好心，心中警钟震响："你在干什么？"

"你管我干什么。"顾川回道，说完把手机揣进裤兜里严实捂着，还把拉链给拉上了，像警察保管证据似的谨慎。

小霸王不允许林桁过问他，又正大光明地八卦起林桁的事来。他不像宁滩和李言两人偷偷摸摸在一旁猜，直接越过林桁问那女生："你俩聊什么呢？什么不行？"

理直气壮得和林桁老家村口的老太太似的。

女生并不藏着掖着："我想请林同学做我男朋友。"

李言和宁滩安静地吃瓜没出声，顾川却是抱着手，夸张地边"啧啧"叹气边摇头："这怕有点难度。"

女生也叹了口气，说："我知道呀，我都被拒绝两次了，可是为什么嘛？"

女生眉眼灵动，语气柔软，说话像是在撒娇，在其他男生面前很吃得开，唯独在林桁这儿处处碰钉子，怎么也想不明白。

突然，她恍然地"啊"了一声，看向林桁，低落道："难道你已经有女朋友了吗？"

林桁正准备承认，顾川却笑了一声，抢先道："之前有，现在可就说不准了——"

他这荒唐话林桁一个字也听不下去，他打断顾川，对女生道："对，我有女朋友，上次没说清楚是我的问题，抱歉。"

女生听见这话，还想再说什么，她的朋友却快步走过来将她拉走了。

女生一走，顾川立马伸手勾住林桁的脖子，用臂弯一把将他锁死，怒道："好你个小子，背着我姐跟其他女生暧昧！"

林桁皱眉辩解："我没有！"

"人都找上门来了，你还没有！"

林桁道："之前在KTV的时候我就没有答应她，姐姐知道这事。"

"KTV？！"顾川一听，手里顿时加重了力道，"那么久之前的情

第十四章 孤舟终停岸

债你还没处理干净,你可真行啊你!"

少年身高力足,这一用力简直像是要把林桁勒死。林桁抓着他的手臂,被他勒得有些喘不上气,脸都红了。本来他说话的声音就压得低,这一憋,林桁几乎是用气声在讲话。

他反驳道:"你别胡说,这不是情债!"

顾川咬牙切齿:"这不是情债是什么?你听听你自己说话心虚成什么样了!"

林桁解释不清楚,索性不和顾川解释了,但顾川却认定林桁干了对不起衡月的事,当天回去就把林桁在图书馆和这个女生见面的事添油加醋地向衡月汇报了一遍。

后面还附带了那女生双手撑在桌上近距离靠向林桁说话的照片,正是那时候他偷拍下来的证据。照片里,林桁微微仰头看着女生。因为角度问题,他当时半张脸的表情乖巧得和平日看衡月时几乎一模一样。

衡月就回了三个字:知道了。

下午大约三四点钟,衡月给林桁打了通微信语音。他在浴室洗澡,漏接了,看见的时候时间已经显示是二十分钟以前。

林桁怔了一下,扔下擦头发的毛巾,想给衡月打回去,又担心她此时开始工作了,自己贸然联系会打扰到她。

于是他就拿着手机坐在床边,安安静静地等着衡月再给他打回来。

他自己都觉得这行为有点愣得没边了。

好在衡月并没有让他等太久,大约过了十分钟,林桁手里的手机就响了。微信自带的单调的语音铃声只响了半声,他便立马接通了。他不自觉地坐直了身板,举起手机放到耳边,开口道:"姐姐。"

他快一周没直接和她说过话,语气里有说不出的急切。

手机那头的衡月听见他的声音,微微勾起嘴角,"嗯"了一声应他。

他接得太快,衡月几乎可以想到他盯着手机等她再次打来的乖巧样。

她问他:"刚才在忙吗?给你打电话你没有接。"

林桁轻轻眨了下眼睛,乖乖道:"在洗澡。"

"刚刚洗完?"

林桁习惯性地点点头,轻轻"嗯"了一声,点完才反应过来衡月看不见,又老老实实回她:"刚刚洗完。"

衡月想到他以前洗完澡从浴室出来那副又湿又润的毛躁小狗样,挂了语音通话,转拨了视频。她的声音太过温柔,林桁想也没想便接通了视频。

衡月的脸却没有如林桁想象中出现在手机里,屏幕一片漆黑,只有右上角他自己的视频小窗口有画面。

前置摄像头对着他的胸膛,露出一片湿润的脖颈和一点白皙的下巴,没看见脸。少年颈上的青筋时隐时现,头发还湿着,滴下来的水珠微微打湿了衣服。

林桁皱眉点了下屏幕,像是觉得衡月的脸没露出来是因为手机坏了。

他说:"姐姐,我看不见你。"

衡月坐在车里,看着窗外熟悉的风景,哄着他:"我这里不方便,过会儿再见,好吗?"

林桁有点失落,但还是应道:"好。"

他知道衡月工作繁忙,一般都只发微信给她,很少给她打电话,更别说视频,这是衡月出差以来两人的第一次语音通话。

如果林桁之前和衡月打过语音,就该知道异国间语音通话延迟严重,根本不像他们此刻交谈般流畅。

林桁坐在床边,用手举着手机和衡月视频,镜头时不时有点晃,衡月看着视频里模糊的身影,道:"乖仔,我看不清你。"

林桁听罢,立马站起来开始换地方,镜头随之晃动,少年的面容在屏幕中一晃而过。

很短的时间，衡月没看得太清楚，只瞥见一双深邃得仿佛玉石般的黑眼珠和红润的薄唇。

屏幕视野变动，最后稳定在桌前。林桁坐进书桌前的椅子里，将手机立在了桌面上，房内光线明亮，这个视角几乎能将少年整个人都囊括入摄像头中。

他伸手调整着手机的角度，问道："这样能看见吗？"

衡月回道："可以。"

此刻他身上穿着一套宽松的短袖长裤，白上衣灰裤子。白黑灰，他衣柜里最多的颜色。

衡月想起顾川发给她的那张照片里林桁也是简简单单穿了一件白T恤，她想起这事，开始"兴师问罪"："乖仔，你是不是背着我做坏事了？"

林桁压根儿不知道顾川将他在图书馆见到了那女生的事添枝加叶地告诉了衡月，衡月也没信顾川的大部分说辞，因为没人比她更清楚林桁有多听话。

她这样问，不过是兴起了想找个理由逗一逗他。

但林桁似乎误会了什么，他听罢蓦然愣了好一会儿，而后耳根子一红，身体不自在地动了动，将视线从手机上瞥开了。

他一副被人撞破了秘密的心虚相，说话都有点结巴："什么……什么坏事？"

如果忽略林桁升温发红的耳朵，他此刻乍一看去和刚才没什么两样。可衡月却一眼看出他紧张了许多。他两条长腿微微往两侧分开，手放在膝盖上，连坐姿都有些僵硬。除此之外，整个人还透露出一种强烈而隐晦的羞耻感。

手机另一头，衡月轻轻挑了下眉。

林桁似乎没注意到自己的嗓音从通话开始就有些沙哑，仿佛午睡时间过长，睡昏了头，呼吸却又不似睡太久时的闷缓，反而有些沉重。

衡月方才只当他才洗了澡的缘故，眼下突然反应了过来。

她看着从他发尖滴落在肩上的水珠，又问："你身上流了好多汗，家里很热吗？"

"啊？"林桁一时没反应过来她为什么这么问，他感觉这话有点不对，说不上来哪里古怪。若非要理清楚，那就是他觉得衡月此刻兴致很高，而她兴致高的时候，总爱一本正经地戏弄他。

学校篮球场上，不少男同学觉得热时就直接撩起上衣擦脸上的汗，或者干脆脱下揉成一团随手扔在篮球架下，大大方方地展露身材。

但林桁并不太习惯裸着上身，外面也好，家里也好，他都喜欢把自己裹得严严实实。衡月还记得当初在安宁村见到他时，他在地里热得全身汗湿，但短袖也好好穿在身上。

他的头发此时有些乱，两道清晰坚硬的锁骨横在肩颈下，皮肤已经被汗水打湿，在光线里泛出抹湿润的亮色。

"好白……"衡月感叹道，"是因为手机自带的滤镜吗？"

她压低了声音："还是喝了牛奶养白了？"

林桁听她这么说，意识到衡月正在透过手机认真看他此刻的模样。他的眼睫轻轻颤了颤，下意识低头往自己身上看去，没觉得哪儿白。

"不知道……"他支支吾吾。

少年也好，男人也好，身上总比女人多了些力量感十足的青筋血管，看起来异常地粗犷，有种原始的美感。衡月看着他结实的手臂上一道醒目的青筋，用手指隔空抚过。

林桁不知道衡月在做什么，但他的身体似乎能感受到衡月的视线，手臂不自觉握了下拳。

"姐姐……"他忽然叫了她一声，犹如祷告般的低语。

衡月被他这一声叫得心尖发颤："怎么了？"

第十四章　孤舟终停岸

他安静了许久，缓缓低下头，低声道："我……我有点想你。"

少年的声音从声筒清晰地传出来，他习惯压抑自己，一般不会说这些情话，忽然和她说"有点想你"，必然是想得难受了才会告诉她。

说了一句，第二句似乎也变得简单起来，他第一次在衡月工作时问她："你什么时候回来？"

他这话听起来乖得不像话，隐隐带着央求之意。衡月看着屏幕里少年的黑发，一颗心像泡进蜜罐子似的又胀又软，她回道："很快。"

林桁听了，只当她在安慰自己，但还是忍不住感到高兴。

可衡月并非在骗他，她的飞机中午落的地，她没有告诉林桁她已经回国，林桁眼下怕还以为她与他仍隔着一万多公里的遥远距离。

衡月走到家门口时，挂断了和林桁的视频电话，少年心思单纯，压根儿没想到衡月也会玩惊喜这一套。

她开锁进门时，林桁似乎没听见开门声，还在卧室里待着。衡月将手里的东西轻声放在桌上，横穿过客厅走向林桁的卧室。

她站在卧室门口，看见刚才视频中的人此刻就背对着她坐在椅子里。

衡月从后面看不见林桁的脸，只见少年挺直的肩背。他坐着也高出椅子一大截，一身骨头仿佛被烈火淬过，年轻的躯体有如葱郁青山般的活力。

椅子靠背下方是镂空的，衡月没出声，静静欣赏了片刻，伸出手隔空沿着他后背那道深凹的脊骨摸了下去。

林桁压根儿没想到心心念念的人正在门口看他，他盯着挂断的手机呆坐了一会儿。衡月悄声走到林桁身后，俯下身，双手突然穿过他的腰侧，偏头吻在了他的耳郭上："乖仔。"

少年一愣，猛地睁大了眼转头看向她："……姐姐。"

衡月的突然出现叫他惊喜得几乎失去思考的能力，他近乎本能地伸手用力抱住了她。

他一下子抱得太急,衡月不受控制地侧过身摔坐在他腿上。还没坐稳,林桁又将湿漉漉的脑袋搭在了她的颈窝上,似乎不想让她看见他此刻失态的模样。

他没问"你怎么突然回来了?"这种蠢话,只是紧紧拥住她,有些沙哑的声音从衡月身前闷出来:"……我好想你。"

不是"有点想",是"好想"。

衡月抚了抚他湿软的头发,双手从他的腰间穿过轻轻抱住他,安抚着他的情绪。

少年鲜少将感情流露于口,可情不能自已,一经分别,眼下所有思念都如遏制不住的厚重岩浆爆发而出,浓烈深沉,叫衡月心间滚烫。

衡月感觉到脖颈皮肤处的湿意,轻抚着搭在自己肩上的脑袋,若有所思道:"乖仔,你在哭吗?"

林桁沉默了两秒,回道:"……没有。"

有也说没有。

林桁的眼眶红得不像样,但也的确没哭出泪来,只湿润了几分。他不怎么会哭,自小吃惯了苦,心性磨得坚韧。除了在衡月面前,这些年也就家里两位老人离世时红过眼睛掉过泪。

从此不觉得有什么事迈不过去,但没想到如今在思念一事上栽了跟头。

衡月听他这么说,稍微放下心,因为她不怎么会安慰人。

顾川小时候常在她面前掉眼泪,她也只在一旁看着,别让人哭岔了气,等人号得没力气了再带出去吃顿饭就哄好了。

"会哭的孩子有糖吃"这条定律在衡月这儿不起作用。她缺乏常规的共情能力,偏喜欢林桁这种懂事早、自己忍着不讲的类型,他爹虽然不疼,但挺招她疼。

衡月的手指沿着林桁的耳根摸到他的后颈,他的肩颈线很漂亮,脖颈修长,肌肉薄而韧,浅浅一层覆在少年初成的骨架上,手贴上去就不想离开。

她耐心地安抚了会儿,察觉林桁情绪逐渐稳定下来,偏头用嘴唇在他的肩上碰了碰。

体温炙热,还有点汗。

她将手搭在少年的后脑勺,任他将脑袋往自己肩上靠。少年白皙的脖颈露于她的眼底,她看着那些许泛红的皮肤,觉得牙有点馋,也没忍着,偏头就咬了一口。

牙齿微微陷入皮肉,林桁"唔"了一声,没躲。

他抬起头来,目不转睛地看着衡月的侧脸,忽然低头用唇在她脸上轻轻碰了碰,并不深入,一下便分开了。

睫毛半掩,衡月瞧见他的眼眶有些红,还有点湿,像衡月在雪地里见到的九岁的他,可怜得惹人爱。

他亲完又将头埋了下去,脑袋继续沉甸甸地压在衡月肩上,潮热的呼吸喷洒在她颈间,她感觉自己像是被一只受挫的大型犬抱住了。

"我好想你……好想你……"

林桁不厌其烦地一句接一句唤她,声音很轻。衡月都一一应了,但她感觉他本意或许并不仅是这样,于是她像哄小孩似的拍了拍他的背,轻声叫了他的名字:"林桁。"

见他安静下来,她在他的头顶亲了一下,温柔道:"我也很想你。"

少年顿了一秒,而后用力抱紧了她,声音有些不易察觉的哑:"……嗯。"

一周不算久别,但也的确是重逢。对于林桁而言,这时间已经足够长,他闻到衡月身上熟悉的香水味,如同找到了归宿,用力地在她耳根处吸了一大口。

他这完全是不自觉的行为,闻完,见衡月好整以暇地看着他,又羞涩地避开了视线。

衡月笑着揉了揉他耳上那颗小痣:"好闻吗?"

235

林桁喉咙咽了下:"……嗯。"

衡月将手抚上他的侧脸,仔细地打量了他一会儿,认真得像是在检查:"我不在的时候,你有没有好好吃饭?"

她不问还好,一问林桁便蓦然皱起了眉,他不答反问:"你在国外是不是没有按时吃饭?"

衡月没想到他会这样问,她在家时,林桁一日三餐为她准备得丰盛,一时之间竟因自己在外面敷衍用餐而产生了点儿说不出的愧疚。

但她并没有表现出来,只问:"你怎么知道的?"

林桁不想说是从顾行舟的朋友圈得知的消息,胡乱道:"我算的。"

衡月立马顺势转移话题:"这么会算,那你算不算得到我接下来要做什么?"

说完不等他反应,衡月搂着他,仰头亲了他一下。

不知过了多久,窗外秋色渐隐入黑夜,街角灯光倏忽亮起,犹如一颗投入夜色的火星,以燎原之势迅速点亮了整座城市。

远方一簇璀璨如烟火的灯光闪过夜色,在这茫茫无边的城市角落,林桁紧紧拥着衡月,低声道:"那个……"

"嗯?"

"……我有没有说过我爱你?"

衡月有些没听清:"什么?"

林桁将脸埋在她的耳侧,去嗅她身上的香味,乖乖地又重复了一遍:"我说,我爱你。"

他的声音很轻,仿佛呢喃。衡月心尖颤动,又听他低哑地重复着:"我很爱你。"

没有寻常人诉说爱意时的急切,他只是在平静地告诉衡月,仿佛不需要她的回应。

他只要衡月在这里。

第十四章　孤舟终停岸

只要她在,他就会一直爱她。

夜幕四合,灯火壮阔,远方孤鸟归巢,离船停岸。
人间灿烂,我只爱你。

——正文完——

番外一

愧疚

番外一 愧疚

一年后。

林桁早上醒来的时候，怀里仍如昨夜睡下那般搂着衡月，大半张脸都埋在了她充满馨香的发间。

他侧躺在床上，衡月背对他而眠，他一只手环着衡月的腰，另一只手放在她颈下，几乎把她紧紧锁在了他怀中。

他抱得安心，但对于衡月而言，这姿势却不太舒服。

她脑袋只有一半沾了枕头，身体微蜷，眉心也蹙着。两人同床共枕的次数很少，衡月睡眠又浅，此刻她却毫无防备地依偎在林桁怀中。

林桁从衡月颈下小心翼翼地抽出手，他怔怔地看了会儿她散在床上的长发，又看了看自己被她枕出红印的手臂，抬起手臂轻轻嗅了嗅。

浅淡的香味蹿入鼻尖，他脸色一红，是她的香水味。

他面色羞红地慢慢撑坐了起来，一时间不知道此刻该做什么。昨日放纵的记忆逐渐回潮，林桁望着衡月呆坐了一会儿。

空调开得足，衡月畏冷怕热，肩头往下全裹进了被子里，浓黑的头发披散在枕头上，她安静地闭眼沉睡着，看起来有种别样的美感。

衡月的皮肤白嫩，任何一抹别的颜色沾染上去都仿佛掉进雪地里似的显眼。林桁还在注视着她，突然间，衡月动了动，转了个身，本能地寻着少年炙热的身躯贴了上去。

林桁眨了下眼睛，耳朵瞬间便红了，他抿了下唇，动作轻柔地替衡月掖紧了被子。

少年下了床，换好衣服，收拾起散了一地的衣裙，俯身在衡月额间轻柔地亲了一口，随后关上门悄声出去了。

林桁表达歉意的方式异常朴素,在衡月起床前的这段时间,他把家中里里外外都收拾了一遍,专心地扮起了田螺姑娘。

先是把能机洗的衣服扔进洗衣机,不能机洗的就一件件用手搓干净。

高大的少年沉默地立在洗手间的镜子前,正低着头揉洗手里的衣服。洗完衣服晾好,他又把除卧室外的所有房间做了一次彻底的大扫除,甚至连那扇宽大的落地窗都仔细擦了两遍。

做完清洁洗了个澡,少年又跑到厨房起火热锅,做了四菜一汤,他把饭菜温在锅里,之后就钻进卧室,守在床边等衡月起床。

像只知道自己做错了事,愧疚地等着主人起来责骂的小狗。

衡月从床上睁开眼时,墙上的钟已经过了十点。林桁这期间一直坐在床边,姿势都没怎么变过。

看见衡月醒了,他立马殷勤地凑上前去,把人扶着坐了起来,仿佛照顾一个卧床多年不能自理的病人,关怀得过于细心了。

衡月对林桁会守在床边并不意外,她看了他一眼,没说话,表情和平常一样淡然,但林桁心里就是不安地直打鼓。

衡月伸手捞过林桁提前备好的睡衣,动作缓慢地往身上套,但她刚抬起一只手,就皱着眉痛哼了声。

林桁见此立马道:"我来吧。"

他一早上没说过话,此刻一开口才发现自己的声音比平时更加沙哑。

衡月没拒绝,直接把衣服递给了他,心安理得地享受着他的服侍。

或许是因为从前照顾爷爷奶奶,林桁替人穿衣的手法异常熟练。

他面上一派认真的神色,实际心中却被愧疚之情塞得满满当当。衡月越是不说话,他心里越是忐忑。他窥探不出衡月情绪的好坏,内心简直焦急得着了火,但他习惯了闷着,压根儿不知道要怎么开口打破僵局。

衡月看着低着头安安静静地给她系扣子的林桁,忽然出声问:"在想什么?"

听见衡月的声音，林桁条件反射地抬起头，他一直在等她开口，然而此刻好不容易等到衡月同他说话，却又不知道怎么回她。

他嘴唇嗫嚅半晌，脸都憋红了。他既不想对衡月撒谎，却又不敢告诉衡月自己脑子里翻来覆去出现的那些画面。

只有闷着不出声。

他没说，但衡月看他面红耳热的模样，也猜了个大概。

她掀开被子，准备起床，下床时却重心不稳险些摔在地上，幸而被林桁结结实实地搂进了怀里。他洗过澡，身上传来一股沐浴液的淡香，一头黑色短发此刻还泛着些潮意，也没来得及吹干。

衡月搂住他的腰，把脸深埋进了他颈窝，静静感受他胸腔下的震动，嗅着他身上好闻的沐浴液香。

林桁不敢乱动，只好稍微用力地扶抱着她。

他的视线扫过衡月踩在冰冷地面的双脚，双手握着她的腰微微一提，让她踩在了自己的拖鞋上。他也不觉得重，身板站得笔直，让她靠得稳稳当当。

"地上凉。"他红着脸小声解释了一句。

衡月"唔"了一声，埋在颈窝的脑袋动了动。

林桁抿了下唇，语气有点哄着她的味道："饭已经做好了，是先吃饭还是先洗澡？"

"洗澡。"衡月道。

她昨天出了一身汗，身上黏糊得很。

但她说完却没动，双手仍搭在林桁腰上，没什么力气地靠着他。

她不动，林桁也不敢动，过了半分钟，他才听见衡月无奈的声音："抱我啊，乖仔……"

"嗯？啊……哦……"少年迟钝地反应过来，怔愣应了两声。

好呆。

衡月在心底道。

番外二

账本

番外二 账本

暑假期间，林桁闲着无事找了个兼职做，地点就在衡月公司附近的咖啡馆。

衡月本来打算让他进公司，但林桁拒绝了，他知道衡月刚从外婆的手中完全接过公司，怕对她影响不好。

兼职期间，他早上和衡月一起出门，晚上和衡月一起回家，工作闲下来就给衡月发微信。

发的大多是些琐事，譬如告诉衡月今天新学了个咖啡拉花的图案，譬如问衡月晚上想吃什么。

恨不能随时随刻都和衡月待在一块儿。

"林娇娇"娇得名副其实。

衡月忙起来可谓日理万机，林桁知道她事业为重，不盼她能回信息，但消息仍是一条接一条送到衡月手机上，也不嫌腻。

林桁兼职的咖啡馆对面有好几栋写字楼，其中两栋设计独特的高楼直入云霄，大楼腰间以一道黑色横桥相连，形如"H"，那就是衡月的公司。

寸土寸金的地界，衡月的公司还在周边围了一圈绿化休闲地，周围空空荡荡，两栋大楼尤为凸显，而这还只是在北州的总部。

对于朝九晚五的上班族而言，咖啡属于工作的必需品，衡月也不例外。

林桁没去过衡月的公司，他不知道衡月公司的各个部门都设有咖啡机，衡月也没告诉他。

每天中午一两点钟，员工休息的时间，衡月就优哉游哉从公司大门晃出来,到林桁兼职的咖啡店点杯咖啡坐下。这儿的咖啡不比她办公室里的咖啡香浓醇厚,但她仍是一日不落地前来。

因她喝咖啡只是顺便,主要是来看她的男朋友。

有一日衡月来得晚了,林桁眼巴巴地在店里等她,看见她的那一瞬间,欣喜的神情简直叫衡月产生了两分愧疚。

从此往后,她中午连外出的行程都很少安排。

衡月一般都是独自一人来这儿,也不久待,安安静静坐上半个小时就离开,偶尔也会和朋友一起。

这天和她同行的是一个穿着干练的短发女人,两人在离柜台不远不近的地方坐下。

她们坐着聊了会儿天,忽然间,短发女人屈指轻点了下桌面,朝柜台后替客人点餐的林桁歪了下头,小声问衡月:"那店员是不是你那继父留给你的小拖油瓶?"

衡月循着她的视线看去,"嗯"了一声。

短发女人了然地挑了下眉:"我就说他怎么一直往这边看,我先前见他长得像你家那小孩,还以为是我认错了人。"

衡月突然多出个拖油瓶的事她身边的朋友都知道,但没几个人清楚林桁和衡月的恋爱关系,短发女人也不知情。

女人打量了林桁几眼,好奇道:"不过,他看起来年纪很小啊,怎么这么早就在外边打工?你虐待他了?"

衡月不置可否,只道:"他看起来像被虐待过的样子?"

女人见林桁身形挺拔、面容干净,点了下头:"也是,要是我白捡个拖油瓶长成这样,的确是不太舍得欺负他。"

她打趣道:"再者你这个性格,如果要虐待谁,那这人恐怕得流落街头,捡个小破碗要饭了。"

衡月听她越说越没谱,解释道:"假期太长,他在家待着无聊,就找了点事做。"

番外二　账本

　　衡月没说林桁是因为她才在公司附近找的兼职,但短发女人却能猜到。

　　从家里跟到公司,啧啧……

　　短发女人看着林桁在柜台后忙碌的身影,端起咖啡喝了口,忍不住摇头感叹。

　　不说别的,就从她们进店坐下来的这几分钟,那男孩就忙里偷闲地往衡月这边望了不下十眼,警察盯嫌犯都没他有劲儿。

　　短发女人和衡月认识多年,知道她性子淡,忍不住问道:"突然蹦出个拖油瓶,养起来麻烦吗?"

　　衡月将视线从林桁身上收回来,反问道:"你家里不也养了只杜宾犬?你觉得麻烦?"

　　女人不赞同衡月的话,反驳道:"我儿子可比人乖,不吵不叫,晚上往床尾一趴,还能驱鬼。"

　　衡月勾了下嘴角,没同她争。

　　短发女人问道:"你把他当宠物养,也不怕他生气?这个年纪的男生自尊心可比一般人要强。"

　　她想起什么,皱眉"啧"了一声,心烦道:"我那小我十岁的表弟上次和家里吵了一架,离家出走了二十多天,差点一个人跑到国外去。后来报了警才把人找回来,现在他爸妈要把人送到我这儿来让我帮忙管,推都推不掉……"

　　下午一点多钟,咖啡店里正是清闲安静的时候,舒缓的音乐从唱片机流淌而出,衡月和朋友有一搭没一搭地聊着天,林桁那边将两个人的对话听了个七七八八。

　　中午客人少,柜台后就只有两个人,一个是林桁,还有一个戴着黑框眼镜的男生,也是假期出来攒零花钱的。

　　做完最后一单,两人简单收拾了一下桌面,站在柜台后心安理得地偷闲。

戴黑框眼镜的男生双手搁在柜子上，歪在一旁，他听见衡月和短发女人的对话，语气艳羡地小声道："我也想认识有钱的漂亮姐姐。"

林桁没说话，拿起手边的焦糖玛奇朵喝了口。

黑框眼镜听话没听全，不知道衡月和短发女人口中被当作宠物养的小拖油瓶正是他身边默不作声的同事。

他听见林桁喝咖啡的声音，转过头，露出一副愤世嫉俗的表情："你指定是个富二代，一杯咖啡一两个小时的工资，你也舍得就这么祸祸没了。"

林桁看着手机，含糊地"嗯"了一声，没告诉他这是衡月刚才帮他点的，怕刺激他。

林桁不太喝得惯黑咖啡，他口味清淡，衡月就给他点了杯甜的。

黑框眼镜神色迷离地看着衡月和短发女人，不知道在幻想些什么。

忽然，他看见衡月若有所思地拿起手机，对着手机发了条语音："乖仔，姐姐把你当宠物养，你会生气吗？"

那边手机还没放下，黑框眼镜就听见林桁围裙兜里的手机振了两下，林桁掏出手机点开微信，语音自动播放，黑框眼镜便听见才听过的话又在他耳边近距离地重复了一遍。

黑框眼镜登时露出一副被雷劈了的表情，他瞠目结舌地看着林桁，忽然就反应过来为什么衡月每天都到咖啡馆里坐上一段时间，又为什么指定他的同事每天做一杯咖啡。

他眯起眼睛面色不善地盯着林桁，一副"你背叛了组织"的表情。

嫉妒使人面目扭曲，他咬牙切齿道："好你个林桁，看起来安分朴实，没想到竟然是敌军的卧底。"

林桁"咳"了一声，欲盖弥彰地背着黑框眼镜转过了身。

他脸上一贯没什么表情，但耳根却在这冷气十足的空调房里升温充血。

他没发语音，打字回了衡月：没有，不生气。

番外二　账本

没生气的林桁回去就干了件让衡月动真火的事，不算什么大事，甚至单独拎出来看十分平常，但这事坏就坏在被衡月知道了。

起因是林桁在一个笔记本上记下了一笔账。

那是一个足有两厘米厚的硬纸壳笔记本，是文具店最常见的类型，价格实惠且足够厚。

林桁已经在本子里密密麻麻写满了半本的账。

他记账的时候似乎没想让衡月知道，起码这事他做得并不明目张胆，因为这天晚上他是在衡月去洗澡的时候掏出的本子。

衡月在客厅浴室洗的澡，她忘记拿衣服，从浴室出来时看见林桁在房间里写什么东西，走过去正好就撞见了。

她光脚踩在大理石地面上，走路没什么声音，林桁背对卧室门坐在书桌前，并没有发现她进了房间，直到衡月出声他才从本子里抬起头。

"在做什么？"衡月问。

衡月一边说一边向林桁走过去，林桁愣了一瞬，转过头看向她，下意识合上本子。

林桁单手摁在本子上，这是一个有些防备的姿势，他从没什么事瞒着她，衡月见此，实在感到有些意外。

她问道："不能看吗？"

林桁闻言又怔了一瞬，还是摇头："没，能看。"

说着，又把手从本子上拿开了。

林桁在衡月面前太过诚实，用"老实巴交"四个字来形容也不为过。他没有拒绝衡月，哪怕他知道如果他拒绝的话衡月依旧会尊重他的隐私。

但是他不想让衡月觉得自己有事瞒着她，于是林桁就有些忐忑又有些紧张地把本子交了出去。

笔记本表面干干净净，什么也没写，连个名字都没有。

衡月接过本子，在她翻开之前，她猜想这本子或许是林桁写的日记之类,再或者是一些专属少年人愁情烦绪的诗词。但她唯独没想到本子里居然记的是账。

一行一笔账,一页一页写得密密麻麻,每一笔都记得清清楚楚。

这些账目大多数都有名头,衣服、电脑、微信转账,还有些就只有一串孤零零的数字。

衡月看到的第一眼以为林桁只是单纯地在记账,他以前生活困苦,有精打细算记录开支的习惯并不奇怪。

但很快衡月就发现不对劲,因为这上面的账没有支出、收入之分,更像是现金礼单或者一笔笔记录详细的欠款。

她看了几页,发现每周林桁都会统计出账目总和。

衡月每月要过上百亿的账目,如果她看不出这是本什么账,那她可以立马从董事长的位子上退下来了。

衡月的表情像结霜似的冷下来,她翻到本子第一页,看见第一笔账记在去年的四月二十三号。

四月二十三号,是她去安宁村接林桁那天。

这一天一共记了两笔账:一笔是车费,一笔是机票。

车费287.2,机票4500,有零有整,写得一清二楚。

这上面的数字全是她给林桁花的钱,甚至连她买给他的东西他都折算后记了下来,并且只多不少。

衡月垂眸看向坐在椅子里的林桁,她卸去妆容后的眉眼少了浓烈的媚色,多了几分浅淡的冷清,然而此刻这表情落在林桁眼里,和刮过他骨头的刀没什么区别。

衡月从来没用这种表情看过他。

林桁开始慌张起来,甚至在反省自己是否不该把这账本给她看。

衡月随手指着本子里的一笔账问他:"你记这个是想做什么?打算以后把钱还我?"

她说这话的时候脸上没有任何表情,她的语气冷淡,神色也淡,不带任何情绪。林桁几乎马上就意识到衡月在生气。

而且气得不轻。

他握了下手里的黑色水性笔,对于衡月突然变得冷淡的态度,他不知道要如何应对,更不知道要如何回答,因为他最开始记账的目的的确是打算以后把钱还给她。

可这个回答无疑会火上浇油。

衡月从来没和林桁生过气,甚至没和他说过一句重话,即便此刻怒火中烧,她也秉持着良好的教养而未表露丝毫。

可就是这清水似的平淡表情,让林桁惴惴不安。

他不懂什么叫作委婉,他行事带着点老干部的作风,寡言守旧,十分实诚,连此刻随便说句漂亮话先把事情圆过去都不会。

见林桁不回答,衡月也没有执意要问出个答案,她放下本子,没再说什么,直接离开了林桁的卧室。

第二天,衡月没去咖啡馆。

林桁晚上到家时,衡月还没回来。

玄关灯自动亮起,微弱的灯光从他头顶笼罩下来,斜照在灰色的大理石地面上,家里被林桁收拾得太过干净,以至于此刻看起来竟冰冷得没有人气。

"主人,欢迎回家。"

温柔的电子合成音自动响起,那是衡月一时兴起买的智能小家具,胖嘟嘟的黑白熊猫造型,和林桁手掌差不多大,就搁在玄关处的柜子上。

林桁低着头换鞋,听见AI(人工智能)的声音后竟也"嗯"了一声回答它,仿佛将它当成有生命的生物,纯朴得有些傻气。

而后他又低声问熊猫:"姐姐回来了吗?"

AI自然没有回答他。

昏黄的灯光落在少年头顶的发旋上,他将自己的鞋收入柜子,又将衡月的拖鞋从鞋柜里拿出来整齐地摆在门口。

他站起来，柔光拂过他干净的脸庞和微微抿起的嘴角，却遮不住那失落的模样。

他已经一天没有见到衡月。

衡月早上走得格外早，中午也没去咖啡馆，甚至林桁发给她的消息她也没回。

少年恍恍惚惚熬过一天，此刻回到家中，才猛然从煎熬的空虚中体味到一丝苦涩的真实。

林桁垂着眼，木头似的在原地站了一会儿，他掏出手机想给衡月打个电话，但最后又放弃了。

林桁回到家先做了饭，如平时一般做了丰盛的四菜一汤。忙完后，他就坐在靠近门的沙发上等衡月回来。

他没等多久，十多分钟后，玄关就传来了开门的动静。

林桁支起耳朵，立马站起身迎了过去。

大门轻轻合上，衡月进门，看见玄关处摆得整齐的拖鞋，半秒后，抬起眼看向朝她走过来的林桁。

"怎么不开灯？"衡月看了眼昏暗的客厅，问他。

林桁顿了一秒，抬手把客厅天花板四周柔和的射灯全打开了。

开了灯后他也不说话，就这么站在衡月面前看着她，没有贸然靠近，又不舍得站太远，如两人初见时般拘谨。结结实实的一道人墙将衡月堵在玄关，仿佛两个人已是许久未见。

"有事吗？"衡月语气平淡。

林桁垂眸看着她，低声忐忑道："我已经把账本……"

他本打算说"扔了"，但衡月听见"账本"两个字，却出声打断了他。

"哦对，账本，"她倚在墙上，问他，"林桁，你知道民间借贷的最高利息是多少吗？"

林桁没跟上她思考的节奏，想了想，说："好像是十几个百分点。"

"十五。"衡月道。

她抬眸看着他,摆出面对下属时的浅淡神色:"你既然想还钱,不如就按这个利息来。"

她说完站直身,越过林桁往卧室去,像是不打算和他待在一处。

"记吧,既然算得那样清楚,那就一笔一笔记仔细些。"

她看似平静,实则每一句话都带着气,铁了心要林桁也尝尝被疏离的滋味,不然他怕是不知道自己究竟错在哪儿。

少年嘴唇嗫嚅,最终却只是沉默下来,他不知道怎么面对气头上的衡月。当衡月刻意表露冷漠的假面时,他简直一点办法都没有。

他小心翼翼地拉住衡月的手,声音有点哑,挽留道:"你饿吗?我做了饭。"

他能闻到衡月身上淡淡的酒味,很明显她已经在外边用过餐。

衡月看了他几秒,神色微动,但她最后却只是将手抽了回来,道:"你自己吃吧,家务事以后就不用做了,免得纠缠在一起算不清。"

说罢,她径直回卧室关上了门。

"砰"的一声过后,空荡荡的客厅又只剩林桁一个人。

片刻后,林桁走进厨房,将温着的饭菜端了出来,他安静地扒了两大口,腮帮子鼓动几下,喉结一滚,食不甘味地咽下去,又慢慢放下了碗。

少年弓起脊背,低头看着桌面,突然,他抬起手捂住了眼睛。

没有听见哭的声音,但眼睛却是红了。

林桁浑浑噩噩熬了两天,打算回趟老家。

晚上他敲开衡月的门,跟她提起这事的时候,衡月从电脑前抬起头,目不转睛地盯着他看了好一会儿。

那表情仿佛林桁这一去就不回来了。

两人这两日都没怎么好好说过话,林桁这个时候突然提出要回去,不怪衡月会多想。

甚至有一刹那她在反思自己是不是做得太过了。

林桁站在衡月卧室门口，见她盯着自己不说话，以为衡月不同意。

他正欲说什么，衡月却放下电脑，不容拒绝道："我和你一起回去。"

林桁短短两日在衡月这儿吃了几次闭门羹，此刻听见衡月要和他一起回安宁村，他有些诧异又意外地看着她。

衡月见林桁看着自己不说话，蹙了下眉："怎么了？不想我和你一起去吗？"

林桁迅速地摇了下头："不是，没有。"

他解释道："只是我一天就回来了。"

衡月"哦"了一声，并没有因此改变主意。她一边拿起手机拨通助手的电话，一边问林桁："你准备什么时候出发？我安排一下时间，机票买了吗？要不要收拾东西？"

衡月几个问题砸下来，过了半天也没听见回答，她抬头一看，见林桁神色怔忡地看着她。

"怎么了？"她捂住接通的手机听筒，不明所以道。

"没什么，"林桁握紧了门把手，将本来安排在两天后的计划不知不觉地往前推，试探地问道，"明天可以吗？"

那语气，大有衡月不同意他立马就改口换一天的意思。

衡月点了下头，也没问电话那边正紧急查她行程的助理，一口答应下来："可以。"

两人商量过出发时间，林桁从衡月房间退了出来。

他站在她卧室门口，良久，忍不住地偷偷勾了下嘴角。

姐姐并不是不理他了。

林桁回老家是打算给爷爷奶奶挂山。越是偏远的村子风俗越多，在安宁村，有"三年不挂山，孤魂野鬼满地跑"的说法。

说的是祖辈死后前三年,如果没有亲人去祭拜,死去的人就会变成山野林间的孤魂野鬼,投不了胎,也无处落脚,徒留在世上遭罪。

林桁不信鬼神,但有时做某些事谈不上信仰,只是想或不想。

第二日,衡月和林桁下了飞机,乘车从机场往安宁村。途中车子在镇上停了片刻,林桁买了些祭奠用的黄纸香烛。

两人抵达安宁村的时候,是下午四点多,太阳尚且没有西落的意思,阳光依旧烈得刺眼。

安宁村和林桁去年离开时相差无几,唯一不同的是从马路到林桁家门口的这段泥泞土路铺上了水泥混凝土,原本狭窄难行的小路如今已经修得平坦宽阔。

下车后,两人只走了两分钟就到了林桁家的小瓦房,比起上次来方便不少。

林桁从口袋里掏出一把磨损得发白的钥匙,他开门的空当,衡月撑着伞看向了右侧的一间窄小房屋,她依稀记得那是林桁家的柴房。

她上次来的时候,屋檐下垒着好几捆干柴,而如今那里却空空荡荡。

房屋四周的田地里仍如之前一般种着农作物,衡月认不得是什么,只见绿油油一片还未成熟。

林桁推开门,回头见衡月望着田里爬藤的四季豆,他道:"我把这块地给李叔种了。"

衡月回头,问道:"李叔是谁?"

"村主任,"林桁说,"就是上次接你的那个中年人。"

衡月点了下头。

林桁一时间仿佛打开了话匣子,他手遥指向几十米远一块收割后的金黄稻田:"那块地借给王姨家了,之前奶奶去世的时候,她帮了很多忙。"

林桁没细说王姨是谁,因为谈话的内容并不重要,他只是单纯地想找个由头和衡月说话。

衡月微微抬首示意林桁看向檐下:"那里的木柴呢,也借给别人了?"

林桁慢一拍看过去,这才迟钝地发现堆在柴屋门口的干柴不见了,他皱眉道:"应该是被人拿走了。"

小村小乡,顺手偷盗的人不多见,但每个村子里总会有那么一两个。对他这种好久没回来的人来说,没把他家的锁给撬开就算不错了。

进了屋,林桁打来清水,将屋里的方桌板凳麻利地擦了两遍。待衡月坐下,他又从背回来的包里掏出了一瓶驱蚊喷雾。

衡月说要同他一起回来时他欢喜得不行,此刻看见她被高跟鞋带磨红的脚腕,突然又有些后悔。

他习惯了这里的生活,离开再远再久,回到这里也能适应,但他不舍得衡月待在这儿受一天的苦。

她身体娇气,才从车上下来一会儿,额头就起了层薄汗。

林桁蹲在衡月面前,往她纤细的脚腕上喷了一圈驱蚊喷雾,轻轻用手揉开。

他一只手轻松圈住她细白的脚腕,粗糙的掌纹擦过她柔嫩的皮肤,指腹在她踝骨上轻轻抚过,林桁喉结微滚,心猿意马地看着她腿边飘动的裙摆。

这一幕仿佛时空重叠,林桁单膝跪在衡月面前,心头突然涌起一股无法言说的感受。

他犹记得从前她突然出现在这里时,那时他连正眼看她都不敢。

林桁心思微动,忽然伸手圈握住了衡月的脚腕,他抬起头,望着她透着抹淡绿的双眼。

少年动作大胆,语气却踌躇不定,他小声问她:"……你还在生我的气吗?"

林桁鲜少会将自己的情绪摆在明面上,眼下这简简单单的一句话,怕是在心里憋了好多天才终于寻到机会问出口。

衡月垂眸望着他，淡绿色的眼珠微微动了动，目光扫过他轻抿着的淡粉色的唇瓣，片刻后温声道了句："我气性很长。"

虽是这么说，可语气听起来却不像是还在生气。

但林桁没能听出来，他只能简单辨出衡月这句话明面上的意思——她还在生气。

他轻抿了下被炎夏的热气烘得干燥的嘴唇，迟疑着询问道："那等我看完爷爷奶奶回来，姐姐你的气会比现在短上一点吗？"

这话问得毫无道理，但衡月却微微颔首，给了他一个他期望的答复："会。"

林桁眨了下乌黑的眼睛，随后猛一下站了起来，快速道："那我现在就去。"

他提起装着祭奠用的东西的红色塑料袋，立马就要往外走，仿佛只要早一秒动身衡月的气便能再消一分。

衡月也跟着他站起来，她还没见过农村祭奠逝者的场面。她母亲和林青南都葬在公墓，城里不允许使用明火，扫墓时衡月通常只摆上两束鲜花，等下一次去祭拜时再将枯萎的花束换下来。

而林桁的袋子里装着香蜡和黄纸，种类繁多，仿佛要去寺庙求佛拜神。

她打算和林桁一起去，但林桁却拒绝了她，他将衡月轻摁回板凳上，道："就在屋后不远的地方，我顶多半个小时就回来。"

林桁少见地展露出些许强硬的姿态，他屈指擦去衡月颈上一滴不起眼的细小汗珠，皱眉道："天太热了，路也不好走。"

非要让自己喜欢的人见辞世的亲人，这般大男子主义并不是林桁的作风，祭拜爷爷奶奶是他的事，除此之外，衡月舒心不舒心才是他关心的问题。

衡月闻言，瞧了眼外面明晃晃的日头，没再坚持。

林桁离开后，便只剩衡月独自一人待在他自小生活的地方。

她看着四周斑驳的石墙，岁月无声地在桌椅上留下的痕迹，心中有种很奇妙的感觉，仿佛透过时空看见了幼时的林桁是怎么在屋子里奔来跑去的。

家里许久没住人，很多地方已经积了灰尘，衡月仔细地打量了一圈，抬头看见墙上挂着的林桁爷爷奶奶的黑白遗像，脑海里突然回忆起了一件事。

那是刚把林桁接到北州时的事了。她接回林桁后，捐了笔钱给村子里修路。这事她交由手下的助理去办，自己并没有出头，但村主任不知怎么得到了消息，专门打电话向她道谢。

衡月大大小小做过的慈善没有上百件也有几十件，以公司名义的有，以她自己名义的也不少，她实在疲于应酬。

但鉴于村主任曾经帮过林桁许多，她耐着性子公事公办地应了几句，挂断电话前，顺便问了村主任一些关于林桁的问题。

"林桁爷爷奶奶病重的那几年，林桁过得好吗？"

村主任没想到衡月会突然问起这个，手机那头安静了片刻，村主任叹息着回了三个字："不太好。"

上了年纪的人说话大都委婉，习惯留一线余地。

不太好，想来是一点都不好。

苦难多磨，林桁年纪轻轻就养成了这么一副沉闷的性子，很大一部分原因都来自他过得太苦。

林桁的爷爷奶奶老来得子，林青南出生后受尽溺爱，最终养成了个没有责任担当的窝囊废。

两位老人许是从中得到教训，等到林桁出生后，管林桁管得十分严格。

大半辈子都只仰赖黄土维生的老人肚子里没多少学问，和大多数农民相同，信奉棍棒底下出人才。

番外二　账本

因此林桁小的时候挨了不少打，只要他稍有走歪路的迹象，就会结结实实挨上一顿揍。

但不知是林桁生来根骨不屈还是他爷爷奶奶的棍棒起了作用，林桁竟真的长成了这十里八村心气儿最正的一个。

他十几岁开始便一边照顾爷爷奶奶一边读书，每日徒步往返于学校和家里，中午还得回家给老人做饭，一天要走上十几里路。

试问有几个像他这么大的孩子能做到？

村主任告诉衡月，两位老人年轻时下地太劳累，伤了身体。最后那几年病得没办法，林桁把他们节省多年给他攒的大学学费都从犄角旮旯翻了出来，看病吃药办丧事。忙活一辈子，钱全成了实实在在的棺材本。

但就是这样，钱还是不够，不够就只能借，可村里人看他一个穷孩子，又有谁愿意借给他？

借不到就只好变卖家里的东西，能卖的都卖了，所以才有了衡月去接他时目睹到的家徒四壁的清贫样。

村主任在电话那头讲得唏嘘不已，衡月坐在办公室里，看着桌上摊开的文件，半天没签下去字。

村主任说，林桁爷爷下葬的时候，十六岁的林桁在前面抬着棺，像抬他奶奶时那样，脊背挺直，不哭不号。

等到盖棺那一步的时候，老人脸上盖着的白布一掀，林桁突然就红了眼睛。

人站在墓坑里，背过脸去，忍着泪，不敢叫泪水落到去了的人身上。

任谁看了都忍不住叹一声造孽……

衡月从墙上的遗像收回目光，慢慢站了起来。

她望了一眼天外西沉的夕阳，起身掩上门，循着林桁先前走过的路朝着屋后去了。

连排的几间瓦房后挖出了一道排水沟，昏暗幽绿，长满了湿滑的青苔。

衡月跨过水沟，沿着小路走了没两分钟，就看见了弯下腰在一块宽阔荒芜的田地里忙活的林桁。

田地里生满了齐腿高的杂草，从半米高的田坎下去，有一条人为开辟出的小道，越过这块田，就是两位老人的栖息之地。

两个并排的高耸土包，半身以水泥封砌，立着两块浇筑的水泥碑。

近一年的时间无人祭拜，墓边的草木长势惊人，几乎要盖过坟头。

墓前香烛长燃，林桁已经祭拜完。衡月到时，他正弓着背在除着坟墓旁的那块地里枯绿交错的杂草。

他没把草拔出来，而是将其根茎折断，像编辫子似的一茬压一茬，收拾出几平米后，再用树枝或石头压住。

土里埋着根，这样来年草木便不会如今年这般疯长，两位老人若是有灵，也能将这生活了一辈子的地方看得清楚些。

林桁已经忙活得差不多，他似乎有所感应，站起身朝衡月的方向看了过来。

他眼尖，一眼便看见穿着复古的天青色长裙静静立在田坎上的靓丽身影。

衡月穿着高跟鞋，没下地里来，也没出声，就远远地看着田里的少年。晚间的风撩起她耳边几缕慵懒的长发，脚间裙摆舞动，霞光温柔地照落在她精致的眉眼上，明媚夺目，像碎金箔似的耀眼。

林桁没想到衡月会来找他，他愣了一秒，随后大步朝她走了过来。

自然的乡野没有密集入云的高楼，微一抬眼就能望尽重峦叠嶂，高阔长天。

瑰丽的云霞铺在天际远处，衡月微微垂着眼，目不转睛地看着朝她走来的身影。

林桁衣服上沾着草屑，全身几乎都汗湿了。他没离得很近，隔着半米的距离停在了衡月跟前。

他站在田坎下，仰着脸看她，眼珠发亮，似乎很高兴她出来找他：

番外二　账本

"你怎么来了？"

衡月的语气像是在和小孩子聊天，她说："你很久没回，出来看看你是不是走丢了。"

说是很久，其实也才半个小时不到。

此刻的林桁和平时有些不同，他侧对着半斜的夕阳，汗水从少年密长的睫毛润入眼睑，他不太舒服地眨了眨，撩起衣摆胡乱在脸上擦了几下。

少年精瘦的腰身和胸膛露出来，衡月垂眼向下看去，紧实的腹肌随着他的喘息微微起伏，汗津津冒着热气，彰显出一种难得的野性。

仿佛家养的狼犬回归原野，再次见到饲主时，披着一身血露出了温顺的姿态。

长风落日的田野间，些许燥热的微风从远处吹来，少年汗热的气息混着过于浓烈的麦香气齐齐涌向衡月。

衡月摘去挂在林桁发上的干枯草屑，手指顺着少年柔软的短发滑下来，落在他被太阳晒得发热的耳朵尖上。

多年前的惊鸿一面让衡月成了少年心底不为人知的一束光，这束光照耀着他无畏地走向远方，而今又回到他生长的故里。

幸福与不安交织紧缠，他急需一些刺激提醒他历经的真实。

少年走到她面前，张开双臂拥住了她。

晚霞隐入山峦，天色完全暗了下去。

他低头吻了她一下，在一片静谧的安稳中，他依旧纠结地询问着："姐姐，你是不是不生我的气了？"

番外三

命中注定

番外三　命中注定

衡月二十多岁时远在国外，一日接到她母亲的电话，忽然得知自己多了一个弟弟。

她以为是她母亲高龄有孕，没想到等她回国后却发现，那本该待在她母亲肚子里的胚胎弟弟是个十几岁的少年，模样板正清瘦，已经在读高中。

彼时，她母亲和谈了四年的男人刚领完结婚证，两人商议后，对方便拖家带口来了北州。

一个半大儿子，和一对年迈多病的父母。

衡月对她母亲的恋爱对象并无看法，只是没想到对方还有个儿子，毕竟她从没听她母亲提起过对方的家庭情况。

是以当衡月第一次见到林桁时，她表现得有些诧异。

几人坐在沙发上，林青南的父母和善地对衡月笑了笑，用半生不熟的普通话夸了几句："盘正条顺，长得好乖生哦。"

衡月听不太懂，礼貌地对两位老人点了下头，林青南充当起翻译官："夸你长得好看的意思。"

两家第一次聚在一起，几人闲谈了几句，唯独林桁一直闷着没开过口。

林青南注意到他的沉默，偏过头低声道："傻小子，叫人啊。"

衡月和林桁相对而坐，林桁闻言缓缓抬眸看向衡月。四目相对，有那么一瞬，少年像是被她的双眼摄住心魂，目光短暂地停滞了一霎，但很快他又慌忙垂下了眼。

众人的视线投落在他身上，他奶奶用方言同他说了两句什么。良久，才见他张口缓缓唤了句:"姐姐。"

他声线清亮,语气却很低,第二个字的音发得轻,单单纯纯的"姐姐"两个字,愣是被他叫出了股不明不白的味道。

任谁一听,便知道他俩并非亲生。

因工作原因,衡英玉常带着林青南全球各地飞,一年几乎有一半时间都在国外。

考虑到林桁上学远近的问题,林桁和他爷爷奶奶不与衡英玉他们住在一起。

而二十多岁的衡月自然也不与他们同住。

他们一家六口住在了三个地方,不过,林桁的住处倒和衡月的住处相近,同一小区,同一栋楼,上下层。

衡月晚上从公司回家,一月里会撞见林桁三四回。

林桁性子内敛至极,每次遇见她也不叫一声,只垂着眼睫,冲她轻轻点下头就算打过招呼,然后就站在角落里,离她远远的,等着出电梯。

衡月不知道他是不想和她这个半路杀出来的姐姐说话,还是本来话就少。

直到有次回家,她听见林桁和朋友在通电话。

电梯门即将关上,衡月还有三四步的距离,她不爱跑跳,拎着包不疾不徐地往电梯的方向走。

电梯里的林桁看见衡月走近的身影,抬手在电梯门上挡了一下。

衡月挑了下眉,步子仍是迈得不慌不忙,而后她看见林桁又抬手替她挡了下即将关闭的电梯门。

衡月进了电梯,站在林桁右后方。

少年背着书包,站得笔直,微低着头,专注地听着手机那头的声音,嘴里时不时发出"嗯""好""没"几个字。

语句简短,语气更是静如死水,也不知道手机对面的人怎么和他聊得下去,看来本来就是根闷木头。

已经晚上九点多,电梯里只有他们两个人,衡月听他干巴巴聊了几句,没忍住笑了一声。

她当晚喝了些酒,连楼层也忘记按。林桁听见她的笑声,像是有些不自在,三言两语就挂断了电话。

电梯缓缓上行,林桁没和衡月说什么话,也没和她打招呼,只抬手替她按下了楼层。

衡月看着他沉默的后脑勺,许是酒精作祟,突然起了逗人的心思。

高跟鞋尖轻轻踢上少年的球鞋,林桁低头看了一眼,目光扫过她洁白纤细的脚踝,很快又眨着眼睛挪开了视线,全身上下都透着股不自在。

他转过头,看见衡月歪着头靠在电梯里,一双漂亮的眼睛直直望着他,问道:"林桁,为什么你每次见了我,都不叫声姐姐?"

林桁听见这话,睫毛倏尔颤了几下,那模样有些不知所措的意味,像是对她这么说感到很意外。

衡月大概能猜到他的想法,毕竟他父亲属于高攀,他这种前妻生下的孩子,很少招重组家庭里没有血缘关系的兄弟姐妹喜欢。

所以每次林桁见了她都不言不语,极力降低自己的存在感,像是怕说多错多,惹她生厌。

可衡月不觉得自己表现出过对他的不满。

她也并非不喜欢他。

少年长得高,看衡月时还稍稍低着头,偏偏过于青涩,气势上足足矮了一大截。

衡月又轻轻踢了他的球鞋一下:"嗯?你父亲跟我说你很乖,很听大人的话。"

这话是衡月诓他的,林青南从来没说过他乖,只告诉她林桁性格有点闷,但心眼不坏,是个好孩子。

林桁耳根子有点发红,他张了张嘴,很轻地叫了一声:"姐姐。"

衡月挑了下眉。

猜对了，是很乖。

电梯门打开，衡月越过他走出去时，往他书包侧面塞了个丝绒盒。

"见面礼。"衡月道，"上次我回来得匆忙，没有准备，今天给你补上。"

衡月我行我素惯了，说罢不等林桁反应，直接出了电梯。

少年愣愣看着她离开的身影，掏出盒子，打开一看，里面嵌着块星空表盘的手表，星河璀璨，一看便知价值不菲。

林桁抬起头，从徐徐关上的电梯门缝望出去，看见了一抹飘逸浓烈的红色衣裙。

从那以后，两人的关系似乎有所改善。

至少林桁在电梯里遇见衡月，不会再一言不发，而是会红着耳朵乖乖叫声姐姐，但看起来又像是被她欺负过。

林桁高考完，林青南打算带着两位老人和林桁一起去巴厘岛旅游。

不知道什么原因，林桁没去，他只说成绩出来前没心思玩。

但这话怎么听都像是借口。

某日下午，衡月回家遇见林桁下楼扔垃圾，他没穿家居服，而是穿着卫衣运动裤。

近来，准确地说是自他高中毕业后，衡月经常在这儿偶遇他，一周里能有三四回。每次不是碰见他扔垃圾就是买菜回家，巧合得有些异常。

衡月看见他腕上戴着她送的那块手表，他手指修长，骨节匀称，是一只漂亮而饱含力量的手，戴表倒是很好看。

林桁还是没什么话，两人站在一起等电梯，忽然间衡月动动鼻子，往他那边靠近了些。

"糖醋？"她抬眸看向林桁，仿佛嗅到腥味的猫，"你吃了什么？糖醋肉还是糖醋排骨？"

衡月比林桁矮上一些，两人站得又近，侧身抬头看他时，透着抹绿色的眼睛媚得仿佛带着钩子。

林桁低头看了她一眼，像是有些禁不住她这般直勾勾的眼神，又收回了视线。

"还没吃，"他一板一眼地解释，"做了糖醋鱼和糖醋排骨，应该是身上染上了味道。"

他说着，垂在身侧的手悄悄握紧了些。

衡月喜欢吃糖醋味的东西，问他："你做得多吗？"

林桁很快点头："嗯。"

衡月又问："那我能去你家吃饭吗？"

林桁握紧的手松开，他仍是点头："嗯。"

怎么瞧，都有几分按捺不住的欣喜。

衡月忽然想起一周前顾川发给她的消息：姐，你知道林桁的爱好是什么吗？

他一句话问得不明不白。

衡月回问：什么爱好？

顾川：毕业做班级纪念册，问每个人的爱好和未来的愿望是什么，林桁爱好那一栏写的是——坐电梯。

顾川颇有些恨铁不成钢：平时看着挺聪明，但有时候总觉得他脑子有点问题，你要不带他去医院照个脑部CT？

少年人喜欢一个人如同火山喷发不可掩饰。即便林桁已经竭力在衡月面前表现得自然平静，但在她眼底，一切仍清晰得一览无余。

太明显了。

明显到她想不注意到都难。

但她不加干预，肆意放任，她想看看这坚韧如野草的少年情意究竟能疯长到怎样的地步。

是昙花一现，还是恒久不变？

中秋节，学校放假，衡月开车去林桁学校接他回家吃饭。

学校离衡月公司不远，开车三十分钟就到。

车停在校门外，衡月正准备给林桁打电话，就看见他从学校里出来，身边还跟着一个年轻漂亮的女生。

两人正专注地聊着什么，林桁认真地在听她说话，那女生脸有些红，说话时目不转睛地看着林桁的侧脸，爱慕的小心思一览无余。

大学里谈恋爱再正常不过，以林桁的身高样貌，能等到大二才开始交女朋友，算稀罕事。

衡月按了下喇叭，林桁抬眼看过来，认出是衡月的车，冲她招了下手。

衡月本以为林桁会带着那名女生过来打个招呼，但没想到两个人就此告别，分开了走。

林桁几步跑近，开门上了车。衡月透过车窗看了眼那女生远去的背影，问他："女朋友？"

林桁愣愣地"嗯？"了声，一时没明白衡月指的是什么，他顺着她的视线看去，反应过来后，立马否认道："不是！"

意识到自己情绪过激，他又解释了一遍："不是女朋友，和我同组做实验的同学。"

他放低了声音，再次道："我没有女朋友。"

衡月只是轻飘飘问了一句，林桁却恨不得把从小到大的清白感情经历都摊开在她面前。

衡月也不知信没信，她发动车辆，问他："那为什么不谈？"

林桁轻轻抿了下唇，好半响，他才回道："我有喜欢的人了。"

他语气本就沉，认真说话时听起来总是很郑重。

车子停在红绿灯前，衡月转过头静静看向他，那眼神透彻，仿佛将他的灵魂都看穿了。

林桁不由自主地坐直了身体，他睫毛颤动，紧张地回望着她。

窗外车流拥挤，鸣笛喧嚣，衡月看着他僵硬的坐姿和迅速变红的耳根，明知故问道："是喜欢别人还是喜欢姐姐？"

她抬起手，在少年讶异的视线中柔声问他："要和姐姐谈恋爱吗？"

在少年一声低沉轻颤的回应中，衡月从床上睁开了眼。

身边，已经是北州大学教授的林桁忙放下手里的文献，低下头问她："姐姐，怎么了？做噩梦了吗？"

结婚多年，还喜欢叫妻子"姐姐"的人，除了林桁也没有谁了。

他说着伸手摸了摸衡月的额头，没汗，只有些熟睡后醒来的体热。

衡月抱着他的腰，闭上眼道："做了个好梦。"

林桁收拾好工作，关了床头灯，躺下来抱住她，半哄半问："梦见什么了？梦里有我吗？"

衡月"嗯"了一声："梦里你对我说你喜欢一个人。"

林桁闻言，轻轻在衡月眉心吻了一下。他看着她，毫不迟疑道："那个人一定是姐姐。"

衡月勾唇笑了笑："嗯，是我。"

——全文完——

图书在版编目（CIP）数据

停岸 / 长青长白著. -- 成都：天地出版社，2023.9
ISBN 978-7-5455-7881-2

Ⅰ.①停… Ⅱ.①长… Ⅲ.①言情小说—中国—当代 Ⅳ.①I247.5

中国国家版本馆CIP数据核字(2023)第141738号

TING AN
停岸

出品人	杨　政
作　者	长青长白
责任编辑	孙学良
特邀编辑	周　维　张开远　宋艳薇　刘雪华
责任校对	曾孝莉
封面设计	Recns
责任印制	白　雪

出版发行	天地出版社
	（成都市锦江区三色路238号　邮政编码：610023）
	（北京市方庄芳群园3区3号　邮政编码：100078）
网　址	http://www.tiandiph.com
电子邮箱	tianditg@163.com
经　销	新华文轩出版传媒股份有限公司

印　刷	天津旭丰源印刷有限公司
版　次	2023年9月第1版
印　次	2023年9月第1次印刷
开　本	880mm×1230mm 1/32
印　张	8.75
字　数	252千字
定　价	42.80元
书　号	ISBN 978-7-5455-7881-2

版权所有◆违者必究

咨询电话：(028) 86361282（总编室）
购书热线：(010) 67693207（营销中心）

如有印装错误，请与本社联系调换。